天下风情

凸凹——著

刘江滨 郝建国 主编

TIANXIA
FENGQING
TU AO

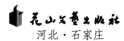
花山文艺出版社

河北·石家庄

图书在版编目（CIP）数据

天下风情 / 凸凹著. -- 石家庄：花山文艺出版社，2025.1
　（拇指丛书 / 刘江滨，郝建国主编）
　ISBN 978-7-5511-7137-3

Ⅰ．①天… Ⅱ．①凸… Ⅲ．①散文集－中国－当代
Ⅳ．①I267

中国国家版本馆CIP数据核字(2024)第028621号

丛 书 名：拇指丛书
主　　编：刘江滨　郝建国
书　　名：**天下风情**
　　　　　TIANXIA FENGQING
著　　者：凸　凹
策　　划：丁　伟
统　　筹：闫韶瑜
责任编辑：董　舸
责任校对：杨丽英
装帧设计：书心瞬意
美术编辑：陈　淼
出版发行：花山文艺出版社（邮政编码：050061）
　　　　　（河北省石家庄市友谊北大街330号）
销售热线：0311-88643299/96/17
印　　刷：河北新华第一印刷有限责任公司
经　　销：新华书店
开　　本：880毫米×1230毫米　1/32
印　　张：11.125
字　　数：280千字
版　　次：2025年1月第1版
　　　　　2025年1月第1次印刷
书　　号：ISBN 978-7-5511-7137-3
定　　价：68.00元

自序：写作是命

　　我的写作，不经意之间，居然有一千万字了，以至于一个杰出的女作家摇头说道，你写得太快了，写烂了；遑论品质，即便是字字珠玑，也陷入自我覆盖，虽然有了大体量，却没有大名声，徒遭文坛轻蔑，所以你活该。

　　女作家自然是至交，所以开诚布公，"诚"到咬牙切齿，交织着爱与恨的双重惋惜。她爱我以文学为重，恨我不计算成本，付出和所得不成正比。

　　我苦笑一下，对她说，我不是"烂"在快，而是"烂"在执着。我所说的"执着"，是经年累月的坚持。我其实写得并没那么快，每天只是坚持着写上千八百字；然而这日复一日的积累之下，就有了漫漫汤汤的文字方阵，疑似雄兵百万漫卷而来。

　　为什么会这样？反复回望、苦苦思索，从体验中得出了一个似是而非的答案：还是文学本身使然。真实的情况是：一个人只要每天坚持着坐在案头，即便是没有灵感，搜肠刮肚地硬写，彳彳亍亍间，枯肠竟会突然就蠕动起来，带来一些原来没有的念头和思绪，你顺势把其记述下来，居然也满篇可颂，疑似预谋已久的文章。或者可以说，硬写类似出于信仰的朝拜，你虔诚到自虐的程度，会感动上天，让他顿生悲悯，便把他的信息赐给你，让你有的可写。所以我想，之所以有那么多作品书于纸面，不是作者多么宏富、多么高明，而是上天假作者之手，把他的所思所想传递出来。所以，硬写是呼唤灵感的动作，灵感它很矜持，绝不会不邀自来。

就是这样，我源源不断地写出，便好像写得很快。坦诚地说，回过头去看自己写过的文字，大有陌生之感，不禁惊异地发问，这是我写的吗？因为文字之中所蕴含的思想与情感，常常远离我的现实体验，是固有的"我"所不具备的。它有独立的生命与气脉，高与低、优与劣，好像与我无关。

孙犁肯定也有类似的体验，因为他说过，即便是那个特殊的年代，他被剥夺了发表文章的权利，也要坚持每天写上二百余字；是为了保持文气，待机会来临，能放手写的时候，还能写得出。事实也给了明证，他的"耕堂劫后十种"之所以大放异彩，以至于让他成为名副其实的文学大师，就是得益于这种坚持，使其始终保有文气，免于笔端枯涩。

有人问老舍他为什么能够著作等身，他说，哪怕再忙，每天也要挤出时间写几百个字。让写作成为一种生活习惯，文思始终萦绕于心。

有孙犁、老舍这样的杰出者站在身后，女作家的那番话，虽然让我疼痛，但并没有让我心灰意懒。我想，文字不杰出不可怕，文名被"覆盖"不可怕，如果就此搁笔、躺倒才可怕，因为没有后续的坚持，"高格"与"上位"，哪里还有实现的机会？况且，写作已经成了自己的一种生活习惯，如果不去写，岂不只剩下了平庸之上的平庸、无聊之上的无聊、失据之上的失据？

可喜的是，在当代作家中，也有深知我的人。比如彭程。他与我，同生于燕赵大地，文化同源、性情相近，因而有贴心贴肺的理解，便给予真诚的肯定和鼓励。他不仅当面对我说，还著文对他人说，且一直伴我同行。他在《凸凹：让写作成为一种信仰》中说：

这么多年中，我见证了他如何像其笔下朴实的山民一样，勤奋耕耘，终于有这样丰硕的收获。因此，在试图用一句话来描绘他时，我觉得这个说法应该是妥当的——文学工场中出色的劳动者。他的作品，具有强烈的自我袒露的色彩，能够更清晰地让读者看到作品背后作者的所思所感。如果说他的文字涉及的话题丰富而散漫，那么对于写作的理解则是其中一个相对集中的主题。这一点被反复申说，或充分谈论，或要言不烦，既有大弦嘈嘈，亦有小弦切切。因而让我们感到，写作，从根本上讲，正是一种精神的劳作，其目的便是制作精神情感的产品，而一名称职的写作者，必定是文学工场里一位辛勤的劳动者。这种劳动包括两个最为重要的属性，一是寂寞，二是坚持。普通人眼中的写作行为充满了神秘玄妙，但其实它的核心正是一切形式的劳动所共同拥有的朴素本质。即便让人津津乐道向往不已的灵感的降临等，也不过是勤奋劳动的补偿。写作者只有在孤寂中长久地坚守，才能够窥知存在的奥秘，才能够感受灵魂的脉搏。对于这一点，凸凹给予了晓畅的表达："写作的人永远应该与周围的人分离，独自一人与写作为伴，就不分神，就能听到内心的声音，飘忽的灵感也能捕捉，再混乱的思绪也能理清，笔下就有了属于自己的文字。"

写作既然是精神劳动的一种样式，自然也要求作者具备相应的技艺。而这种技艺的获得、保持和提升，都有赖于坚持不懈的劳作。戏曲演员几天不练身段，不练嗓子，再上舞台就会感觉异样，作家同样如此，必须不停歇地与文字搏斗撕扯，才有望保持语言感觉的生动鲜活。在《咫尺之艰》中，凸凹从果戈理给友人的信中一声"不愿意写"的感叹，生发出一番思索："作家笔下的文字，并不是像一般人所理解的那样——是像泉水一样喷涌的，而是心血缓慢凝结的产物——这个过程，包括对灵感的耐心等待，对生活的痛苦思考，对思想的痛苦提炼，也包括对准确字词的艰难捕捉。"

一个明显的事实是，人们看到了作家写出的书被阅读和传播，却未必能够窥见他内心的黄金。写作作为一种劳动，其成果不仅仅是收获具体可见的作品，同时也是经由这种方式，使写作者的生命不断处于一种生长的状态，保持生命力的充盈。从这个意义上说，沉浸在写作中是幸福的。凸凹深切地感悟到这一点。譬如，通过阅读当代杰出思想家桑塔格的日记和笔记，他写道："写作是自我成长和壮大的生命方式，能使个体存在具有足以抗拒被外界淹没的内在力量，使个体真正成为自己。""写作者之所以有力量，是因为写作者可以凭借一人之力，体现出四种原则思想：创造、守护、破坏、修复。这就注定了，写作者拥有最丰富、最强健的生命气象。"再譬如，他这样理解在八十岁高龄获得诺贝尔文学奖的加拿大女作家门罗："文学给人带来的欢乐，从来不取决于别人的承认，或附着于什么奖的嘉许，它很自足。所谓成功的光环，总是意外的照耀；所谓大师的冠冕，总是额外的恩赐……写着，充盈着，就足够了。"

这些优秀作家帮助凸凹洞悉了写作的本质，坚守了写作的本位。他在援引茨威格告别人世的遗言中的一句话——"脑力劳动是最纯粹的快乐，个人自由是这个世界上最崇高的财富"之后写道："写作者的生活，是人世间最简约、最本质、最富有的生活。它不需要过多的人生成本，只要你愿意，就能做得到。"置身今天这个喧嚣的时代，并非每个作家都能认识到这点，即便认识到也并不意味着能够做到。但凸凹却称得上是一名合格的笃行者，努力使自己抵达知行合一的境地。正是这一点，为他的文学劳作注入了强大的动力，并给予了他坚持下去的支撑。写作已然成为他的信仰，他安放自己生命的最佳方式。恰恰正是这种不假外求、疏离功利的写作，也为其作品的质量提供了有力的保障。

彭程对我的解读，不仅让我心安，还让我始终处在"亢奋"的状态，也有了卡夫卡一样的心境："毫不讳言，因为写作，我感觉我有一个'深广的心灵世界'。"于是，我既制造着文字，文字又加固和温暖着我。我不再担心破碎，也不再畏惧寂寞——生命因此而强壮起来。

我便一直笔耕不辍，以至于那个女作家再见到我时，劈头就说，你都那么"烂"了，怎么还写？我说，没办法呀，我是山民的后代，一如我的父辈，天一亮就出工，劳动是命。

2023 年 4 月 26 日于京西石板宅

目 录
CONTENTS

第一辑

世象

小 叶 檀

1

蒙田说，人到了二十岁，就到了生命的顶峰，以后就走下坡路了。四十岁已进入老年，应该过退隐的生活了。三十八岁那年，他称自己已到了暮年，辞去波尔多法院推事的职务，躲进蒙田城堡的一座塔楼，不问世事，也不问家事，一心读书、思考、写作，一隐就是十年，写出了著名的《蒙田随笔》第一、第二卷。

这期间，他说了一句耐人寻味的话：亲朋好友，包括妻子、子女是不重要的，是"自我"的负担。

这对向内心深处讨日子过的人来说，是一句冷酷而妥帖的话，类似真理。

其实"自我"也是如黑夜一般的境界，即便心无旁骛，也未必有所得。所以，他又说，最大的幸福，不是"找到"，而是"找寻"。

他的话，打动了我，让我陷入思考。

我已年过半百，用他的标准来界定，已老得不能再老。

从生理上看，做工作的牙齿都松动了，怕冷怕热，疼。害怕美味，因为不能尽情咀嚼。两鬓也爬满了霜雪，揽镜自照，悲从心出。

更可怕的是心理，对一切不再有兴趣，包括名利、金钱、美色。记性也差，出门时，明明是上了锁，也要再验证几遍。种种，种种，一切都失去了往日的模样，已认不出自己了。

心中一片苍凉。既失眠，也嗜睡。恍惚中才认识到，其实欲望之于人是好的：欲望多而强烈，说明生命之树健朗、清俊；心如古井，非淡泊明志、宁静致远，而是生命衰退的征象，虽生犹死。

现在最怕的是有人兴致勃勃地谈到感情的事。即便是自己想到这个话题，也战栗，内心寒冷。妻子儿女在身边晃动，常生出烦厌：莫名其妙地问自己，他们跟自己有什么关系？

反照内心，不由得又问自己：自己真的爱过、被爱过吗？

要找到答案，需一个"找寻"的过程。

好在已经衰老，找得到找不到，已不成问题。套用知堂所谓"寂寞之上没有更上的寂寞"，失落之上也就没有更上的失落了。

反观来路，我心从容。

2

京西有一种树木，叫小叶檀。查阅《辞海》，始知小叶檀是紫檀的一种。花梨紫檀是名贵树种，是明清家具的用料。在古波斯诗人萨迪的《蔷薇园》中，它还有个优雅的名字，叫"蔷薇木"。

幼年时，并不知檀木的名贵和优雅，由于随处可见，一如山杨、家槐，普通着，也轻贱着。

小叶檀的木质是怪的，坚而硬，砍伐下来，摔在地上，像金属一样叮当作响。但经了文火的熏烤，立刻就软了，化为"绕指柔"，可弯曲成任何角度，也不折断。京西就是用这个办法，把那些虬曲的檀木捋直了，做擀面杖、斧手、锹把、锤柄。用别的木材做锤柄，是很危险的，因为容易脱节；可用檀木，就不一样了，无论怎么挥舞，怎么用力，大锤和柄都牢牢地咬合着，像被焊在一起一样。

都说檀木是神木，越摔打，越坚韧，不断膨胀自我，从这里可见一斑。

记事以后，感到贫穷与吵闹是连在一起的，因为父母动不动就干架，这与古诗里"贫贱夫妻百事哀"是暗合的。

那日，老母鸡下了一枚蛋。母亲盯着那枚蛋愣了半天，突然无因由地乐了。她让我到小卖部去，用一枚鸡蛋换两块臭豆腐回来。我明白她的意思，是要改善一下伙食。寡淡的日子，臭豆腐就是油水。

晚饭的时候，菜粥佐以臭豆腐，奇香无比。便怦然心动，兴奋不已。但眼神却放出忧愤之光，觉他人都是争食者，是可恨的。筷子纠缠在一起，像征战中的兵器，并伴以斥骂。斥骂的内容就关涉到眼前的父母，一对夫妻愣在那里。

母亲对父亲说："瞧你的三个孩子，都是白眼狼。"

父亲不接话，只是傻笑，好像很欣赏"白眼狼们"对自己的不恭与背叛。

母亲又说："你哪里像个当爹的，马尾儿穿豆腐，提不起来。"

父亲还是傻笑，但笑到中途，体味出了女人话语的含义，笑就凝固了。

那只盛臭豆腐的碗有密密的、黑黑的麻点，心情好的时候，权当作温香暗送的一粒粒芝麻，现在则不同，像无数的苍蝇厕下的屎，他喉头发痒，想吐。

他把碗抄起来，朝着洞开的门扉看了一眼，碗随之就飞了出去。

碎在庭院里，就更香，招引来一群蚂蚁附在上边。

我和两个弟弟远远地看着，觉得这很好笑，原来蚁类与人一样，遇到美食，都是抢的。

突然悟到了什么，在没有任何前兆的情况下，哥仨同时扑出去，把散碎的臭豆腐连同忘我的蚁类一起捡送进嘴里。声音清脆，如同新豌豆放进热锅里，因为熟得热烈，噼啪噼啪地作响。

母亲哭了。因为怜悯，心里生出大爱，盈满得难以承受，泪水四溢。

父亲很惭愧，在母亲的脸上狠狠地捆了一下，"日你祖宗的！"

他扔下碗筷，就去担水。

井在川底，羊肠小道弯弯曲曲通向那里。在白日里，小道就像一条白练蛇，鳞光闪闪，像动听的小曲委委婉婉。已经是晚上，路痕消失了，封闭了通途，有鬼魅气息。但父亲的脚底却像长了眼睛，通行无碍。

他不停地担水，大缸满，小缸流。无处盛放，就浇庭院里的秧棵。秧棵主要是葫芦和丝瓜，是经旱不经涝的品种。水汽重了，只长藤蔓，不结瓜果，所以，旱着它们才好。这些父亲是懂的，但眼下他顾不得那么多了，一心为担水找到理由。

我们知道，身体的疲累，能平息他不安定的心。

母亲对我们说："别招惹他，他在抽风。"

这让我们恐惧，老老实实地窝在炕头，心里想，我们不招惹你，你再发作，那你就是狗屁了。

父亲终于走进屋里，脸上居然连一点儿怒气都没有，他看了我们一眼，竟嘿嘿地傻笑，好像比我们还难为情。

这个人真没意思。我们所幸蒙上被子，忘了他。

昏朦中，我们听到他问："还疼吗？"

母亲说："你少理我。"

他说："我不理你理谁？"

母亲吸溜吸溜地抽泣起来，嘟哝着说："我受够了。"

以为我们睡了，他们竟恬不知耻地"好"起来。

我们的恐惧一下子消失了，被窝里你踹我一脚，我挠你一把。没心没肺像猪狗。

猪洗干净了又滚进泥里，狗吐了又吃进自己的肚里。

我们的日子也真的如猪狗一般。

臭豆腐的遭遇给哥仨的性情带来影响。长大后，二弟拒绝吃类似的食物，包括臭鸡蛋和各种腐乳。他说，这东西，能让人照见自己的卑贱。三弟则养成了一种怪异的嗜好，见到蚂蚁、蚕蛹、蝗虫之类，会眼睛发亮，会把它们活生生地扔进嘴里，响脆地咀嚼，喜不自胜，直至唇角生津。因此，他胃口异常好，长得很胖，独对胖女人感兴趣。胖弟妹娶进家里，很长时间不接受他的亲吻，认为他的嘴不是嘴，是专在污秽上啄食的鸡公的喙。后来还是接受了，因为女人有认命的本能，跟什么样的男人生活得久了，就什么样了。我则特别喜欢吃臭豆腐，即便是有了身份，即便是在一些风雅的场合，热饼裹臭豆腐，也吃得旁若无人。因此，人们普遍认为我这个人很粗俗，品位差些。这让我很不舒服，索性放纵开去，咬牙、放屁、吧嗒嘴，毫无遮拦，终于让别人屈服了。交往的人说，其实你这个人还是很不错的，本色、率性、朴实。我也得寸进尺，正经地宣告说，我的生活哲学是：粗犷豪放，顺其自然。但转眼就对自己说，别猪鼻子插大葱——装象（相），其实都是扯淡。

3

翻过梁去，就是外祖父的家。

外祖父所在的村子产煤，可以以货币的方式充公粮。所以落在社员（那时是人民公社，不叫"村民"）手里的粮食就多些，没有饥饿之虞。我们这里只有薄地，打下的粮食本来就少，还要缴公粮——四季之中，只有冬季尚有粮食可吃，其他三季，瓜菜代之。冬季农闲，社员们基本"猫"在家里，却能吃得饱。春种，夏锄，秋收，是要体力的，却瓜菜代。所以，在小的时候，对老天爷我们就不太敬重，因为它轻贱人，人在它的手里，是预备着被捉弄的。我们在野地里屙屎，冲天撒尿，嘻嘻哈哈。

然而我们这里有外祖父他们那里没有的物产，比如香白杏。

果实大且白，果肉丰厚多汁，又甜又脆。果核的壳很薄，上槽牙一磕，就碎了，露出饱满的果仁，甜而香。

这是外祖父稀罕的口味，他对我们说："杏子下来的时候，你们一定要来。"

外祖父的家，宅院深了些，起居的房间一年四季也见不到阳光。他和外祖母身上，总有一股子霉味，脸色阴沉，表情晦暗。

进了房间，窝在土炕上的外祖父只是"哦"了一声，连屁股都不欠一下。倒是外祖母像受了不可忍受的意外之痛，慌忙骗腿儿而下，帮我把背篓从肩上卸下来。

外祖父知道背篓里是他喜吃的杏子，对我说："拿几个来。"

外祖母说："不给他，你看他连点儿喜气儿都没有。"

外祖父从脚上扒下鞋子就扔了过来。这个老东西是怪的，地上走，炕上睡，总是穿着鞋。

鞋子扔在外祖母的面额上，落下来的时候，她竟用食指钩住了，得意地看着外祖父，意思是说，要不要也扔到你的面额上去。

我赶紧把鞋子抢过来，对外祖父说："姥爷，要不要我给你穿上？"老东西出溜一下把脚伸出来，意思是说，自然是穿的。

给他穿鞋的时候，我是丝毫不敢喘息的。因为他的脚真是臭，臭中带着酸腐，像死人在日头下慢慢地烂着时那种气味。

鞋子穿上之后，他说："拿几个来。"

我拿了几个香白杏，想去给他洗一下，他啪地拍了一下炕面说："多此一举。"又说，"这玩意儿是稀罕物，洗了，就不新鲜了。"

他的牙已经很稀松了，但嚼杏子的声音一点儿也不含糊，像顷刻间把所有的牙都长全了。

转眼间他又说："再拿几个来。"

竟一气吃了几十枚。

最后，他挪了挪身子，放了很响的一个屁，忍俊不禁，自己咯咯地乐了起来。

外祖母对我说："他就是这样，一个老不正经。"

外祖父止了笑声，"别给鼻子就上脸，去割块肉来。"

就剩下我们两个人的时候，他却一声都不吭，索性躺倒了，好像我并不存在一样。

一片难耐的沉闷。

我轻轻地挪到门边，想推门出去，他识破了我的意图，嗯了一声。我吓了一跳，木在那里。不久，土炕上渐渐响起了鼾声，我以为可以解放自己了，就去拉门环。

"你就不能老老实实地坐下吗？"他恼怒地说。

战战兢兢地坐在那里，我想，外祖母怎么能跟这种人过在一起？肯定是不见天日，苦大仇深。

"你爸还好？"他突然问道。

我哆嗦了一下，"还好。"

"你爸这人注定不会有什么大出息。"他说。

我心里不高兴，没理他。

"娶你妈的时候，我让他八抬大轿，他却给我牵来头驴。"

我想刺激他一下，便接话说："即便是驴，也是借来的。"

"谁让你多嘴了？"他猛地坐了起来，双目大睁，幽光逼人，"他究竟是你爸，许我说，不许你说。"

就又陷入一团沉默。

后来他重浊地叹了一声，拔地而起，扑向土炕上方的那面墙。墙上挂着一个玻璃框，框内嵌着一幅伟人的手书：发扬革命传统，争取更大光荣。他把它摘下来，对我说："掸掸上边的土。"

解放战争时，他是支前队队长，推车运粮，抬担架送伤员，是立了功的。边区政府开表彰大会，发给了他这张字匾。他很看重这张纸，因为记述着他以往的光荣。每日都要擦的，一尘不染。

我说："这上边没有土。"

他瞪了我一眼，"让你擦你就擦。"

我擦玻璃，他发笑，像满肚子的阴谋诡计——得逞了一样。

这个情景已不新鲜了，因为我每次来，都要重复一回。最初我曾好奇地问过他那段光荣的历史，他不做正经的叙述，只是津津乐道于其中的一个情节。

国民党人多，共产党人少；国民党有飞机，共产党没飞机。开战的时候，国民党的飞机在天上飞来飞去，向共产党的人群里扔炸弹，一死就一大片。共产党的兵不怕死，说，飞机翅膀下挂的炸弹总有扔完的时候，扔完了，它就尿（suī）了。我们上去运伤员，飞机扎下身子朝我们扫射，嗒嗒，一梭子子弹打到我的裤裆里，我一屁股坐在地上，心想，这下可完了。不是怕死，是想它把我传宗接代的家伙打掉了，即便是活着，也是死了。绝望中，我低头一看，哈哈，裤裆烂了，那家伙还在！这下我可来神儿了，在枪林弹雨里跑来跑去，运了很多伤员。因为我想，从这以后，国民党它再也打不死我了。

这个情节，他不知讲了多少遍，每次讲完，他都笑着说：

"那家伙要是被打掉了，还球的有你？"

他真的很不正经。

他后来的事，不用他叙述，我也是知道的。他成了支前模范，解放后，政府要给他安排工作，他不干，他说他没文化，还是回家种地吧。回到家乡，上边要他当村干部，他还是不干，他说管什么都成就是不愿意管人。后来村里挖煤让他当账房，这是个肥差，分红的时候可以多分些钱。他也不干，他说，我要那么多钱干吗？他什么都不干，人们问他为什么，他没头没脑地说道，我见的死人太多了。

外祖母割的肉少了些，外祖父摇摇头，说："你他妈的真小气。"

外祖母说："别看少，也能炖出一大锅的荤腥。"

这里的人家，庭院里都有瓜棚豆架，夏秋之际，都爬满了葫芦和丝瓜。葫芦摘下来，用铁镂子镂成粉条一样的形状，挂在铁丝上晾晒。晾干之后，放在房梁上储藏。外祖母把干葫芦丝用热水焯了，再用凉水拔舒展，然后放进肉锅里一起炖。

就真的炖出来一大锅荤腥。

肉香袅袅，冲涤了满屋的霉味，晦暗的人脸生动起来。

碗筷上了桌子，外祖父竟阴沉地喊道："拿碗来。"

这就奇怪了，碗筷明明就在眼前摆着嘛。

外祖母像做错了什么似的，赶紧扑向一个角落，拿上来一副碗筷，嘟囔一句："死鬼。"

外祖父有自己的专用碗筷，一如死鬼不能与活人混用一样的家什。

他的那只碗，有密密的、黑黑的麻点，像无数的苍蝇厕下的屎。我立刻想到自家里那只盛臭豆腐的碗。

便想到这两只碗的关系。

吃饭的时候，因为外祖母总是往我碗里挑拣肉块，使我不得不放慢了咀嚼的节奏。本来我有贪吃的欲望，但这特别的照拂，让我感到难为情，使事情走向了反面。

她与外祖父只吃肉以外的东西，反倒吃得神态怡然。

外祖父夹了一块肉，想放进我的碗里，我躲开了。他拿筷子的手在空中尴尬了一下，转手把肉块"扔"进外祖母的碗里。外祖母想夹给我，被外祖父狠狠地剜了一眼，只好不情愿地吃进嘴里。

一顿美食吃得很沉闷，像忍受一种煎熬。

但没理由不忍受，因为我感到，外祖父即便阴冷着，对外祖母和我他是爱的，一如冰凌之下，潜涌着热流。

厚味之后，自然是口渴，我一气喝了两大瓢凉水。败坏了胃口，不停地上茅厕。外祖父见状，幸灾乐祸，阴沉的脸上荡漾着一波一波的笑，他很开心。

返程的时候，他们在我的背篓里装满了东西：麦面、小米、大豆和两块猪油，够我们吃一阵子的了。

回到家里，家人一片欢喜，我却乐不起来，因为我觉得亲情之下，也有交换的成分：好像送去香白杏，就是为了换回来口粮。再送杏子的时候，我总是找理由推辞，把差事推给了大弟。其实还有一层说不出口的原因：对外祖父那份泛着霉味的感情，我难以承受。

后来，外祖母的腿被外祖父打折了。消息从山那边传来，我一点儿也不吃惊。凭外祖父那样的德行，他迟早会做出类似的事来。打这之后，外祖父像换了一个人一样，脸色也妩媚了，对外祖母施以殷勤的照拂。侍候她的起居、衣食，虽琐碎烦累，居然一点怨言都没有。

外祖父本人也没想到，他怎么会这样。对外祖母显摆说："你看，我对你多好。"

外祖母撇一撇嘴，说："你就省省吧，你那假仁假义的样子，我一点儿也不稀罕。"

外祖母有她自己的想法：你要是不把我的腿打折了，即便是经受寒暑，即便是承受劳苦，她也是乐的，因为自食其力，有自我。你这样一来，性质就变了：不仅剥夺了"自我"，还送来温情的折磨，活着还有什么意思？

晚年，她过得一点儿都不快活，脊背生疮，抑郁而死。

外祖母去世之后，外祖父在墙上供了一帧外祖母的像，一个人枯坐的时候，总是呆呆地看着她。有时还情不自禁地流下泪水。

我们都很纳闷儿，这是怎么了，活着的时候，他从来也没正眼看过外祖母一眼，人死了，倒黏糊了。

他懒得动弹，整天窝在炕上，不久也脊背生疮，死了。临咽气之前，莫名其妙地叫了一声："娟子。"后来才弄明白，那是外祖母的小名。

4

在山里，贫穷与饥饿却总与旺盛的生育行为连带在一起。

这一点儿也不奇怪。因为缺粮，晚上的饭食只有象征意义，稀粥、咸菜还是好的，树叶、麸子、野菜、山果，只要是能充饥的东西，胡乱地填进肚子，就算是"餐"过了。然后躺到土炕上去，期待着天亮。

"穷忍着，富耐着，睡不着瞎眯着。"是当时人人都挂在嘴边的一句歌谣。

眯着，是对抗饥饿的唯一办法。

但是，即便早早地眯在炕上了，却总是睡不着，又没有别的乐趣，成年男女便依据本能，拿自己的身体当乐子。又没有避孕意识和避孕手段，孩子就一个接一个地生下来。这里的妇女不畏惧生育，用她们的话说，生孩子有什么难的？头胎像挨刀，之后就像屙屎，不大的一点儿劲儿。

每个家庭都有一群孩子，有限的一点儿生存资源，摊在人头上就近乎无了。父母没法把怜爱给子女，任其啼饥号寒，脸上的表情是麻木的。活就活了，死就死了，都不是什么大不了的事。生男孩儿就叫蛋儿，生女孩儿就叫丫儿，黑蛋、白蛋、臭蛋，黑丫、白丫、臭丫，小小的区别，只要能叫应就成了。

村里的人口这么多，连借粮都难。借不到，就向山野里去索要，树皮刮光，树叶撸光，野菜打光。土地上的物产也越来越稀薄。但人们还执着地在这里生活，不会忧患，不会幽怨。

　　像小叶檀一样，在软与硬、贵与贱之间。

家居小品

这组文字，乃三十年前旧作，不知为何，被遗忘于箱底；今日翻出，觉有喜人趣味，类似乡愁，正可对当下市井生活尽微弱的反拨之力，故投诸报端，与人分享。

饲　猫

小儿嗜猫，常乞于膝前，爸，给买只猫来。

便嘱妻说，有机会，就给他弄一只吧。妻嫣然一笑，其实同室的 Miss 张那里，正有两只猫崽，没你发话，能带回家来吗？

恍然而悟，妻和小儿是气息相通的，不通的，只有我。

晚间，那猫便带回来了。四寸长的一个毛茸茸小物，色黄，头玲珑，两只小眼灼灼有神，叫声尖细，撩人心弦。

切小肠两段，盛入一洁净小碟。猫久久地嗅，却不开口，仅喵呜喵呜地叫。以为它腹中充实，需再过些时辰，方可欣然进食，便径自去读书，遗小儿与猫戏。

夜半，被喋喋的尖声扰醒，知那只黄猫在抓寝室的门。下床去，为它寻食碟，却发现，碟就在猫的脚下，那两截小肠却原样依旧。我颇不悦：有美食而不啖，徒扰主人绮梦，真乃畜也。

便将猫及碟俱关于卫生间中，再睡。

早起，打开卫生间门，猫鼠般窜出，厉叫亦如鼠。小肠仍依旧。

令妻探问 Miss 张。Miss 张白齿一嘻，小黄从小便吃奶油蛋糕，此食彼不食。

便购得一盒蛋糕，切小方块投之，猫扑而抢食，啧啧如歌。

便愤然：蛋糕覆以奶油，乃奢侈物；人且吝而不享，区区猫畜竟恣意如此，悖也！

月前，父亲从山里来，携黑猫一只，曰，送与幼孙乐。

黑猫较黄猫为硕，性却怯，柔若山女。

投以蛋糕不食，复投以小肠，仍不食，仅翻动迷蒙小眼，作无措状。

便悻然：一猫已烦，二猫更忧，死活由之。

过数日，黑猫滴水未进，饿而腰陷，蜷伏门前，无声无息，怜甚。

院角有篾筐一只，装家中垃圾，妻正将隔日饭倒入。不期，黑猫跃然而起，箭般蹿过去，吃不已，且短尾摇曳。

之后，便另设一小碟，剩饭剩汤置之；黑猫均舔食干净，怡然自得。

晚间，在书房读书，黑猫悄然入室，爪搔人之脚面，痒而不巨，又攀裤腿而上，于人膝头盘坐，眼光亲和，脸相妖媚。

心里就有些热：我系山人之子，体有山人气味，黑猫辨出它的亲人，来叙殷殷的故乡情谊。

于是，便想，若两猫剔除一只，当留下黑猫；黑猫更通人性，且好养活。

然妻和小儿却愈喜黄猫。

黄猫整日聒噪，且跳扰，蛋糕之消耗便一日多于一日。对妻说，还是将黄猫送人为好。

妻说，不哇，小黄不过吃几块蛋糕而已，若因此送人，既显我家小气，也衬我家寒酸，非上策。

每月便缩食撙节，挤出一些银钱，由妻为黄猫购买定量。

黄猫每欲进食，均尖叫不已，届时，小儿便嚷，爸，给小黄取蛋糕！

妻和小儿将心思皆用于黄猫，而黑猫，从来即被淡忘。

便愤然不平：温顺仁义者反被漠视，聒噪骄奢者却为人喜，于人，为何等逻辑耶！

便嘱妻曰，明日置二笼，一以圈黑猫，一以栅黄猫；黑猫笼中放蛋糕，黄猫笼中放便食，不得有误。

一日，黄猫扯笼而嘶，昂而拒食；黑猫默而趺坐，不睇眼前福泽。

三日，黄猫缘笼而立，口涎滴垂；双目拢合。

七日，黄猫塌身萎卧，黑猫也气息奄奄，然笼中饲物，皆完好依旧。

二猫皆烈，宁死不食。

应妻和小儿之双声哀求，遂将二笼打开。黄猫疾步入黑猫室，黑猫则飞身进黄猫巢。俄顷，笼中之物，便告罄。

黑猫复又攀人膝头，温柔的目光中，透出极端之满足。

便性起，劈头将其掀落，骂，天生贱坯，不足人惜！想到自家的出身，我之泪，竟也潸然。

妻说，猫总归是猫，如此这般，何苦呢？！

我说，不然。

妻转头便走，猝然回头曰：什么事，到你们文人那里，便复杂了。

我一怔，沉吟良久。伊说得也许有道理。

柿　　树

庭院建得极齐整了，欣慰之余，尚觉有缺憾。细一思忖，该植一些花或树。

花可随意地种一些，树呢？

父亲说，何不植一株柿树，柿树干净，不招蚁腻。

便想到柿树的四季：春而俊秀，夏而森郁，秋而艳美，冬而挺拔。柿树之美，乃无可挑剔，便颔首云，甚好。

初植两株，意取对称之美；然，刚有芽苞绽出，便被小儿踢球时，折去一株。本想补植一株，已逢柿树起芽后期，再植，不易活。便豁然对家人说，不对称，也一美也，何必强求？！

柿树发育缓慢，但这一株，却长得极勤勉，到今年开春，刚满三年，便已株高丈余，繁枝侧披，呈丈夫气概。喜甚。

喜后忧至：柿树距院门太近，伸展的枝柯，常将低头客的巾帽揭去，颇多不便。

便有迁之必要。

妻说，若迁便早迁，待新芽显露，迁则难活。

冻土刚化，便兴锹镢。将周遭表土剖开，极小心地探摸根际，发现，偌大的一株树，根系却寥寥，仅三段尺长主根，六七条须状附根，令人惊奇。

三人便连根之附土，一齐移至已挖好的一方软穴，侍婴般精心。

移罢，灌以沛水，三人调侃曰，未伤君一根须毛，不过于深梦中，助君翻了一个身而已，盼君惬意。

但时已初夏，万木蓊然，柿树却仍不见一丝生机，秃枝依旧。

便独忖：对君已尽了十二分情意，尚有何怨？

久不得解，便想到柿树那几条寡贫的根。树大根深，根深叶茂；其根不繁，适应性便差；生机未还，其怨自取。

便心中坦然，听之任之。

已到夏中，仍未发芽，便心中黯然：任一介死株在那里丑陋着，不如植一蓬蓬勃的艾草。便对妻说，心意到了，不活作罢，除之。

扳折树枝时，却感到，柿树的枝条，虽干却未枯，韧而不脆，久折不断，手便犹豫起来。

妻说，也许它还活着，等一等才好。

不等了，它已让人失望得太久，我愤然说。

妻攀颈作娇媚，莫使气，权当为我不可吗？

时至二伏，云多雨勤，柿树的芽腋，竟有紫芽顶针。

奇哉！多亏了女人那一重天生的妇性。

但顶芽之后，叶片却久久不展开，叶脉抽缩着，作疲软委顿状。便为其心忧，日日树下巡视，乞其容颜速展，生命的秋天将到，青春不便迟疑。

然而树不通人性，兀然羞怯如故，便对妻喊：最看不了的，便是这般，要么就干干脆脆地死，要么就痛痛快快地生，不死不活扰人心烦，斫之！

妻亦放声说：

你们文人便这样，总爱作极端之思。凡事皆有自身的道理，怎就那么放任主观呢。我查过柿树的书，柿树乃娇贵之物，轻易不可移；虽未伤其根，实已伤其气。伤人的心，未必就见到血啊！对于柿树，漫漫长夏，它忍受孤寂，拼命吸吮，疗治内伤，已恪尽本分；于是，它活下来便极不容易了，还作哪般苛求？！

遭妻之抢白，心有不悦，然终不知回辩些什么好，便哑然无语。

三伏中，酷热难挨，却见那柿树的叶子，已渐肥阔，且叶脉舒展，翠色盎然。

自知柿树于人于己皆无愧，对其喜爱，竟大不如从前。究竟为何，说不出。

总之，对草木投以情智，是一桩劳神的事。

隙　　地

庭院除打一大块水泥地外，尚留一方土质的隙地。好处有二：院落若皆灌以水泥，渗透性便差，夏日会奇热，人受不了，留以土地，便无此虞，为好之一；土地打破水泥地之刻板灰沉，既可协调环境，又可莳花弄草，怡人性情，为好之二。

隙地留下之后，自然要植一些细草杂花，然仍余偌大空间，便细虑派何用场为上。

我说植竹最佳，"宁可食无肉，不可居无竹。"受苏老夫子影响，是显然的。妻不以为然，说两竿瘦竹迎风，境象萧瑟。

我说，否，竹蔓延极快，数竿毛竹，不过三两年便成竹林，届时，秀竹扶疏，月下弄影，美人雅趣，岂不浪漫哉！

妻一笑，无美人。

便速答曰，夫人正为一大美人，美目如潭，笑靥如花，无人可比矣。

夫人确系一美人，素日伊自家也觉得；我之赞美，便不虚诞，伊便极欣然。允曰，就依你。

找到园工，园工说，时已夏令，植竹不宜，待明年吧。

便极扫人兴味。

又忖数日，妻说，何不搭一棚架，栽两蔓葡萄，到时，银须纤然，果串垂紫，风清气馥，既可美啖，又可赏景，妙不可言。

便拍手称好，夸妻好聪慧。

然棚架搭起来，却远非想的那般容易，得求人定打一些水泥桩，到货栈去买两捆竹竿，先就费不小的一笔钱；待料配齐，栽桩扎搁，功夫颇繁。我乃一介书生，妻乃一个小妇人，可做得来吗？于是，未曾动手，心性先怯。再看葡萄幼秧，更是感慨系之：若想令葡萄满架，浓阴匝地，非三两年光景不可得，这是漫长的一个期待啊！

便不可轻易栽葡萄。

于是，面对一块上好的隙地，竟平生几多愁怍。

隙地啊，隙地，到底怎么处置你好呢？！

正此时，父亲从山里来，便将事由讲与他听。

父亲一笑，说，栽两株桃吧，既省事又好活又实用。

我一怔，说，栽桃，不是没想过，但成吗？

父亲说，有什么不成，不就是一块空地吗？不浪费掉，栽什么还不都一样。

晚上，睡不着，便想：父亲说得极本质；其实，我们刻意追求一些什么，无非是怕人说俗。我们很注重一些观念，而父亲却绝少顾忌。就让他种他的桃吧。

父亲便栽了两株桃。

有朋自远方来，见了那两株桃，讶然对我说，凸凹先生，作甚弄株俗褒的毛桃，何不植一片修竹或牵一棚藤萝呢？

我欲说还休。妻却抢答曰：

正是，但老子执意要栽桃，又怎么好违逆呢！

友人便说，也好，也好。

渗　水　井

庭中设一水管，濯菜盥洗及夏日冲凉皆方便。然，事先未留下水道，用水之后，足下便一片汪洋；久生绿苔，腻滑跌人，且诱生蚊蚋，颇为苦。

便决定，于庭院一隅，凿渗水井一眼。

遂选井位。选来选去，选在东南角。

将庭院周遭介绍如下：

北为吾家三间正堂，西为两间耳配，南为院门短堞，东为邻人西屋后墙。

正堂门前不设井位，乃属自然，西设井位，危及耳房，南设井位，殃及门墙，而院中设井，自找不便，则只有设在东南角，与邻人屋墙相近迩。

挖井在即，我尚犹豫，觉愧对邻人，跟人家打一打招呼为好。

妻说，打什么招呼，不是我们私心，而就属这里土质松软，渗透性好，乃天意。

既为天意，便不必多虑，往下打就是。

打至中半，遇一宿石，施工受阻。本该挪开，但妻却说，事已这般程度，若再作它择，工夫需再费，况确知它处无障碍耳？

伊说得极有道理。坚持一下，成功在即。

便找来钢钎铁锤，将渗水井生生凿出。

井成心悦，再用水时，便无顾忌，极淋漓极酣畅。

然井底坚硬，几不渗透；不久，废水便溢出，重污庭院。

等很久时候，水也仅从井壁渗去一半，再下一半仍不得渗，井之功能便大减。另，那不渗之一半，滞积日久，便生出异味，惹人气喘。

嗒然与妻曰，活该如此，挪吧。

妻脸色肃然，顿足而咒，该死的渗水井。

便挪至正南，与木质院门极近。

这里的土质才真正松软，俄顷，井便挖成；有污水排来，亦是俄顷，水即渗去。若以渗水井自身功能为论，此井乃最佳境界。

初，家人自然是快乐地用了一阵子水，不久，却突然悟到了什么，行径就变了。再冲凉时，多用毛巾擦，少用清水淋；而妻濯菜，亦改往日流水冲涤，而为盆中细揩，洗后，还将污水端出门，泼到街上去。

原本是为了方便一些自在一些，却反而更拘涩了，心中便不快。

对妻说，水尽管恣情地用，于院墙无大碍。

妻凄然一笑，不，还是注意一些好。

我说，不然，就把渗水井填上。

妻痴痴地盯着原来的那一眼井，久久才说，有一眼总比没一眼好。

于是，渗水井之于妻，成一大尴尬。

2011 年 7 月 22 日至 24 日修订

薄暮里的刀锋

一如大雪覆盖旷野，遮其丑陋，使其美白，风霜侵袭颜面，去其鲜润，使其粗糙，放眼望去的人与事，往往不是它的本质。譬如眼前这个人——

酷暑之下，他仍着一袭草绿的建设服，前胸是斑渍，后背是汗碱，因为身材瘦小，整个人像未发育成熟的一个胚胎，被胞衣罩起来。下身是土色的粗布裤子，两只裤腿挽到膝盖，脚杆子蜡黄如柴，似难以承重。他推着一辆破旧的自行车，后架上绑着一乡下才有的窄长板凳，车把上挂着一个工具袋，因为沉重，所以不摇摆。他走得轻捷而无声，好像他知道自己不属于这里，谦卑如夜行。知道我在注视着他，便回头朝我一笑，"磨刀磨剪子不？"声音也轻，全无职业豪迈。浅笑之下，皱纹深广，以为有足够老，便生出怜惜，说："磨。"

随我到了我居住的楼口，我说："你且等一等。"他笑笑："好，不急。"

我住的是一楼，很快就踅出门来。见他已骑在窄凳上，工具整齐地摆在脚下，可见他是个成熟的匠人，有属于自己的历史，不免生出信任。

拿出的是一大一小两把刀。虽经年使用，因勤于擦拭，刀面光洁，夕照之下，能映出人影。心里说，其实是无须磨的，不过是照顾一下你的生意而已。他接过刀去，顺刀刃斜睨了一下，笑着说："您这两把刀，虽光亮唬人，却都还没有开刃呢。"我说："这怎么可能？"他说："您看，这刀身与刀刃一样厚薄，手指头放在刀刃上用力摁一下，也不过是一道白印，不信您试一试。"一试，果然没有锋利感觉，顺势调侃道："这城里男女离常识渐远，以为是鸡就下蛋，是刀就能砍。"

他憨然一笑，说："您真逗。"便将其中的一把抵在窄凳一端的匼柄之上，再用皮环缚住刀尾并蹬在脚下，使其牢靠，然后施以锉刀，一点儿一点儿地锉去刀刃上多余的部分。其实，窄凳的一端就安着一盘砂轮，手柄一转，火星一闪，刀刃立现，但他居然舍轻就重，用手。如此做来，这将是一个相当长的过程，但电视里，正有一个喜看的剧目，我便表现出不耐烦，说："干吗不用砂轮，横竖不过是一把切菜刀，没必要这么讲究。"他还是憨然一笑，说："这刀也一如人，都有不同的性子，您这把是合金做的，钢口是脆的，一上砂轮，会蹦出豁口。"我还是不能信服，便问："你们磨刀的是论件数，还是论工时？"他说："论件数，一把两块。"说完，他好像明白了我问话背后的含义，脸不禁红了。脸红的应该是我，他却先红了，让我看到了"朴实"的模样，便心生一丝惭愧，说："就依你。"

刃开过之后，他从工具袋里拿出一块中间凹陷的磨刀石，不紧不慢地磨了起来。磨过一个光景，他便斜眼看一看刃口，并用手指在刃上拭一拭，再接着磨下去。我觉得那刀口已足够锋利了，但他还是觉得不到火候，一系列的动作不断反复。其间，他点燃了长杆烟袋，衔在嘴上，因为漫长，烟火竟至断了数次。他那个不急不躁的样子，让我不禁自问：他这是出来做买卖的吗？

因为离得近，更看出他皱纹绵密皮糙骨瘦，便问："您贵庚？"他说："都五十了。"我吃了一惊——乡下人论虚，说是五十，其实是四十九，与我同龄，然而却这样老态龙钟，让人顿感世道不公，便真切地说了一句："差不多就行了。"他说："我自己然知道行与不行，您尽管去忙，不必等。"

这把刀终于磨好了，竟用了近半个小时的光阴，看了一眼那另一把刀，我不禁笑着摇了摇头。拿过刀来，他也笑着摇了摇头，说："对不起，还是一把合金做的。"我说："这一把就不磨了，凑合着用吧。"他说："那可不成，刀既然到了我手里，就属于我。"似乎怕我跟他争夺所属，他急切地把刀固定在窄凳之上，然后再点燃了他的烟袋，嘻嘻笑，竟至笑出了两缕口涎。还是重复既有的程序和动作，我真的有些不耐烦，转身走了，把刀和人遗弃在那里。

电视里的剧情虽然感人，但奇怪的，却没有了往日的吸引，总是时时地到临街的阳台上看一眼那人。那个人专注地工作着，嘴上的烟袋像个摆设。夕阳的余晖洒在他的脸上，脸色很黄，一如土地。到了后来，余晖收敛，已看不见他的脸色，只有身姿还在，一如剪纸。再回去观剧，居然感到那里边的泪水与欢笑离人间烟火甚远，有些虚假，属于奢侈，属于有闲。

知道他快完成工作了，便从冰箱里拿了两听可乐——虽然知道这样做有些居高临下，因而显得卑鄙，但还是这样走出门去。他果然不知所措，推拒时竟至把窄凳带翻了，"使不得，使不得！"我说："您也别不好意思，我也是乡下人出身，依乡下的规矩，在手艺人干活儿的时候，应该有烟茶伺候，在城里混久了，连这最起码的规矩都给忘了，所以请您原谅。"

"瞧您说的，瞧您说的。"我矮下来的身姿果然平复了他心中的谦卑，他不再推辞。掏出十元纸币给他付工钱，"不用找了。"我说。他坚决把两元毛币塞进我兜里，说："八块钱是我的手艺，十块钱就是人的贪心了，我一辈子最恨的就是一个字——贪。"

他表情严正，我内心欢悦，情不自禁地学起了《红灯记》里的一句喊："磨剪子来抢菜刀——，磨剪子来抢菜刀——"

邻人被惊动，纷纷探出窗，真有数人拿刀出户，匠人又有了新的商机。以为这正可以回报他的敬业，没想到他却满脸惊慌，推车欲走。我说："到手的生意都不做，您这是为什么呢？"他说："天都黑了，看不清物件了。"我说："不是有路灯吗？"他说："我眼神不济，灯光下看东西是模糊的，会给人家磨不好。"见来人近了，他说一声"再见您哪"，便仓皇骑远，一如逃。

最先来到的是县一中教历史的张秉璋老师，他满脸疑惑，"怎么回事？"我便把磨刀的经过与他言说。听完叙述，他唏嘘不止，感叹道："这就是小人物的可爱了——小人物不趋时、不趋利，他们往往不怕辛劳，只怕欺心，这叫什么，这叫轻贱者往往品重、位卑者往往德高。"

我回味着张先生的感叹，在路灯下不停地踱步。我发现，夜色越厚暗，灯光越明亮，好像能穿透躯壳照进内心。

我坚信，明天夕阳灿烂之时，那个人一定会来，因为他知道，这里的住户，对他有期待。

2012 年 9 月 16 日于北京石板宅

爱犬物语

1

小儿初入世，社会上的许多物事，让他迷惘，便心生不安。为了平息躁动，弄了一条英国伊丽莎白种系的柯基犬。小犬无尾，腿短，便显臀肥，弹跳有女相，风情万种，颇惹人怜。狗虽雌性，却起了一个雄性的名字，曰钢特。后来小儿有了恋人，情不再系狗，便把其遗弃给我和家婆，从此便与宠物结缘，有了额外的牵挂。女孩儿初来我家，小犬钢特吠叫不止，在她脚下嗅来嗅去。待她轻抚一番之后，竟驯顺地依伏于她的膝下，仰面露怜爱眼神，期盼喂食。一喂就咋舌，美。到女孩儿告辞时，它拼命尾随，远远不归。女孩儿只好再送回来，挡在门里，以脱身。它在门里嘶叫，异于往日，透出忧伤。女孩儿对小儿说，它认我，已把我当作家里人。这让我和家婆感动，一致认为，这个女孩儿是选对了，连狗都验证。

2

爱犬钢特不欢，早餐不奔前，躲在卫生间里弄喘声。

钢特眼神丰富，欢喜、渴望、争宠，总能用眼神表达。家里人只要一用餐，它一定要趸到餐桌前，眼巴巴地看着主人的嘴唇翕动，如小儿看馋。就扔给它一块火腿，或一块排骨，或一角面饼。眼下，人类过年，餐桌丰富，扔给它的食物多膏腴，看来，它很可能得了胃疾，消化不良。

于是想到，人与宠物之间，爱心不能过剩，过剩的爱，是害。宠物饿着，反而胃肠通畅，有进食欲望，一如对爱人，不能过于用爱，大爱之下，不知感恩，遑论珍惜，以为理该如此。另外，大爱，有居高临下、不由分说的强迫性质，让被爱者，不知所措，失去自我，这对生活的自立，也是有害的。

家婆问计，我说，任其饿，饿到一定时候，它自然恢复。

3

今天停暖，虽然室外已到了十九摄氏度，也感到冷。这就一如感情，感情一直热着，突然冷下来，心中感到的冷，比实际的冷还冷。

昨天晚上，我在刺猬河大堤上遛狗，看到岸柳的苞芽已肿而紫了，不禁眼前一亮。因为紫，就是要开，为人间吐绿。

脚下的土地沉实，踩到上面，能听到声音。如再有数日阳光普照，水汽蒸发，就会生出浮尘。花开，风起，扬尘，北京的春天就是这样——和煦与粗糙相伴而生。

狗能本能地分辨温顺与暴烈——与同类相遇，能交颈互响的，一定是有温和的性情，相反，它一定是远远地躲避，躲避不过，就拱你足踝，求救于人。

这一点，已得到多次实际验证，所以，跟宠物一起，我也能识别狗。

但人就不同。人无先天机警，只有吃过亏之后，才有认识，才长记性。所以人的生命成本比动物高。

人类学者、美国的赫舍尔在《人是谁》里说过，人的智力并不天然地优于动物——野鹿临悬崖，他会自然收脚，而儿童会一直走下去，跌死；看见赭红的炭火，狗会绕过，而蹒跚学步的人类，会伸过手去，烫伤。

所以，说人类是"经验之果"，是对的。

这就让人产生联想——年轻的，有学历的，就自然比年老的、无学位的高明吗？把他们速速地提拔到高位，就一定会有期待中的作为吗？相反，这里老而无用的暗示，会弱化、淡化这个社会尊老、敬老、爱老之风。而无老就无幼，这不仅是儒家学说，更是生命规律、人生哲学，它告诉人们，"老"承载着人类的"经验之果"，是人类前行的基础——没有这个基础，人类不知从哪里上路，也不知将走向哪里，将会重新沦入黑暗中的探索、在蒙昧中的瑟缩，其"幼"，也就会成为生命难以承受之重。

　　人之于酒，大醉，尚好，昏然睡去，如入忘川，尚可忘忧。但更多的时候，是不昏不醒，纠结在中间状态，起卧均不适，就殊难受。人生状况也是如此，既顺遂又不顺遂，颇考验人的耐性。于是，只有坚韧的人，才能行远；没有耐心的人，仓皇而败。这里，老人们的耐心境界，是后来者的天然之师。

　　人与人相处也是的。并不是豁然的喜与厌、爱与恨，总是喜厌相伴、恩怨交结。有人说，要想让两个人分开，并不需要人为的离间，只需要放任他们朝夕相处，粘在一起。时日一久，他们会自己把对方的缺点放大，直至不能容忍。这一点，在我故乡的老人们那里得到验证。老人们对不认可的姻缘并不采取断然的棒打鸳鸯，而是含笑以对，让他们去幸。只是迟迟不给其名分，让他们心虚。到了后来，让他们虚的，不是外界的压力，而是虚的自身没有内在动力，就自然而然地散去。家族之间也不因此结怨，和好如初。这种"非暴力"维权行动，之所以有效，并不说明老人们有多么高明，它恰恰是一种人性的证明。我对毛姆的《人性的枷锁》之所以百读不厌，就是出自这方面的理由。

　　具体到亲人之间，为什么爱与不爱都不能使其分离，是因为有家庭、家族的人伦"枷锁"。这把枷锁的材质，不是金属，而是血缘。血缘是基因，决定着生命的样态，区别着与他人的不同，就有了物以类聚之象；血缘是原始股，无论升降，无论兴衰、无论荣枯，本钱都是不能出让的。还有，生命的一次性特征，也决定了亲缘关系的不可再生——无论爱与不爱，下辈子都不可能再见。这种无可奈何，让人产生畏惧，因而就产生了珍惜，在不爱中爱，在裂隙中求弥合，在怨恨中求恩德。为什么朱自清一篇庸常的《背影》，产生了那么大的感染力，是那个"背影"让人们看到了亲人的必然远去，在巨大的忧伤之中，对亲情产生了悲悯。为什么彭程的一篇新作《对坐》，也在读者心中激起联翩的波澜？是那个"对坐"的姿态（每天陪父母坐坐）让人们醒悟到，应对那个远去的必然结局，所谓珍惜，就是从身边的老人做起。

4

晚，偕家婆到刺猬河公园遛狗。

刺猬河公园，现已改名塞纳园，甬道旁有廊牌，布以人口与计划生育文化宣传内容。

院内有石桥，甬道，清流，岸柳，日光能照明灯，还有文化广场，游人繁盛。

近看，柳丝轻摇，缓水漾波，疑在梦中；远看，柳色绒绒，河水闪白，如入画境。微暗之中，足音杂沓，弄破清静，也好，免去寂寞，使人回归人间。小犬知时节，不耐热气，粉舌卷喘。正有预备，袋中有钵与水，便引至路边座椅，令其饮。以瓶倒钵中，不饮，只接饮倒时水流，可谓庄重地解渴，儿戏地喝。

行至无护栏处，小犬索性狂奔入河水，纵情而游。小犬鼻小，嘘气无力，只生零星浪花，小小之下，可爱。犬肥身重，不敢远游，游丈余，就回归，伏岸边巨石上歇息，但人一走近，复又入水，不让人逮。反反复复，似捉弄人，就更可爱。招来众人围观，有少女稀罕，以手机照相，好回家传播珍奇。

　　知疲上岸，寻繁密草皮，在上翻滚，且立身抖动，把自己弄干。家婆笑嗔道，本来干净，却又弄脏，即便伶俐，也不过是狗。我说，狗吐了，又吃进，它只感觉干净，而不顾人眼中的干净。这就叫，人干净的是肉身，狗干净的却是心灵。家婆说，文人无趣，总是把简单的弄复杂。

　　小犬惬意，在人前兀走。

　　我有多余心思看行人。

　　前有一少女，腰细臀肥，人一走动，两个臀瓣就左右上提，如柳摇曳，有锥心的风情。人稍走远，整个背影如一张剪纸，凸显腰窝，更惊心动魄。陪伴她走的，是一中年妇女，或许是她母亲。妇人壮阔，上下同规格地肥，臀形如一盘磨，走时足音响重，臀肉下坠，总像要砸到地上。两相对照，不禁生出感慨，人间不平总是要人恨的，但最该恨的，是时光。

　　回家之后，家婆给小犬淋浴，之后，施以电吹风。小犬系母性，风吹之下，现出两排粉红乳头，让人顿感温柔，忍不住在一颗上捏一捏。家婆说，难寻种犬，也不能生育，可惜了。我说，这有什么可惜，不被使用，才有永远的母性之美，一如女人，乳本来是用来哺育的，却用来玩儿，一玩儿就肿，肿后就瘪，就失去了女性特征。

家婆惊愕，狠狠地瞪了我一眼，说，你们男人都想些什么！

不想分辩，起身推窗，放眼远望。一片漆黑，也不见繁星，一切的美都被湮没了。

突然想到鲁迅《好的故事》中的一个句子——"鞭爆的繁响在四近，烟草的烟雾在身边：是昏沉的夜。"

鲁迅的句子总是那么有味道，能把外在情景拉入心田，让你感到，远处的一切，都跟你有关。

这是大化之美。

但鲁迅的文字，已被人遗忘了，因为今人觉得它费解而无用。

但是，它的无用，正是它的大用，提醒人们，虚无之下，尚存实有，一如这昏沉的夜，虽然夜色把万物之美都遮蔽了，却一个也没有消失。待阳光乍现，美会如期张目。

而且，晨露洗过，美得新异，堪可医治审美疲劳，让人往深刻里理解，并懂得什么是精神的永恒。

5

昨晚遛钢特时，狗不耐热，总望着刺猬河的河面。近日连续有风，河面吹来一层浮滓，颇不洁。怕它潜水游泳，弄脏净好茸毛。便生一计，故意逗弄它之外的狗。因常在岸上走，人狗均相熟，也能叫出别的狗的名字，比如眼前那只狗，主人叫它毛毛，我也就毛毛、毛毛地叫，表达对它的亲热。钢特初怔住，之后就啸叫，之后就驱逐。它怕失宠，本能地捍卫自己的地位，就把河水放弃了。

之后，就一直驯顺，乖巧地跟着我，不生别念。

我忍俊不禁，不停地笑，因为我觉得，在感情层面，人和狗是一样的，远则怨，近则不恭，一味娇宠，反恩德不察，日夜胶着在一起，反生离隙，要懂得适宜地冷。

日间，总有一个理念浮起，即：把身边的书读破，会把远处的祸避过。

读书的时候，心静，不被窗外事诱惑；废书之后，内心浮躁，出门闲逛，被市井颜色所吸引，禁不住趋近，陷在是非之中。

这一点，缘于昨晚睡前读郁达夫的散文。郁达夫读和写时，心性净洁，下笔典雅；一走到街上，就奔酒肆、勾栏，满眼醇酒、美妇。这就不难理解，为什么他的文字，凸分两格，既有《银灰色的死》那样的颓废与沉沦，又有《怀鲁迅》那样的昂扬与崛起——"没有伟大的人物出现的民族，是世界上最可怜的生物之群；有了伟大人物，而不知拥护、爱戴、崇仰的国家，是没有希望的奴隶之邦。"

周作人说他身上有两个鬼，一个绅士鬼，一个流氓鬼，或许与之同类。

可以说，人身上都有庄重和轻浮的两面。文人靠自我约束，靠书中伦理，节制自己不良的一面，即便是郁达夫这样的放浪形骸的人，陷入红尘，也有本能的回归，"曾经酒醉鞭名马，生怕情多累美人"，他书读得多，能自责、自省。到了女人那里，就不一样了。他们普遍地缺乏自我修正能力，常凭感觉任性而为，理性形成，要靠外力——娇宠，使其轻浮，"鞭打"，使其庄重。尼采曾在《查拉图斯特拉如是说》里说："到女人那里去，别忘了带上你的鞭子！"他不是轻视女人，而是深懂女人。

不妨举现实中的一例。女人爱风情，衣着喜薄短，用柏杨的话说，一坐故露大腿。这里的"故"，不是故意的意思，而是固然、所以的应用。她露出大腿，正确的做法是直视而不是回避——你直视的目光，一如鞭子，会唤醒她的羞耻意识，向下抻一抻裙角；而你的回避，却是放纵，近似同谋。

所以，要爱女人，就要先懂女人；爱宠物，就要先懂宠物——不然，都会毁在你手里。

我是指男人的自重和责任。

6

在刺猬河边遛狗时，两岸坐满了垂钓的人。

地面温度已到了三十六摄氏度，人们以这种方式避暑，因为垂钓需静心，"心静自然凉"，他们可以把暑热暂时忘却。

然而狗也热，一心想到河里去游泳，几经阻拦未果，终于入河，搅起一圈圈涟漪。

垂钓者颇不悦，认为河里一出现狗，就再也钓不着鱼了。因为"是猫沾腥，是狗吃肉"，鱼对狗有天然的恐惧，所以狗出现在河边，是钓者的凶兆。我说，你们的目的又不是鱼，而是享受钓，鱼非鱼岂不是一样？他们说，是钓者，眼里就有鱼，即便不仅仅是为了鱼。

既然谈不拢，也就不再客气，任爱犬畅游。因为鱼是公共的，而狗是自己的。

每次遛狗，我都穿着一件乡下屠夫常穿的白纱布裆裤，腋下开口，露浓密腋毛，仅靠布襻连接，且为了防止爱犬溺水，手里掌一长长竹竿，做派有蛮者之风。他们便有所顾忌，怯于争执，只是无奈地摇头。但我分明听到他们低声嘟囔道——狗也就算了，可恨的是人，手里晃悠着一支破竹竿，"竿"通"赶"，把鱼都赶走了，还钓什么钓？养狗的都霸道。

回程的路上，我想，钓尽管钓就是了，还讲什么似是而非的迷信？

我的祖父和父亲，都钓过鱼，做过猎人，在渔猎活动中，也都染上了迷信的习性。从他们身上我知道，迷信与渔猎者天然相伴，并且在此基础上，产生了无数预兆和巫术，所以，渔猎活动，并不像城里人所想象的那样洒脱，其中有太多的禁忌。

譬如——

他们认为与有眼疾者、顽劣者和妇女相遇，是不祥之兆。所以，猎人每逢出猎，先要前后左右观望，一旦发现上述这些人，就要躲避，或转道而行。如果某妇人斜刺里出现，躲闪不及，只好打道回府。一些心地善良的人，知其忌讳，会主动回避，让猎人感激。

譬如——

路遇空车，或劈柴车，被认为是对狩猎不利；相反如果大车里装满了谷物、货品，乃至干草，则认为是好兆头。如遇拉棺材的车，则更是上上大吉，因为棺材是装尸的，尸通"实"，预示着满载而归。这个说法，甚至影响了其他的行为，比如娶亲、出行。遇到出殡人群，不仅不是晦气，而且因为"棺"通"官"，后代就有官运，走路就有官道，通畅而平安。相反，遇到娶亲的队列，就大不吉，因为"冲喜"。所以，别人家娶亲时，你不要出远门，要到他的场面上喝喜酒，这叫沾喜、沾仙气。自家迎娶时，如遇同样的阵势，要迅速往地面上扔事先预备好的顶针或瓷碗，以对抗妨碍。

又譬如——

如果狩猎途中听到乌鸦、猫头鹰和蝙蝠的鸣叫，则认为是不祥之兆，就要处处小心。如果第一枪打偏了，第一条鱼没咬钩，就预示着这次渔猎活动不会有好结果，不如及早收场。如果一头猎物，屡打不中，或者即便捕到，也自行逃脱，就不要打了，因为它已修炼成仙，不可冒犯，如果执意穷追，会危及猎人的生命。我父亲曾紧盯过一只雪狐，枪总是打不准，就用地夹，狐狸被夹住之后，自己咬断了腿逃走，在即将被追上的时候，又放出臭屁，他就大为惊骇，认为遇到了狐仙，就主动放生。后来父亲患癌症过早离世，在最后的日子里，他反复叨念，说自己得罪了狐仙，它索命来了。

还譬如——

钓鱼的人身边的水桶往往是空的，因为他们承继了一个古训，装鱼的桶在未钓得第一条鱼之前，不要盛水，鱼一得水，就跑掉了。还有，狩猎的人，一般不亲自解剖猎物，因为猎物的灵魂会给猎人的眼睛里留下记号——凶光，以昭示给后来的同类。乡下人常说的，杀气太重的人不适合当猎人，或许就是从这里而来。

追寻迷信和禁忌的形成原因，是不难的。因为渔猎，是先民的一种生存活动，在那种原初的条件下，人类对大自然的认识能力极为低下，每当遇到或听到用自己的知识难以解释的事物及现象，自然要托付给神怪、灵异等冥冥之中的力量，从而编造出虽然荒谬却言之凿凿的解释，热心聆听者又结合自己的亲身经历予以补充和证实，神秘文化就越来越发达了。而渔猎者又与一般的先民不同，他们更直接、更深入地进入大自然的内部，更有现场的感受。譬如一个猎人只身在森林里过夜，漆黑又寂静的周围环境会让他恐怖异常，而当他听到那在森林峡谷中迂回不已的野兽啸叫，自然会把它当作是某种怪物发出的声音，并把附近野兔跳跃时弄出的窸窣，认为是怪物走近的脚步声。特殊品种的叫声，如乌鸦、蝙蝠、猫头鹰，凄哀如哭，让猎人顿感战栗，以为是妖魔现身，大难降临。所以，种种神秘现象的描述和种种奇异感受的传播，都是来自渔猎者——首先将林妖形象传到人间者，就是猎人，首先发现"美人鱼"者，就是渔夫。

到书房搜寻有关的读物，找到俄罗斯专事渔猎题材写作的阿克萨科夫的《暴风雪》（辽宁教育出版社"新世纪万有文库"之一种，1997 年 3 月第 1 版），兴味而读，发现俄罗斯民间的迷信和禁忌，许多都跟我国的相同，不禁感到，在愚昧落后的前提下，不同民族的认识殊少差异，只是后来的知识修养、科学水平和文明程度的不同，拉大了距离，有了文野之分。而现在的城市化、全球一体化，又逐步在消泯这种差异，千篇一律之下，文化的魅力，可堪回味的、独特的生命感受渐渐稀少，那种记忆中的"迷信"风俗，反而让人倍感亲切，因为它可以离间现实的所谓真实，给想象营造空间，让人类还有梦幻。

不禁怀念儿时由祖父和父亲的渔猎活动带来的乐趣——

鲇鱼只一根脊骨而无须刺，焖酥了之后，用筷子往鱼背上一戳，便分解出两半腴肥的鲴肉，可放心地大口吞食，大快朵颐。

整只麻雀用泥密封（泥中放上盐屑），放到炭火上烧烤，到了相宜的时辰，重重地往地上一摔，泥壳分裂时，自动把羽毛撕去，裸呈粉红雀肉，鲜嫩无比。

松鼠去皮、掏去五脏，在案板上剁碎，爆炒，或汆丸子，有鸡肉味道。

斑鸠肉与鸡肉相比，更让人下酒，鸡肉柴，而斑鸠肉醇厚。

獾肉多脂，炖在锅里，香飘四邻，能让粗糙食物，譬如窝头、玉米面饼，吃出细粮感觉。

即便是狐狸，剖后在冷水里浸泡三日，拔去臊气，也可以进食。只是要多预备大蒜，因为刚咽下去时是香，再一回味，就有一股似臊非臊的味道，得靠大蒜平息。

…………

说来说去，这些乐趣都是建立在"饥饿"之上，那时旱涝频仍，家无余粮，虽搏节而食，也仅够一季的饱，其余三季，或瓜菜代之，或去渔猎。父亲患恶症，总是反思自己杀生，让家人唏嘘不已。其实他渔猎，不是习性，而是为了"活"的被迫行为，他不应该自责太重。但是，有关渔猎的迷信对他的影响太深，他听不进别人的解释。到了我这一代，就远离渔猎了，虽对旧时传说有科学解释，但禁忌有暗示作用，不信中，也有余悸。索性罢手，图个心理清净。

细一思忖，对待迷信的态度，绝非简单的信与不信，他有文化作用，而文化作用就是精神作用（心理作用），往往让人在似是而非、似非而是间迟疑不决。

7

我最厌恶巧舌如簧的人。因为只有嘴不对心的人，才能巧舌如簧。

说心里话的人，缓慢，甚至笨拙。而且，朴实的人，往往羞于夸夸其谈。

以生活为本，心性高洁的人，往往一切从简。

母亲从小就对我说，要喜爱粗茶淡饭，要喜欢土鞋布衣，这样，不生贪吝，知足常乐。

所以，我喜吃野菜，野菜润肠，不留宿便，口气清爽。也喜吃小米，小米化瘀，不生臃肥，身姿灵巧。

所以，我不挑剔衣着，也不屑于揽镜自照，素面朝天，表里如一，让本性自由发言，因而不务虚荣，也睥睨宵小，含笑来去，心广地宽。

有人问，你怎么总是那么意气风发，春意盈面？

我说，因为无我，不太看重自己。一如小草细小，却总是向上生长，自得于草根习性。

爱犬钢特，系小儿豢养，我却爱之如命，常领它招摇过市。常对它说，小孙子，你要听爷爷的话，远离脏物，不理生人。

它理会人意，紧随身后，不跑远。

我常失眠至深夜，枯坐在客厅里，听家婆弄鼾，爱犬陪坐，驱之不去，让我为"忠诚"感叹。人与狗都能听到生命的心跳，故愈加喜生，不生忧愁，且忘却不公，觉万物平等。

8

从是日起，晚饭后增加遛狗时间，与其是人遛狗，不如说是狗遛人。爱犬钢特，虽是母性，却善攻击，遇到不喜同类，猝然上前撕咬，让人措手不及。对方主人颇不悦，我只好赔以笑脸，且说，您尽可以打它，往远处驱赶。竟真的下手，用手中的缰绳抽。不期打到小犬眼部，尖叫一声跑远。对方走离，我揽狗察看，见右眼红肿，久久不能睁开。我心疼不已，骂道，狗 × 的！

这就是纠结，一如处世，都是在愿与不愿之间。

回家给狗滴以眼药，它就伏在我的腿上，听凭救治，楚楚可怜。我内心温柔，有泪。我对它叮嘱，以后要驯顺，因为现在的人都有戾气，不能轻易招惹，以免给主人引来纠纷和诉讼。狗无言，只是睁开了伤眼，满眼迷惘。

9

今天是大年初六。早晨，自然睡醒，通体舒坦，满心温柔。便大呼爱犬钢特。

小犬应声而至，上床来，与我共枕而卧，一如婴儿驯顺。

小犬全身洁净，嗅其绒毛，有淡香。这是人爱惜的结果，常给它洗澡，使其远离动物属性。

爱，真是有力量，使铁树开花，使顽石有灵，使狗通人性。

起床，看"非常6+1"，高博的主持比李咏为上，因为他懂得节制，有冷幽默，层次深些。

那些儿童，通灵鬼精，人小，却有大才艺，唱、舞、念、做，都有板眼，让人惊叹于人的智能。不禁想到，成人真可以以儿童为师，除去浮尘，保持热情和好奇心。好奇心是阳光品质，一如小草，即便巨石压身，也钻隙而出，生长在阳光之下。

也就是说，童心是一种能量，一如水，可随物赋形。

成人已接受了社会对他的规定，行为总是在身份观念中徘徊，他放不开心性，就殊少生动。因为臣服于清规戒律，生命力就弱化了，表面的稳重，其实是惰性。

此时，我怀念儿时时光，因为那时我尚不知道自己是谁，就无知无畏，像一头乡间的驴子，遍食百草，不怕腹泻，满地打滚，不怕身脏，鸣哇乱叫，不怕人笑，活在天地自然造化之中，能感受到生命本身的存在。小犬钢特也是这样的，所以，我很羡慕它，因为它比我活得率性、幸福。

10

今天是清明节。

阳光明媚，有微风。带家婆与狗去小清河踏青。

小清河河畔，黄花遍地，春虫嘤嗡，爱犬被吸引，竞跑追蝶。家婆剜野菜，边动作，边回忆儿时趣味。不到两个时辰，所带行囊，就被野菜充满，而野菜依旧遍地，家婆惋惜地一叹，就这样吧。儿时挖野菜，是为了充饥；现在挖来，是为了调剂胃口。目的不同，态度也就不同：充饥者，要把野菜挖尽；调剂者，适可而止。

午时，携野菜去探母。母大悦，因她喜食野菜，正可大饱口福。

清水洗净，泼以辣椒油，好吃得出乎意料，口感爽脆，咀嚼时竟有隐隐回甘。在儿时的记忆中，野菜总是有苦味，或许是因为没有肉香垫底，遮不住清寒之气。

母亲饕餮而食，我不禁劝道，尝一下鲜即可，因为您有高血压、冠心病，过度而食，会让血管负重，会诱发眩晕或浮肿。

母亲笑笑，说，这人一老了，忌讳就多，就不自由，并不是想吃什么就吃什么，要注意养生。

从母亲的感慨中，我突然悟到：其实原始的生机是无须养的，自己就在那里盎然着；一到了有意养生的地步，生气已远离人身，已无回天之力。

11

这两天柳絮纷飞。

对柳絮过敏者，易得皮肤病，故避之；在清洁工人眼里，它脏污环境，故扫之；文人嫌其轻浮，撩人心性，故厌之。

殊不知它是柳树的种子，是物种繁衍之本。

人之看事物，常只攻其一点，而不计其余，得出的结论总是似是而非。

这两天爱犬发情。

在河畔上行走，公狗尾随，故赶之；在客厅里盘卧，经血污地，故揩之；家婆嫌其累赘，多有烦言，欲弃之。

殊不知这是动物的生命本能，是顺应天理之举。

人看待动物，只从人本位出发，宠爱的背后，是天性的扼杀，近乎残酷。

这一切，都需要我们认真反思。

12

天大热，球迷沏一壶茶，看世界杯，进入清凉境界。而球迷外的人就不同——

晚上，家婆遛狗回，大喊热死，开空调，凉风劲吹。我不能承受机器的凉，骨缝中有针扎感觉，建议她关，静静地享受自然风。她不允，我气愤，吵。狗看看她，看看我，莫名其妙。因为狗趴在水泥地上，自寻凉意，便不知人在凉热中的进退，它感到人好笑。家婆奇瘦，腿骨上无多余的肉，反而怕热，吹凉风。便可知，狗的皮毛，我身上的赘肉，有消暑功能。

把自己关进书房，裸身翻闲书，暂时把暑气和闲气忘了。

我越来越不满意自己的生活，感到希望无多。我的生活总是"错位"，乐趣就殊少——

能远足的时候，没有放达之心，觉得宅在书斋里读读写写才是正事；待文思枯竭想游历，却已无多余的体力，殚于迈步。

有可挥斥方遒的平台与机会时，讲究守成与低调，一味谦恭；待世事看透，想铺张扬厉，表达个性，却已失去应有的激情，一如尾巴夹得久了，粘连在一起，反而翘不起来了。

遇到可借助之势，正可顺势延伸人脉，以少付出而获大收益，却酸性上升，以攀附为耻；待急难险事当前，需要打通关系，破解难题之时，又找不到门径，顿感临时抱佛脚才是最大的人生尴尬。

官员与文士杂合于一身——在官场谈文学，书生气重；到了文坛，又讲官话，官气十足；两个场面上的人便都视你为异类——均不倚重，均不与你畅所欲言，或防备，或轻蔑，或嘲讽，或贬损，身姿顿矮。

即便仅仅是在文坛行走，由于身居城乡接合之地，学院派认为你黄土加身，胸无点墨，文化轻浅，一派俗俚；而乡土文人，又认为你登堂入室，狐假虎威，故作高深，不可与之为伍。二者皆排斥，便雅俗无据。

即便是写作本身，因为既写散文又写小说，就招来多余的议论：虽然都写得用心，都写得精致，且多"经典"篇目；但小说界说我的小说不如散文，散文界说我的散文不如小说，多能，反而自讨其辱。

如此种种，颇烦心乱神。素日不管不顾，坦然面对，而且还自我调侃，我是我的主宰，他人奈我何如？但暑热之下，心绪不宁，就表现出虚弱，就强化了不堪之感，真以为事事不如意，不可活。

我躺在床上陷入冥想，感到人生虚无，执着于意义却根本无意义，不过是兀自劳顿而已。

看来暑热绝不仅仅是气候问题，而是精神问题。

烦闷之下，翻身下床，穿衣到街上去。从冷饮店买茉莉凉茶一箱，在楼前的石桌前独自啜饮。

狗在屋里叫，它要出来；我在外边痛享孤独，不想进去。

家婆隔窗而望，嗳嚅不止。

天渐渐地黑了，不可阻止。

13

晚上到刺猬河边遛狗时，见到那个书摊的品种多了起来，便心中一喜。

急切地趋向前去，竟发现有一部自己的中短篇小说集《神医》(作家出版社，2010年3月第1版)，赫然放在那里。书的品相很新，疑似从书店流出。问摊贩价格，他说五元。这本书销路不好，尚有积压，出版社正以三五折贱卖，原价三十二元，仅卖十一点二元。即便如此，与五元作比，还是贵的。

我问摊贩，两元卖不卖？

他说，你要是喜欢就拿去。

正此时，身边的家婆惊呼，这不是你写的书吗，干吗还买？

摊贩一愣，从我手中抢过书去，看那扉页。扉页上正有一张作者像，正对应着眼前这个人。他说，两元不卖了，五元。

家婆说，不卖就不卖，咱们走。

然而我不走。因为扉页上有我的签字：敬请张××大兄指正。

遂花五元钱，存下一个有趣的故事。

家婆愤愤，说，你以后出书，不要什么人都送，省得让人家当废纸处理。

我说，要不是你多嘴，也就省下了三元。

她不明白，每有新书出，这个张××大兄是必送的，因为他是本地稀有的文化人中最有文化的一个。他是名牌大学中文系的高才生，在区党校当过讲师，在区委宣传部当过副部长，现在也是一个文献部门的一把手。平日里，我们频繁接触，对谈热烈，互称知己，交情甚笃。这样的人如果不送，他会怨你小视，见面时不好说话。送不送在你，用不用在他，图的是自安。

把这番意思讲给家婆，她说，你明天上班时，开个玩笑，还把签字本给他送回去，看他怎么说。

使不得，我说，赠书沦落，原因很多，未必就是他不重视，不读。或许是放在机关，被卫生员清理；或许搁在家中，遗忘在书报堆里；或许是书贩行窃，顺手牵羊——绝非他主观故意。如果你再把书送回去，那就是认定他不珍重的态度，虽能收获一番解释，但也会成就一团尴尬，以后的交往就不自在了。况且，文人相交，未必非诗书酬唱才算雅，能嘘寒问暖、亲切相待也颇不俗。譬如你吧，一辈子不懂我、也不看重我，不还是生活在一个屋檐下、不离不弃？作为现实中的人，要看重书之外。

家婆理解困难，说，你们文人太复杂，活得太累。不像女人，甚至宠物，高兴就是高兴，不喜欢就是不喜欢，直来直去，不会遮掩。正因为我们简单，所以我们快乐，对人对己，都没有怨言。

14

晚上还是到刺猬河公园遛狗。

虽黄昏已至，但夕阳仍灼灼如烧，让人看到时光不忍逝去的样子。

家婆患有糖尿病，移步一久，就累，请求在路边歇。正有一靠背长凳预备在那里，就顺势坐下。借机拿出水具，欲饮狗。

狗却专注地看着一侧，眼神有惊异之光。

那一侧，草繁茂而杂，就有蛮荒样相。一灰羽小鸟，体形、大小都如雀，长着细长的喙。奇异处，是两头都有喙，似从头部中间穿过，状如开山所用的十字镐。它悠闲地在草上散步，不时啄食地上虫蚁、草籽和蒺藜果。我叫不上名字，姑且管它叫交喙鸟，取喙贯通的意象。家婆说这种鸟她幼时常见，但当下却好久不见了，所以她倍感亲切，眼里也有光。

那鸟如入无人之境，也不忌惮人声，就那么自在地觅食，好像行走在自己的领地。我不免想到，由于蛮荒，没人工痕迹，使鸟的本性登场，所以，公园的构建，最理想的办法，就是少置备人工设施，让它有山林气息、原始面貌，杂花生树、莺飞草长，野而和谐。只有这样，才有百虫，才有百鸟，才有亲近自然的感觉。

我们久久地凝视着那只小鸟，不忍动弹，这里当然包括狗。

搁在以往，虫鸟一仓皇乱动、乱飞，狗就啸叫、就捕捉，但这只鸟平静而从容，就让狗感到敬畏，它审视、它思考、它追问究竟，所以它始终凝眸，不解时，还不停地伸展舌头，表情像哑舌而笑，它有人意。

以为狗干渴，便把水倒在钵里，强令它喝。它飞舌汲水，喝得很快，似乎放不下对鸟的惦念。

饮水罢，再回望那小鸟，鸟飞走了，只看到它小小的余影。

望着远去的小鸟，狗突然放声啸叫，它不是冲着小鸟，而是冲着人。

我醒悟到，它是在抗议人强令饮水的动作，因为对人的服从，它把小鸟错过了。

15

一早，儿子儿媳邀我和家婆偕爱犬游韩村河镇天开村"天开花海"。此地原址是天开水库库底，近年旱，干涸，村人遍植菊花，成璀璨花海。门票每人二十五元，绿草甬路，菊花有数十种。刚到时，天阴，草上洇着露水，脚踩其上，且润且暄，颇享受。

草茂花深，小犬一进入，就杳了身影，须人时时寻觅。这倒增添了情趣，让人的爱心有所附着。美景能召唤童心，家婆频频拍照，一对年轻夫妇则纵情嬉闹，为保持父尊的庄重，我只好催促小犬径直朝前走，远离他们。

接近午时，豁然晴朗，花朵立刻鲜艳起来。这反而让人觉得不适，觉得过于刺眼。才体会到，赏花时光最好有薄阴，柔和的氛围，让人不分神，能看到美的脉络。

小犬的舌头吐得很长，它是渴了，饮过水之后，依然吐得长，看来它累了。我便把它抱在怀里，替它走。毛茸茸的身子，清晰的心跳，让我感到生命是那样的美好。

16

爱犬钢特越来越仁义了。

譬如晚上散步，我和家婆必须同时相陪，它才移步。我有旧思想，床上夫妻，地上君子，两人出行，从不勾肩搭背，总是一前一后。这就给钢特出了难题：我跟家婆相距得远了，它就无所适从，既怕跟不上前边疾行的我，又怕丢下后面缓行的她，就在之间来回跑，顾及着两个主人，行程就双倍于人。我们二人就都怜，怜于它的累。

譬如在居室相处，公婆必须和煦，一有争执，它就颤抖，躲进厕间。所以，有它的存在，融洽了我们夫妻二人的关系。

譬如每到晚间饭口，它都依偎在主人身边，看主人咀嚼，就像小儿看馋，期待喂。怕它食淤，我和家婆约定，只有我在场时可以喂，不然就置之不理。所以，为了怜惜爱犬，晚上我一般不赴约，只陪家婆与狗。

譬如夜里眠床，它必须与人相依而眠，常居于我和家婆之间。而眠床狭小，怕挤了它的小身子，我和家婆只好分床。但人分狗不分，上半夜它依偎家婆，后半夜它依偎我，来回穿梭。

狗到了这等地步，就不是狗了，而是家庭的一个成员。

这就给我带来额外的忧伤，常情不自禁地想：如果家婆不在了，我可拿它怎么办；如果我们都不在了，它可怎么活。

所以养宠物不是一件有趣的事，是感情的拖累，因为不可割舍，就无端地忧伤。这与无果的爱情相仿佛，既不能弃，又不能终，悬在半空，觉得有债务。

我常抚摩着爱犬的毛发，悲从心生，表现得十分脆弱。家婆出远门，也是心魂不定，常打过电话来，劈头就问，钢特还好？

狗是第一，人退居第二，它占满了人的感情空间。所以，宠物不能轻易养，它让人感到"牵挂"之重。

17

画家王书樵常到我家来，既煮酒谈阔，又论道议禅。爱犬也喜听，乖巧地伏在我们左右。书樵大为惊异，对钢特产生浓厚兴趣，悉心观察数日，率然做长卷《钢特图》，将爱犬的十数个动作，有机地呈现在画面之上，趣味横生，意蕴悠长。他嘱我写一阕《钢特赋》钤于画的一侧，合作完成一种诗意的表达。遂绞尽脑汁，写下如下文字——

小犬乃英国伊丽莎白皇家种裔，虽为女性，却遇威猛者不惧，见专横者不谄，双耳乍起，敢于迎敌，且仰天长啸，傲骨铮铮，故命名钢特，以状性情。但钢特对主人颇缠绵，昼形影不离，夜同榻而眠。主人之喜怒哀乐它均能体会，主人之好恶取舍它也能处处呼应，乖巧与聪慧不逊于童子，令人既爱且敬。遂叹曰：人性狗性共通天地灵性，人情狗情同化日月真情。

书樵读罢，脱口称赞：太好了。遂豪兴大发，放笔书丹，字与画浑然一体，俨然是大作品，令人荡气回肠。我求其好生装裱，庄重地悬于我家客厅，时时回味，以寄情，以明志，以砥砺人性。

18

逗弄着爱犬钢特，我突然生出一组碎思——

狗太乖巧了你渴望它说话，人太絮叨了你希望他闭嘴。

思念过于绵长你选择遗忘，冷漠过于长久你呈现热情。

器小易盈，如各地的文学小刊物。

量大常虚，如文坛之外的民间思想家。

盐存大海，终究是水；引入浅滩，才可蒸发出盐。

蛹化成蝶，终究是虫；飞入深闺，才可触动春愁。

所谓时尚，就是一群人都说着相同的话。

所谓过气，就是个别人说与众不同的话。

浑水摸鱼如有所得，那是运气。

清水求鱼终有所获，那是苦修。

敬请斧正，是要您扔掉斧子，切勿指正。

博您一哂，是请您闭上尊口，不置微词。

19

与爱犬厮守，让我看到了自己的另一面，也懂得了不少做人的道理。

天寒时节，为了遮风保暖，每晚出门遛狗，我都要戴上一顶俄式高身圆筒毡帽，再配上深色棉质风衣和长靿皮靴，有哥萨克英武之风。走在大街上，吸引众多目光，感到自己颇脱俗。由于感觉大好，每出门前都要在穿衣镜前久久打量，如妇人般自我欣赏，好像在顷刻间，自己从委琐中破土生长，渐渐挺拔高大起来。

在日间，到公共场合，扮演社会角色，着装要周正得体，那顶俄式毡帽，是断然不可戴在头上的。发型规矩，谈吐拘礼，一招一式，都是身份的要求。但一旦与狗为伍，与社会疏离，一切禁忌，就顿显多余。而且是理直气壮的解放，熟人见面，也自然而然地认同，不显突兀。

在室内，爱犬温驯好静，不喜大声喧哗。我每与家婆争执，只要声高，它就浑身颤抖，手足无措，钻进厕间，躲起来。此番情景，让我和家婆面面相觑，均感惭愧，便偃旗息鼓，和气相处。然后到厕间对它细声相告，说，我们已不再争吵，你尽管走出。走出之后，它看看我，看看家婆，满眼忧伤，疑是惊魂未定。狗的表现，类似教化，让人自觉。

爱犬是小型犬，身如婴儿，它喜与人同床而卧，娇惯自己。我喜仰卧，四肢伸展，以缓解读写压力。家婆喜侧卧，身形蜷曲以守妇德。平时，它多与家婆同居一室，眠时也侧卧，相向的情态，如婴儿在怀。好像它怕我寂寞，隔三岔五也光临我的床榻。见我仰卧而读，它也无声地仰卧在我的枕畔。它两耳摊开，四蹄举天，模样乖巧，让我心生漫天温柔。更可人处，我叹息，它也叹息，我痰咳，它也痰咳，我弄鼾，它也弄鼾，一切都依照人的形态。狗依人样而行止的存在，不禁让我生出警觉：人一定要举止端庄，从善而为；否则，狗也会龇牙放纵，无良行恶。

世人云：从狗看主人。

这是对的。

那么，在宠物面前，人切不可得意忘形、一味任性，要懂得自珍、自爱、自警、自省。

20

冰雪融化，草木发芽，人衣渐薄，小鸟咿呀。爱犬被招惹得直吐舌头，在草地上撒欢儿打滚，我被感染，思绪大开，陷入冥想：厚重则压抑，轻薄则浮躁，水流则欢快，宁静则安详。

一切症候，都不是孤立的存在，人与自然也是互动的关系，连锁的反应，共生共荣。

但花发思春，其前提是正值妙龄，若已人生垂暮，便需克制欲望，矜持守成，再蠢蠢欲动，必会丢怪露丑。欢喜跳跃，其前提是有青春的膂力，若筋骨渐老，便须缓行，再一意卖萌（网络语），必有筋断骨折之虞。

大千世界，自然有风云变幻，草木自然会有变异，人也自然会有变异之象——

歌德愈老，愈大发缱绻春情，承二八女子绕膝之欢，但他是天才，可以把其中的感受，换为一卷卷的诗。而诗美醉心，可让人们顿生宽容，不以为俗恶。若凡夫俗子也东施效颦，不过是形而下的欲望动作，就会陷入市井恩怨、道德纠纷，遭世人鄙弃。

萨特玩二人甚至三人游戏，但他是哲人，能做理性的掌控。同时，其游戏的对象，也有相应的心境，无性别自卑，也不以女性为"第二性"，她们有"上位"的能力，可以互玩。这一如大树发芽，要有适宜的水分和一定的温度积累。而一般人都生活在"感性"的土壤之中，都是随性顺势的萌发，都是现实生活的斤斤计较，没有"逆动"的承受能力，一旁逸斜出就乱了阵脚，甚至自毁。

有道是，特殊的树木开特殊的花，而凡常的花朵，就要本分地开。

有道是，庙堂之高，是佛的座位；草庐之低，是人的家居。自适的态度是"只羡鸳鸯不羡仙"，因为鸳鸯一如男女，都是凡间的物事。

我则认为，"羡"是自卑的表现，干脆就什么都不羡，只安于做自己。就像人间草木，是草结穗，是木结果，反倒自立，反倒有了自我价值。

21

昨晚在刺猬河边遛狗时，有大惊喜。整天忙碌，河边已半月不至，刚进入甬道，就满眼鹅黄，顿生暖意。再往前走，更是一片葱茏——柳芽已绽满丝绦，岸槐已发新枝，广玉兰已开得厚白，小草已争竞着拱身，河面无波，水雾似有似无，一如梦幻不可捕捉。行人也见多，且衣着渐薄，还有裙裾摇曳。

我情不自禁地大口呼吸，更想喊叫。概念中的春天，终于被真切地感受到，豁然释怀。但已过了率性的年龄，宜矜持，便加快了脚步，以表达喜悦。小犬腿短，它跑着跟进，因体毛金黄，在葱茏之间，它格外醒目，像欢跳的音符。

我强烈地感到，温暖是看不见的大力，不仅可穿透季节的冰封，也能穿透世故世俗的遮蔽，化凝固为流动，化压抑为轻松，也抖落禁忌而向往自由。

我便和小犬一起跑，让嫩黄迅速闪过，让清气钻进胸肺，把精神的枷锁一路卸去。

回到家里，兴奋难平，便喝高山雪菊，品心跳的节律。我感到青春依在，神清气爽。

一早起来，有小雨淅沥。雨滴虽飘零，但也足够浇息路尘，走在小城的街面上，一片水声。水声悦心，让人想到田垄上的麦苗，人和万物，在斯时返青。小麦的启示，让我在早餐时，喝豆浆，吃春饼。这朴素的口味，与自然征候相和谐，让肌体发力，心神静好。之后是精力充沛地工作，且满面微笑，喜见人。

午后推窗，天蓝而雨清，为城市气象所稀有，身体的困乏一下子烟消云散。我怀着庄重的心情干一件事，即为东南西北的友才寄书——寄素日不好意思送人的拙著。

22

早饭后，家婆和小犬都凝视着我，那是巴望的眼神。我领悟到，那是想让我带她们去踏青。

家婆和狗是自然生活的状态，对大自然敏感，不似我，整日读写，不敏于四季，对冷热迟钝。我心中一热，说，走。

小犬居然能听明白，它箭一样蹿到门槛，向上跳跃，它喜悦。

我和家婆每人持一只布袋、一把小铲，自然还有小犬饮水的用具。因为每年清明前后，我和家人都要去挖一次野菜，今天正好。

驱车向东，到了著名的永定河。那里有河畔公园，公园里依自然的形态，有起伏的丘陵，还有密林、花丛和遍地野菜。

停车远眺，虽然有风，但河水清凌平静，杳无波澜。因为风小而暖，不起风寒。

公园里的花木，因为都是人工种植，所以都是名贵品种，所以根部都围以土埯，都有浇过的痕迹，所以树恣肆地发芽、花饱满地绽放，有丰饶气概。人工推动了季节，这里更有春天的模样。

起伏的丘陵上，百草风发，野菜丰肥。能入口的野菜，不用寻觅，只需挖。

我和家婆有分工，她挖苦荬，我挖刺苣，并且约定，袋满为止。

我和家婆在具体的挖法上有分歧，她只挖茎叶，我是连根挖起。她说，根老难咬。我说，如果是纯粹的野地，你说的有道理，但这是有水浇灌的土地，菜根白嫩。我连根挖出一棵莴苣，在裤腿上擦去泥土，放在嘴里嚼，以证明我的判断。她说，小心，这里打过农药。我说，农药沉积于茎叶，不殃及根。我把嚼剩下的菜根让她品尝，她尝过，笑曰，果然如你所说，又嫩又甜。

但她还是坚持她的挖法，她说，刺苣与苦荬不同，它的根有苦性，即便是反复淘洗，也难以入口。她虽然说得很对，但儿时挖苦荬，吃的就是它的苦味，既可充饥又可败火。想到今夕毕竟不同，又想到这是在大自然里踏青，是享受自然之趣，便由着她的心性。

考虑到有小犬跟随，不能分离，就一左一右，互相照拂。

小犬不停地在两人之间跑来跑去，不知疲倦。在大自然里狗也撒欢儿，眼神明亮。跑累了，就在中间的坡草上打滚，一会儿是背黄，一会儿是肚白，出奇可爱。我和家婆不时地停下来欣赏，觉得这里有美意，便相视而笑，会心又赏心。

这里的刺苣真多，尤其是在树垵之上，一片接一片联袂地长，且一棵接一棵地鲜嫩。那里的土也松软，铲子一下去，整棵野菜自己就蹦出来。这让我兴奋不已。即便是兴奋，也有一份清醒：树垵是用来存水的，一旦挖豁了，浇水时水就跑，所以，野菜挖下，就自觉地把土按原样再培起来，不造成破坏。在挖野菜时，一个看林女工就在左右巡视，她见状，笑着说，一看你们就是文明人，既赏春，也惜春。

由于不需要她刻意地监督，她就逗弄小犬。她说，你们家的狗真好看，背上的毛金黄，肚下的毛雪白，光闪闪的干净。别家的狗会啃树，它从地下捡小石头，扔出去又捡回来，自己跟自己玩儿。腿也短，又没尾巴，走起路来屁股扭扭的，像个大姑娘，它是什么品种？我说，是英国伊丽莎白柯基犬，出奇地温驯。她说，呃，原来它出生于皇家，我说它懂事乖巧。女工从兜里拿出两块曲奇饼干掰给它吃，小犬不仅吃，还舔人家的手，人家走远，它还尾在身后送，依依不舍。小犬也知人意，在善者面前，生者也熟。

狗的行止，让人感到它与大自然是那么的融合，阳光之下，一切就应该这样亲切、和好。

本来挖野菜是踏青的一个方式，应该属于悠闲和随意，但刺苣遍地，是不竭的吸引，让我难以释怀，便拼命地挖。以至于刺苣之外的风景也被完全淡忘，眼里只有刺苣。布袋已经挖满，还不忍停歇。向家婆张望，见她仅挖了半袋，刚漾起的一丝忧伤顷刻烟消云散，又忘情地挖下去。直弄得自己呼吸急促、大喘不止，不得不歇。

我索性瘫倒在草地上，深情地叫了一声：啊，我的刺苣！

奇怪地，足不出户，埋头于书写，就想不起大地上的物什，好像大自然里的花草树木都不存在，都跟自己无关。而此时，生长的意识猝然满溢于胸，自然万物不仅存在，而且都跟自己有关，它们是我的！

挖不完的刺苣啊，你让我对你没有办法，我心有不甘！于是，我强烈地感到，书斋里的生活，让我心钝目盲，失去了对大自然的感受能力，身体也有了衰退之相。这类似暗疾，不可不医。我必须时时走出室外，亲近我的刺苣。刺苣不仅可以健身，而且可以医心——它让我敏感，知生命趣味，不再僵硬地活。

为什么蒙田总是追问自己："我知道什么？"

这时候我找到了答案，远离了自然万物，人总是生活在教条和成见中，并且，自以为是，抱残守缺。

怀着对家婆和爱犬的感激，且盈盈地爱着她们，我满载而归。

23

早，陪家婆到谢记烧饼店吃早点。每人一碗羊杂，她佐以一烧饼夹羊肚，我则一烧饼夹肠。

她跟我说，今天是端午节，你不必再写，也休息一天，去孩子奶奶家，与她共度。难得她主动关心母亲，我心中一热，把碗中的羊杂拨给她一些。我说，那好，那你就下厨房，把你最拿手的两道菜——红烧肉和糖醋鲤鱼做给老人吃。

夸她拿手，她甚喜，率然允曰：那自然。

早点毕，共赴城南菜市场，割前臀尖一块，八斤六两，称活鲤鱼一条，三斤三两，另购香葱、香菜、荠菜和黄瓜若干，火腿两只，一斤六两，西瓜一枚是三斤八两。

进了家门，爱犬钢特见购物众多，喜而跳。家婆对它说，我们要出门，也带你。它听懂了，坐在房门的位置等待。家婆梳妆，耗时久，小犬急切，不停地向她啸叫，意思是说，你怎么还不走。

到了老母家，那个特大号的搪瓷缸子已沏好酽茶，并放着几只小茶碗。母亲说，知道你们要来，我们已在等。

所谓"我们"，母亲之外，还包括大弟一家和三弟的两个女儿。

家婆说，今天我烧菜，你们谁也别插手。当然，两个侄女可以给我打下手。

两个侄女今年大学毕业，对未来有期待，大妈、大伯的到来，让她们很欢快，很乐意表现她们的勤快，所以大妈的话音刚落，她们就已经簇在她的身边，等候吩咐。

　　两个人的交谈让我忍俊不禁，因为她们说，今天即便是节日，也不宜发祝福节日的短信，因为是屈原投江的日子，既然悲壮，所以要庄重。

　　虽然离中午时间尚早，但家婆按捺不住操刀的兴奋，转身进了厨房。母亲不愿让儿孙们感到自己无用，开始淘米、蒸饭。米饭蒸上以后，她往餐桌旁摆凳子，一刻也不闲。我说，妈，您就歇着，这些活儿有人干。她笑着说，我高兴，就不歇。

　　我说，既然你们都喜欢忙，我也别闲着，我到村西大堤上去遛狗。

　　爱犬钢特这次又听懂了，不用我示意，它就跟我一起抬腿。

　　我们到了大堤，左右环视，麦子已收割完毕，新鲜麦茬像平静的波浪，朝四下荡漾开去。隐隐有香味，既来自麦茬儿，也来自被阳光暴晒的土地。我大口呼吸，喜不自胜。钢特也望远，眼神明亮。是新奇又无辜的明亮，猜测着主人的心情。

　　看着土地茂盛之后的秃，我心中有沧桑，不禁哼起了李宗盛的《远行》：

　　　　亲亲我爱多么希望你会明白

　　　　我需要安静下来

想象未来怎么安排

时间飞快　　时间飞快

来不及抹去昨日尘埃

时间它不让我等待

就这样迎面而来

不舍你那黑白分明亮亮的眼睛

只是你年纪还小

无从明了我的心情

时间不停　　时间不停

原谅我依然决定远行

当所有等待都变成曾经

我会说好多精彩的故事给你听

就要离开

虽然我心中有无限伤怀

就要离开

虽然我心中有难言悲哀

明知寂寞叫人难以忍耐

也许一切就此从头再来

虽然不知何时回来

我只盼望你会明白　　你会明白

噢　你会明白

回想过去曾经黯淡几许光彩

有时候我不知道

这样决定应不应该

时间飞快该来的会来

我从来不曾这样坦白

啊往日绚烂的梦已不再

我已经累了

我需要离开这舞台

就要离开

虽然我心中有无限伤怀

就要离开

虽然我心中有难言悲哀

明知寂寞叫人难以忍耐

也许一切就此从头再来

虽然不知何时回来

我只盼望你会明白

你会明白　噢　你会明白

你会明白　噢　你会明白　噢

你会明白

　　这是李宗盛唱给他女儿的，我身边没有女儿，所以我唱给小犬。也因为我不去远行，所以就唱远行的歌。哼唱之后，我突然意识到，对千篇一律的生活，我有隐隐的不甘，内心的深处，有思变的愿望。

　　而小犬被唱得表情懵懂，以为自己有过错，不敢走远，一步不离地跟在我身边。

24

早六时许，爱犬钢特在我床边叫了一声，类似叫早。在似醒非醒之间，突有灵光乍现，冒出一段疑似格言的东西，赶紧抻纸而记，云：

> 无论生我养我之人，还是我生我养之人，终要离我而去，便心生忧伤，感人生虚无，不必迂执；
> 无论恨我爱我之人，还是我恨我爱之人，终要化为枯骨，便心生宽慰，觉怨亲平等，无须亲疏。

记下细忖，感到它像一副天赐的长联，对偶、对称、对应，其中蕴含着很深刻的含义，即便是平日里苦思冥想，也未必能得。所以，所谓"偶得"，其实就是"灵感"的一种证明。

钢特很迷惘，它哪里知道，它的一声叫，居然能天赐格言。

情窦花开

——学生时代的情感生活

引　子

　　我到了知天命之年之后，特别爱回忆。回忆起来的东西总是让我回甘不已，觉得内心充盈。但是，我有些不安，因为记忆像是过筛，总感到漏下去了什么，显得有些不可靠。

　　过筛，又叫筛漏，虽是个动作，却也是个哲理的意象：小麦被碾轧之后过筛，漏下去的是面粉，留下的是麦麸；谷子被碾轧之后，漏下去的是小米，留下的是谷壳；但金沙过筛之后，漏下去的是沙土，留下的才是金粒；而玉米被破碎之后过筛，漏下去的是玉米面，留下的是玉米糁子——玉米面可以蒸窝头，玉米糁子可以熬粥，各有用途，都是有用之物。这样看来，过筛虽是个简单的动作，作用的结局却复杂了。筛上筛下的存在，其意义虽有客观的规定，但更多的是被过筛的人赋予的，那么记忆的留存，其价值就堪可疑，往往是有用的漏底，无用的现身，珍贵的沉没，庸陋的闪光，不可做简单的判断，也不可一味地信任。理性的做法，是在不疑处疑，在疑处不疑，能被记下来的，也不过是聊备一格而已。比如过往的感情生活。

由此想来，我也就释怀了。金无足赤，人无完人，更何况年深日久的记忆，求全不得，就由它去吧。

1

中学的校园里，长着几棵高大的老柿树。可能是因为足够老，黝黑的干上均有锅口大的洞蚀出，干瘦的学子仄进身去，顷刻便掩了身影。在里边喊叫，或尖或厉，或疾或徐，或男音或女声，均化成嗡嗡的闷响，贴树壁静静地听，若有一段深浑的古乐漫奏，久久回旋。由于神秘，对孩子们是一个巨大的吸引。所以，每一下课，学生们便都朝柿树下奔跑，拥拥挤挤像扎堆的一群蜂，涌动而喧哗。但那洞一次仅容一个人，而进去的人，往往都想细细地谛听那神奇的歌子，便久久不出来。外边的学子情急之下，便捡石子掷进去。果然迅速地出来，紧紧地抱了脑袋，蹲地上嘤嘤地哭泣。于是，依次地进去，依次地哭出，顽强而悲壮。

一天，在我前面有个小女生拼命地挤，长长的头发，小小的肩胛，挤不动便停下来喘息，因而浸出汗滴的小脸，通红而鲜亮。她身后的我，突然感到局促，突然感到有了一份责任；便一下子闪到她前面，东推西搡，准备给她辟出一条路来。但终于也被挤出，便于悻悻中感到一丝愧疚。回头一看，她居然冲着我坏坏地笑。我觉得那是嘲笑，是在嘲笑我的自不量力。便忘了老柿树的诱惑，从她身边闪出去，远远地逃了。

那个女生叫隗兰玉，因为课外阅读所养成的对文字的敏感，我觉得这是人间最好的名字，而她本人也的确长得好看，脸形小巧而白皙，一笑，一激动，就红润而鲜亮。美丽的人，美丽的名字，让我总想跟她有亲近的关系。但是总不能如愿，一是没有机会，二是心中胆怯。

这一天，来了学区校长，他姓赵，叫赵玉森。赵校长身长面白，精瘦，戴着一副白框眼镜，左边的眼镜腿还用白胶布粘着，一身的文气。他把全校的学生集中到大操场，他站在台上演讲。他的演讲稿是徐迟的长篇报告文学《哥德巴赫猜想》。虽然刊登全文的那期《人民文学》就放在他眼前，但整个过程，他来不及看上一眼。"来不及"是我的感觉，因为他演讲得太流利，故事和词汇好像是等不及了，自己就往出蹦，他只需张嘴而已。赵校长整个人都沉浸在故事里，好像他就是陈景润，喜怒哀乐都是现时的感受，他把自己弄成了起伏跌宕的情绪，让学生们跟他一起喜怒哀乐、欢笑歌哭。他讲那么长的故事，但大家都觉得短，因为一个感动接着一个感动，大家被迷醉、被震撼，既忘了时间，又忘了身在何处。

我的心脏始终狂跳着，眼泪也始终狂迸着，我第一次感到，这种叫文学的东西，真是一门秘藏神器，它能让人神魂颠倒、心潮激荡、凭空飞升。演讲完毕，大家都鼓掌欢呼，把赵校长抛来抛去。他们既认可了陈景润，更认可了赵校长，觉得这个时刻，他们膨大、他们痛快、他们幸福。

我这时兀地冒出来一个念头：将来我一定要写作，要搞文学，不把别人醉倒，也要把别人麻倒。

心绪难平之下，我居然一个人溜出了人群，去钻老柿树的树洞，用力敲击，发泄激情。没想到隗兰玉也跟了进来，看着我发狂，忍不住哧哧地笑。因为正膨大着、飞升着、激越着，我情不自禁地捧起隗兰玉的小脸，一阵乱吻。隗兰玉拼命地挣脱之后，尖声骂了一句"臭流氓"，然后像被猎人惊着了的狐狸，跑掉了。

从此以后，隗兰玉千方百计地躲避我，再也不给我单独接触的机会。但我并不感到失落，反而得意扬扬。因为我终于克服了心中的胆怯，狠狠地亲了隗兰玉。即便是毁了我们之间的亲密关系，但是得逞了——在我看来，能够勇敢地表达喜爱之情的动作，比喜爱本身更重要，因为那是男子汉的有力证明。

多少年之后，也就是隗兰玉出嫁的时候，我被请去喝喜酒。我逮住机会问隗兰玉，我是因为喜欢你，才亲你，我相信，这一点你自己也是知道的，但你为什么跑掉了？隗兰玉说，我自然知道你喜欢我，不然我也不会跟着你去钻树洞，但你那恶狠狠的亲，让我感到，你对我只有男女之间的那种兽性的欲望，而没有怜惜抚爱之心，跟这样的男人在一起，不会有什么好结果，只能是不干不净、不清不白，绝不可能爱在爱中。我大吃一惊，你当时那么小的一个人，就有这么大的想法？隗兰玉眼睛一闭，满脸忧伤地摇摇头，屁，这是我现在说服自己的理由，在当时，很简单，我是被你吓坏了。

我很遗憾，说，什么他妈的有爱就大声说出来，原来最好的办法，是要咬着耳朵说，最好是咬着嘴唇不说。

情窦初开之花凋谢之后，我的文学激情，却愈加泛滥。课余时间，甚至是在课间，我拼命地写诗，在一个练习本上不停地涂涂抹抹。

那个时候，或许是小靳庄民歌运动的余波，或许是综合教学倡导下的素质教育的发轫，各学校都搞诗赛，县人民广播站每天都要广播学生作品。我所在的学校却没有动静，对此，学区赵校长很是不满意，说，我都给你们激情演讲了，你们却不回报，难道我是在对牛弹琴？本学校的校长便很郁闷，扬言哪个学生如果能写出被县广播站广播的稿子（他不说作品，而是说稿子），就评他三好学生。

我在下边说，嘁，这有什么难的，我的练习本里就预备着呢，随便选两首就成了。

我的话被一个同学报告给校长，他亲自到班里来，拽起我的耳朵，就把我拽进了他的办公室。校长说，你别到处吹牛，蛊惑军心，好像责任都在我似的。我说，校长我不是吹牛，但是有一样咱得先说下，如果我真给你在广播站广播了稿子，你也甭给我评三好学生，就当着同学的面，让我也拽你的耳朵。校长不以为然地说，好，好，拽我的耳朵有什么丢人的，人长出耳朵，就是预备着让人拽的，哈哈。

不久，我的稿子真的被广播了，那是一首诗，题目叫《春天与夏天握手》：

一阵清凉，
一阵炽热；
春和夏握手，
用风的指头。

依然盘旋着花香的回流，
绿幕又扯得厚实凝重；
白鸽从春飞到夏，
启示的哨音恢宏。

抓住春的裙裾，
揭开夏的面纱；
一下子得到两种美的享受，
懂得感恩，敬重天地造化。

校长也真是重然诺，他自己走进教室来，站在讲台上，对我说，请你到讲台上来，咱们俩玩个游戏，你拽着我的耳朵把你写的诗给大家朗诵一遍。我马上起立，但不迈步，就地说道，校长，我比对了（我说比对，而不说权衡），拽你的耳朵不如被评一个三好学生，拽耳朵是儿戏，评三好学生是荣誉。

校长说，好，好，就听你的，但是，你这首太短，能不能来首长的？

我说，那好，我就试试吧。

校长说，你别拿糖（搪），试什么，你就径直写，我相信你的能力。

校长的话，是一种变相的表扬，我很受用，大声说，好，我写。

写长了的诗，居然在很短的时间里，又被广播了：

关于生活模式

一

荒野的草，
可算最卑微的了吧？
然而，它恣意地拔节，
竟把石头掀翻！

大漠中的沙砾，
可算最渺小的了吧？
然而，它借助风的力量
竟不意间赫然成丘！

戴枷锁的奴隶，

命运是最卑微的了吧？

然而，压迫的深重掘开了反抗的洪流，

竟一夜间成了历史的主人！

…………

于是我暗暗告诫自己：

不要被自卑的绳索套住了手脚，

不要被生活的重轭压弯了身腰……

生长的力量冲破天，

坚持的永恒穿透地，

抗争是人生最好的武器！

二

有人问我生活的模式，

啊哈，我跳起来回答：

傻瓜才在模式的迷信中作茧自缚！

头颅若果被自家的肩膀扛起，

就会认准该走什么样的路！

…………

我愿是荒野中的草，

扶摇着身儿唱自家的欢歌；

我愿是大漠中的沙砾，

旋转着腰肢跳自己的舞步，
我愿是戴枷的奴隶，
砸碎命运的枷锁用强悍的野性！

还有，
我愿强烈地拥吻我爱人的唇，
我愿玩味大海上的动魄惊心；
我愿矮下身来痛饮甘冽的泉水，
我愿做清洁工从拂晓扫到黄昏；
我愿我为瘸了腿的兄弟当一辈子拐杖，
我愿在黑暗中挖掘直到洞开光明……

三

鄙视嘲讽的恶水扑来了，
正好试一试我信念的帆樯；
世俗偏见的套索飞来了，
正好亮一亮我勇气的锋刃；
艰难困苦如险峰兀立，
正好砥砺我意志的脚板；
失败挫折如暗夜蔽日，
正好磨炼我韧长的心肝……

四

探求自己的生活道路，
焉能用旧的条条框框？
谁愿意做流水线上的零件，
总是从一个模子里走出？

生命因探索而多彩，
灵魂因出类而闪光。
不要信奉什么圭臬，
也不迷信什么仙。
我愿我生命的航船——
在自己开辟的航线上破浪前行，
哪怕飓风翻卷，
每时每刻都会被掀翻！
我愿人生之旅——
无拘无束地向大漠深处延伸，
哪怕旱魃瞠目，
一不留神就会扑倒！
因为——
破碎了的船板是强者的标本，
倒下的身躯是自我的丰碑。

听了广播，校长急匆匆地跑进教室，劈头就对我说，这次，你倒是写长了，但太深奥，有些卖弄，有些转，是你写的吗？我怀疑你是抄来的，因为那些词句、那些意思不属于你们这个年龄。我被激怒了，愤然站起，急匆匆地冲上讲台。校长知道我的来由，转身朝门外跑。我喊道，校长，你别跑，我今天必须拽你的耳朵。

校长的耳朵没拽到，却招来了学区的赵校长。

赵校长对我说，你跟我到大桥那里去，我要跟你聊聊。

赵校长仔细地询问了我的出身、我的家庭状况，问得婆婆妈妈。他感叹道，都说寒门出孝子，高山出俊鸟，我看是的。他不禁问我未来的打算，我脱口而出，想搞文学，想当作家。赵校长一愣，问，你怎么会有这个想法？我说，还不是因为听了你的《哥德巴赫猜想》。

赵校长沉吟了许久，说道，我支持你的想法，但理想是远的，改变生存处境是迫近的，你眼下要用功于学业，争取考出去，上重点高中，上大学。道理很简单：大作家都是吃的大米饭白面馒头，而你喝的是玉米面稀粥，中气不足；而陈景润之所以能完成哥德巴赫猜想，不仅是因为吃得好，还有国家的科研平台，也就是说，他在大处阔处，而你在小处窄处，居于葫芦小垭，你能翻几个身、你能走多远？

我觉得，这个赵校长，真是复杂，既在台上沸沸扬扬，又在下边冷冷清清，天空飞翔和脚踏实地都被他占了，既让人疑，又让人信。望着赵校长期待的目光，他只好嘟囔道，好，我记住了。

一句不情愿的应承，让我想往深里了解一下这个赵校长。一了解，知道他果然是个特别重感情的人，对学生有大爱。当学区校长前，他本人曾亲自担纲，响应毛泽东的号召，到一个叫岭西的高山之巅，办了一个抗大班，与学生们一起边劳动，边学习。一次，他到县里开完会，本来可以住在县城的家里，却突然闹起了天气，下起了大雨。他毅然决然地骑车赶回山里，因为他惦记着山上的学生。他风雨兼程地骑了一百多里，把车存在山下老乡的家里，徒步往山上跋涉。到了山顶，已经是半夜时分，他看到学生的宿舍还有光，知道孩子们怕雷雨，不敢睡去。他敲门，学生不开，他说，孩子们开门，我是你们赵老师。一个声音怯怯地说，你不是赵老师，你是鬼，我们赵老师回县城了。他戳破窗纸把手伸进去，说，你们来摸摸，看看是不是赵老师。一个胆子大点儿的学生试着摸过，说，果然是赵老师，就把门开了。所有的孩子都从床上跳下来，都哭着和赵老师抱成一团。还有，他和孩子们一起养猪，偶尔杀掉一头给学生们改善伙食。他看到有几个学生因病因事回家，便把炖好了的肉，挨户送到学生家里。在他看来，这是大家共同劳动的果实，每个同学都不能落下，都要亲口品尝。所以我觉得，这个赵校长，不仅把文学作品演讲得撼人魂魄，他本人也更像文学作品中的人物，真情荡漾，性格率直，不装模作样。

所以他说的话，要真信。我便收敛了文学上的涂涂抹抹，潜心于课业。

那一年，我以全县中考第二的好成绩考上了县里的重点中学——良乡中学。

2

良乡中学的前身，是北岳三中，是一所抗战学校。它的教员里有个著名人物，即抗战诗人陈辉。我找来一本《陈辉烈士诗抄》，放在枕下，每日耽读不已。

良乡中学内有座孔庙，当地人把它叫作城隍庙。这座庙，是学校的图书馆。馆藏很丰富，不仅有抗战文学的各种版本，还有大量的世界名著。中国的古籍反倒很少。据说，这些书籍大多是从原北岳三中的图书馆转运而来。学校迁徙时，别的物件都就地处理了，唯独把图书悉数保留，且不计千辛万苦，完好移来。可见这个学校，对阅读的看重。

我很纳闷儿，既然是民族的抗战学校，却多西洋文学的收存，不知为什么。后来与校长严爱众关系密切了，才揭开谜底。严校长说，北岳三中的教师，大多是热血青年，他们觉得，中国古籍基本上是儒学的底子，主守成、淡泊、内修、中庸，而民族救亡图存，需个性解放、人格独立、社会更新，甚至是热血浇灌，这些只有西洋文学才有承载、才能给予。你看，陈辉的诗，虽然写的是民族内容，但从气势、气韵、气局上，不都有雪莱、海涅、拜伦的影子？

我被图书馆黏住了，每到课余，基本上是长在那里。图书馆里的空气，有一股浓得化不开的霉味，虽然管理员每天都要通风清扫，但总也不能散去。那些藏书册页发黄，每一掀开，都会有细屑脱落。我很担心，担心书页会在某一天被掀透了。但总也不透漏，始终坚韧，发出诱人的暗香。这种书香让我迷醉，书看得迷瞪的时候，索性就伸鼻而啜，嗅得鼻腔盈满，反而神智清爽起来。

后来我知道，这座孔庙之所以变成图书馆，是因为它除了孔孟的来历，还有大历史。和平接管北平的前夜，彭真、叶剑英就住在这里。在这里，他们办了入城干部培训班，开了入城动员大会，拉开了北平和平解放的序幕。

因为它是新北京的起点，文物价值就重了，所以要用心保护，便辟为图书馆，让古旧的书香与凝重的历史共同沉浸在"静悄悄"的环境中。

这种神圣之上的神圣，让良中的学生有了自豪感，便普遍好学，有读书风气。

有一天，是一个叫左玉祥的老师给上历史课。这个左老师身形、外貌特别像赵玉森，也是面白无须，戴着一副眼镜腿上贴着白胶布的白框眼镜，所不同的是，他的嘴唇特别薄，说话的时候，像两张白纸一上一下地翻动。我第一次看到这张薄嘴的时候，就本能地加了小心，嘱咐自己，千万要老老实实别招惹他，因为祖父曾经说过，嘴皮子薄的人口齿伶俐，但冰冷，说话刻薄。左老师果然善谈，枯燥的历史线条，也能被他赋予血肉，讲成形象生动的故事。所以，他讲课的时候，学生们一般不分心，都听得很专注。

可眼前却出现了分心的学生。一个叫王也丹的女同学不顾左老师的口吐莲花，长时间地把脖颈儿勾在课桌下。左老师发现，立刻住口，很生气地看着她。别的同学也纷纷把头转向她，但她却没有发觉，依旧把头勾得深沉。

王也丹，你给我站起来。左老师终于发作了。

王也丹吓了一跳，把什么东西往桌洞里匆匆一塞，站了起来。

她头很小，个子很矮，即便是站着，也像是坐着。

你在干什么？

没干什么。

左老师阴冷地一笑，走了过来，从她的桌洞里抄出来一本书。

他抖了抖封面，说，啊哈，原来是《简·爱》。

他问王也丹，你知道什么是简爱？

没等王也丹回答，他自己先就答道，简爱，就是简单的爱，就是母狗不摇尾，公狗不傍前的那点儿骚事儿。

从一个文静的人嘴里，而且是为人师的人嘴里蹦出这样刻薄，甚至是恶毒的字眼儿，同学们很吃惊，一阵唏嘘、一阵喊喳。

左老师很得意地连连点头，嘿嘿。

没想到，就听到了王也丹很尖厉的声音，"亏你还是人民教师，竟这么没有修养！"

左老师愣了，"你是在说谁？"

王也丹目光直视，向虚空里说道——

"通常认为女人是非常安静的，可是女人也有着和男人一样的感情。她们像她们的兄弟一样，也要施展自己的才能，也要有自己的用武之地。她们对于过于严肃的束缚，对于过于绝对的僵滞，也会和男人完全一样，感到十分痛苦，也要进行反抗……"

"你在说谁过于严肃的束缚？是我吗？"左老师插话道。

王也丹仍目不斜视，继续说道——

"你以为因为我穷、低微、不美、矮小，我就没有灵魂，没有心吗？——你想错了！——我跟你一样有灵魂，也完全一样有一颗心！我现在不是凭着习俗、常规，甚至也不是凭着肉眼凡胎跟你交谈，而是我的心灵在跟你的心灵说话，就好像我们都已离开人世，两人平等地站在上帝跟前——因为我们本来就是平等的，而且生来就平等！"

左老师看着她的表情，迷惑了，问："你是在跟我说话吗？"

"不！"王也丹瞪了左老师一眼，说，"是简在跟罗切斯特讲话，你，所谓的左老师，还没有倾听的资格！"

"你怎么敢跟我这样讲话？"左老师急了。

"看了《简·爱》之后，我什么都不怕了。"王也丹呼了一口气，让自己放松下来，并左右看了看同学们，接着说道，"《简·爱》告诉我，人间有三样最重要的东西：平等、尊严和爱。"

左老师摇摇头，苦笑一下，说，"王也丹同学，为了你这三样东西，请坐吧。"

他是觉得，在这种情形下，他再说什么话，再做什么动作，都是不适宜的，都是不得体的，闹不好还会丧失了为人师的颜面，既然是在文学的情境之下，他也顺势以文学的方式收场。

在我这里，把这堂课当作了一个重要的人生事件，因为通过一个小个子女生的表现，深刻地感到，接触文学，不仅可以让人产生激情，情不自禁地就想写诗，而且还能让人长高、壮大，给人以自我和勇气，因而大胆地去追求尊严、平等和爱。

3

良乡中学的校长严爱众，是三八式的老党员，文化程度较高。他中等身材，不胖不瘦，看上去就很精悍。虽还是中年人，却已满头银发，头发直立，在阳光下闪闪发光，好像是一根根银针插到头上去的。他有摇头疾，坐与立、静与行，都不停地摇头。学生们见到他，都很为他担心，怕他把自己摇眩晕，扑倒。但他总也不眩晕，方向准确，疾走如风。

经过探究，大家知道，校长的摇头，是被吓出来的。

他起初是作战部队的中层干部，会打枪，会武功，但总是一次一次被捕。因为意志坚定，他扛得住酷刑，从来不招供，便不泄露身份，不好定罪。敌人拿他没办法，每到处决要犯的时候，就都押他到刑场陪绑，以期遭到震慑之后，他会主动交代。枪声、刀闪、扑倒、头断、死亡、鲜血，他一次次听到、看到，耳朵被震聋了，眼睛被晃花了，肝胆被吓破了，大小便失禁，神经崩断，头摇了起来。但还是不多说一句话，敌人只好把他放了。

人们问他，你既然意志坚定，扛得住大刑，怎么听不得枪声、看不得刀砍？

他摇着脑袋说，你们真是站着说话不腰疼，没有过身临其境——是好汉，哪个是怕死的？都是不怕死的，都有砍头不过风吹帽的豪迈。但怕的是刀总是架在你脖子上，瞎比画，就是不砍下来，怕的是枪就在你的眼前响、子弹就在你的耳边飞，就是不打中你。那是什么？是恐怖，是折磨，是求生无门、求死不得的煎熬。而人心都是肉长的，小命都是妈生的，遇到那个阵势，肝本能地就颤，腿本能地就打哆嗦，头皮本能地就发麻，你管不住自己。

因为落了毛病，不适宜在一线作战，就让他办抗大，搞边区教育。新学期开学，特别是新生入学，他都要亲自做学前动员报告。主持人说，咱们首先请严校长讲话，话音未落，他已笔直地站了起来。但他久久不开口，而是表情凝重，剧烈地摇头。摇得学生们就要失了耐性，他说道："同学们，同学们，同学们，我不想给你们讲什么大道理，我只讲一句话——这句话，我在北岳三中给抗大学员讲的时候，是这样，你们一定要好好学习，为什么？因为你们是在为我们的敌人而学习。今天我给你们讲，是这样，你们一定要好好学习，为什么？因为你们是在为我们的国家而学习，就这样了。"

他立马就坐下了，毫不拖泥带水。

台上台下，鸦雀无声，都在反刍。

一个"敌人"，一个"国家"，只给了两个核心词，给大家留下了巨大的演绎空间。

为敌人，是要学好知识，会打仗，打败敌人。为国家，是要学好本领，会建设，繁荣富强。

这是演绎得最直接的一种，会联想的、会思考的，还会演绎出背后的种种。

不同年龄、不同性别、不同班级的学生都会做出自己的演绎。

大家就都觉得，严校长言简意赅，深了去了。便情不自禁地、莫名其妙地、理所当然地拼命鼓掌。

为了回报学生，严校长几次站起身来，很严肃地给学生们施注目礼。这时，他的头摇得更厉害，银发的光芒也更醒目。我立刻闪出一个念头，大家的掌声其实就是为了他银色的摇头，因为那是被敌人摧残出来的毛病。

我后来与严校长有了父子一般的情谊。

这也跟阅读有关。

因为学校的生源主要是附近的乡镇，所以一到周末，校园里基本上就走空了。而我家在山区，一是遥远，二是交通不便，便只好留守在学校里。为了排遣孤独，我读从图书馆里借的课外书。因为是文学的书，而且多是小说，我往往是一个晚上就把借来的书看完了。我在图书馆的门外，不停地彳亍，因为周末闭馆，只能从门缝里觑觑，遗憾地痛惜。

严校长在校园里遛弯，发现了我的动作，踅过来，"是不是想看书？"

我脸一红，"是。"

严校长说："跟我来，我有图书馆的钥匙。"

严校长是山西人，无儿无女，家就安在学校，住在图书馆东侧的两间小平房里。

我随严校长进了他的家门，一个矮胖的妇人从座位上站起身来，狐疑地看着我。严校长介绍说："这是我老婆，叫鲁文秀，你就叫鲁婶儿。"我礼貌地叫了一声鲁婶儿，妇人冷冷地哼了一声。

严校长从屋中央的立柱上摘下挂着的钥匙，"你就在馆里老老实实地看吧，别把书拿出来，从哪儿拿的书，看完了就还放回哪里，别乱翻乱动。"

平房的中央还有立柱，这让我感到新鲜，便情不自禁地四处环视了一番。这是一座危房，低矮、阴暗、潮湿，很难让人相信，这是校长的居所。

我在图书馆里看一本伏尔泰的《老实人》。"老实人"的愚蠢、滑稽、纯朴、善良让我感到有意思，尤其是他被人骗了吃了亏，还不嫉恨，依旧信任那人，让我想到老家的谚语：记吃不记打，觉得法国人跟京西土著是一路人，都有些缺心眼儿。便顿感亲切，读得津津有味。

时间被我忘在那里，只顾昏天黑地地读。

等再抬起头的时候，我吓了一跳，因为严校长就站在我身边，笑眯眯地看着我。从没听到声响，不知道他什么时候进来的。真是打游击的出身，能够蹑手蹑脚。

"时间已到晌午了，你去跟我吃饭。"严校长说。他的口气好像出自预先的约定，不容推拒，你只需践约即可。

到了校长家里，饭桌上已放着煮好了的饺子。还有两只碗口大的小碟，一只里放着十几粒炸花生米，一只里放着七八枚熏豆腐干。校长说："你就吃饺子吧，我还要喝一杯竹叶青。"

他给自己倒了一小杯酒，慢慢地啜了起来。

那两小碟下酒菜，在我看来，类似摆设，因为用老家人的说法，那是猫食，口壮的人，三两口就会吃净。所以我不忍下筷，只埋头吃饺子。

校长也不让，兀自享用，因为那的确是他的专食，精简地备下，只为伺候他那小杯酒。

校长夫人立在锅台边，并不上桌，只是看着我俩一个饮酒、一个吃饺子。

一盘饺子吃到还剩两个，我就放下了筷子，"我吃好了。"

校长夫人瞪了我一眼，冷冷地说："把它吃了。"

因为是不容商量的口气，我只好照办。

盘子净了，校长夫人就又从锅里捞上一盘，还是冷冷地说："吃。"

见我不肯动筷，她又瞪了我一眼，努努下巴，"这都是煮给你的，把它吃光。"

妇人的表情有威慑力，我不敢忤逆，照吩咐吃了。

饺子吃净了，妇人给我盛上来一碗饺子汤，还是冷冷地说道："把它喝了。"

饺子吃了，汤也喝了，严校长那一小杯酒还没有喝完，他对我说："横竖就这一小杯，不着急。"

我想告辞，校长说："你也别着急，一会儿我还要跟你聊两句。"

校长的酒刚一见底，妇人就把饺子给他捞上来，好像经过计算似的。校长只吃了三五个，就撂下筷子，对妇人说："该你上桌了，我吃好了。"

妇人毫无表情地说："我知道了。"

校长挥挥手，对我说："你跟我来。"

掀帘子进了里间。校长小声地对我说："我老婆出自大户人家，规矩大，吃饭时，如果有外人，从来不上桌。另外，她这个人脸皮儿整，不会笑，关心人、照顾人都是不由分说，你千万别在意。"

我说："这我明白，我奶奶就是这样。"

其实我奶奶可不这样，之所以这样说，是为了让校长平心，让他知道我是个懂事的孩子。

里间靠墙的地方，放着一张学生用的课桌，一盏歪脖子的台灯，一摞《马克思恩格斯选集》，居然还有三厚册《资本论》。校长告诉我，他平常喜欢读读马列的书，记记笔记。我冒昧地说，您搞的是教育，而《资本论》讲的是经济，一时半会儿用不上，怎么还读？校长说，书到用时方恨少，真正的读书人不是现上轿现扎耳朵眼儿，而是先读了，装在肚里，让自己也变成书，一旦用时，书的内容自己就冒出来，帮到你需要帮的地方，这如同神助，不用你着急。

那课桌上居然摊开着一本恩格斯的《家庭、私有制和国家的起源》，摊开的地方正有一句话：没有爱情的婚姻是不道德的。校长在这句话下面用红铅笔粗粗地打了一个画线，并且打了一个问号和一个叹号。见我关注，校长不好意思地说："我想写一句批注，但因为去叫你吃饭，还没来得及写下来。"

"您想写什么？"

"没有爱情的婚姻，大多维持下来了，为什么？因为有亲情，比如我跟她。"校长向帘子外指了指，挑了挑眉毛说，"所以，我想批上这么一句话，没有爱情但是有亲情的婚姻是不道德中的道德。"

"有道理，说明你虽然是个大老粗，但还是会读书的。"帘子外传进来一个声音。

校长和我不禁面面相觑，都同时吐出了舌头。

4

有一天，严校长对我说："这人就是环境的产物。"

他举例说，买卖人扎堆的地方，开口就提钱；贾宝玉在脂粉堆里，睁眼就是儿女情长；庄稼人侍弄满山的堰田，见面就谈节气、谈产量。就说我吧，在敌后抗战，在烽火硝烟里钻进钻出，就磨炼出刚强；当了校长，守着一帮学生、教员，每天讲的都是教与学，搬到这里，又有一座孔庙，又有满屋子的图书，就自然被影响着去读书。长期住在这个院子里，本来粗糙的心，也一天天地变得锦绣、细腻，向读书人看齐。

他还说，你看这孔庙前后的风水，就知道，这里特别适合建学校。一座孔庙，雕梁画栋，碑立明处，匾挂抱柱，一片孔孟的训谕，不儒也儒。庙的前后左右，四棵明清古槐，干粗枝茂，荫了好大的地界。它荫的是什么？守着孔孟之道，倚着满馆的藏书，自然荫的是书香。就连我这个三八干部都爱看书了，甭说你们学生。所以我相信，咱们学校一定会出一批读书的种子，将来也会出叫得响的大牌书生。

我很惊奇，校长是个老革命，又多读马列，居然也会用堪舆学的视角看问题。

不过，严校长说得没错，良乡中学的学生普遍爱读书。这里所说的读书，当然是指读课外书。

就班里的同学来说，我盘算了一下，除了自己和王也丹，读书最多、堪称书痴的，还有王忠胜和刘军。王忠胜爱看明清史，正史、别史、秘史、野史和演义，他见到一本看一本，而且还做笔记。后来他还真的写了一部一百二十多万字的长篇历史小说，不知就里的，以为有天纵之才。刘军则如饕餮，一本接一本地读长篇小说，三两天就读一本，好像要在毕业之前把馆藏的小说都读完似的。

说来有趣，爱看书的人都有变异，因而旁人很容易就能看出来。王也丹耿介，爱较死理，不仅左老师对她敬而远之，女生们也不敢招惹她，她说什么，她们就依着她什么，慢慢地反而成了她们的灵魂人物。王忠胜沉默寡言，与同学发生争执的时候，一味退让，逆来顺受，不仅是老实人，还是老好人。刘军因为不注意节省眼力，近视了，而且半年内换了两次眼镜。他个子在班里最高，被称为骆驼。未近视之前，挺拔威武，没人敢冒犯，待深度近视之后，为了探索道路，身子总是前倾、脑袋总是低垂，身子就显得有些佝偻，被称为瞎骆驼。后来谁都敢叫他瞎骆驼，因为他虽被激怒，高喊："小子，你等着，我要给你点儿厉害看。"但就是不去追赶，付诸行动。是因为视力不好，行动不便，怕蹬空、跌倒。这样一来，就没人怕他了，最后，他索性隐忍、接受，听到人叫他瞎骆驼，他只是一笑，类似轻蔑。

也许是物以类聚，几个读书人之间，很相知、很要好，互相关心、互相体贴，一如抱团取暖。其中我与刘军最要好，后来还拜了把子，成了干哥们儿。

我个儿矮，也柔弱，刘军个儿高，也是哥哥，便本能地进入角色，一个寻求保护，一个送去保护，两个人就形影不离，遇事默契。

学校九点下晚自习，十点钟拉熄灯铃。其间的一个小时，我和刘军结伴到图书馆的廊檐下去阅读,因为那里安着几盏长明灯,为藏书守夜。本来教室灭灯了,可以回到宿舍去读,但宿舍是十二个人的大通铺,同室的人扑扑腾腾、乱乱哄哄,便读不下去。

读入迷之后,自然就错过了宿舍熄灯的时间,回来时即便再蹑手蹑脚,也会弄出声响;即便不弄出声响,我们两个人爬上大通铺时,也会引起颤抖,被已睡下的同学感知。铺板一忽悠,便有人骂:"臭不要脸。"起初二人忍耐,因为毕竟是自己打扰了别人,亏理。总是被骂,刘军就忍耐不住了,攥着老拳寻到那个骂人的人的头前,"你在骂谁?"白天他被欺辱,因为近视不敢追赶,在近距离的夜光下,他看得准,肯定出手,而且举起的老拳也被放大,有慑人的分量。那个人说:"我没骂你,骂的是另一个。"刘军说:"骂另一个也不成。"那个人只好认尿,"我谁也没骂,骂自己呢。"

后来,促狭鬼们改变了策略,他或他们把一盆水放在门框上,为晚归者预备着。回宿舍时,一般是我走在前边,为眼神不好的刘军探路。我轻轻地一推门,门就开了。但当我伸进脑袋之后,水盆就兜头而落,淋了我一身水。屋里一阵大笑,把我惹恼了,大喊:"这是谁干的,有种的,站出来!"没人站出来,不息的只是笑声。后进门的刘军说:"都是一个班的同学,多看一会儿书也没得罪谁,不至于弄得跟苦大仇深似的,希望多点儿理解,下不为例吧。"

果然就平息了很长一段时间,我们俩也就放松了警惕。

但是，又一个晚上，灾难又落到了我的头上。这次不是水，而是脏物，一铁簸箕垃圾放在门框上，兜头落下来时，既迷了我的眼，也脏了他的衣服。这一次，我和刘军都觉得，不能再饶恕了。

我把宿舍的灯拉着，愤怒地说："对不起了诸位，俗话说好汉做事好汉当，如果那个人不站出来，大家谁也甭想睡觉。"

僵了很长时间，床上的各位也失了耐性，纷纷说，就是就是，既然做了，就应该有勇气站出来，别让大家受牵连。

一个叫周小天的同学扭扭捏捏地站了出来，嘻嘻一笑，"是我，怎么着？"

周小天的父亲是屠夫，所以他出落得也有屠夫相，脸阔，身宽，矮胖，看上去就是个车轴汉子。我本能地颤了一下，但开弓没有回头箭，便鼓起勇气说："咱也别影响同学们休息，你跟我到操场去，我要跟你决斗。"

就去操场，刘军做见证人。

两个人约定拳斗，斗三个回合。

我身高与周小天相当，但瘦，力量上处于下风，所以第一个回合我就被对方密集的老拳打晕了，几乎无还手之力，便被打翻在地，而且口鼻还被打出血来。口鼻一旦被打出血，我就有了玩命的激愤，所以第二回合，我的勇气占了上风。敏捷地躲闪，准确地出拳，也把对方打得措手不及。周小天在眩晕之下，为了避免倒地，居然扑上身来把我抱住了，让我不能出拳。刘军见状，上前把周小天拉开，"别违规，别违规。"他说。一旦被拉开，我就乘势进击，终于把对方打倒了。第三回合，周小天吸取了教训，为了不让我身体灵活的优势发挥出来，他最大限度地靠近，几乎是贴着身子打。我招架困难，也学对方上一回合的招数，也紧紧地抱住了对方。两个人激烈地纠缠在一起，谁也亮不开拳头，就很难分出胜负。周小天大声地对刘军喊："他违规了，他违规了！"但刘军也不出手，笑着旁观，任我们纠缠。耗的时间太久了，周小天失了耐性，"算了，算了，我不打了，算你赢了。"

两个人都坐在地上喘气，周小天气不过地对刘军说："你这个人真差劲，拉偏手，我抱的时候你拽，他抱的时候你不管，我不服。"

刘军说："我不是什么拉偏手，是因为我脑子有病。"

"你脑子有什么病？"

"间歇性痴呆症。"

刘军解释说，所谓间歇性痴呆症，就是时而清醒想动，时而糊涂犯懒，身不由己。就说你俩吧，你抱住他的时候，我脑子清醒，就想给你们俩拉开，他抱住你的时候，我正好脑子糊涂，懒得管你们。对不起了，你怨不着我。

既然他是个病人，就没办法理论。周小天苦笑了一下，不说话了。

刘军继续说，周小天你看，同样是打，你把他都打出血来了，而你却完好无损，你并不吃亏。说良心话，他不过是多看了几眼书，就遭你那么恶毒的算计，都是从农村来的，你亏心不亏心?

周小天愣了一下,我?

刘军乘势说,希望你别再做调皮捣蛋的事儿了,不然的话,今天是他跟你打,明天,我就直接上手了,你要考虑考虑后果。

周小天竟说,你也甭上手了,我不会再干了。不是我怕你们,而是敬佩。他虽然又矮又瘦,却敢出招,捍卫自己的尊严,让我高看。其实我这个人也真他妈的没劲,自己不好学,还眼红别人好学,有点儿上不了台面,所以我从心里看不起自己。

周小天的话,让我和刘军很感动,觉得他这个人只不过顽劣,并不歹毒,不应该记恨。所以我也豪迈了一下子,主动伸出手来,说,那咱们就握握手,这一篇儿,就算是翻过去了。

后来我和刘军也成了严校长所说的"环境",有了这个环境作用下的产物——同宿舍的人,都开始看书了。爱动脑筋的看正经书,不爱动脑筋的看闲书,不动脑筋的看小人儿书。周小天属于看小人儿书一类的人。他说,不是不想看正经书,而是因为他是宰猪的出身,长着一个猪脑子,一看正经书就头疼。但是,他逛街的时候,遇到摆书摊的,他会本能地停下来看一看,除了给自己买几本小人儿书之外,看到他认为我和刘军会感兴趣的书,也给买回来,送给我们。他说:"你们就为我多看几本吧。"

5

我与刘军能拜把子，跟自行车有关。但是从本质上看，其实也是因为书。

山地的行脚主要是人的腿，其余是驴、骡和马车，所以自行车进入我的视野，绝对是考上良中走到平原、跟刘军"好"上了之后的事情。

平原的大马路上不断有自行车驶过，但也没有让我对它产生兴趣，因为骑车者都是陌生人，与我的生活无关。

和我相邻睡在同一张大通铺上的刘军，家住良乡东南方向的葫芦垡公社赵庄村，离学校有二十多里的路程。第一个学期他都是走着来，等我们因为阅读，感到爱好相同、性情相合，彼此之间有了信任之后，他才把家里的一辆旧自行车骑到了学校。为什么特别标明"信任"一词？是因为他的骑车，并不是为了行脚之便，而是他们家在偷偷地做着买卖。自行车是他们家做买卖的工具——他兄弟姊妹五个，嚼口多，家境极贫，他的父亲就在暗地里养鸡。每到星期日，父亲就用自行车带着鸡蛋和不生蛋的鸡到学校旁的地下集市。父亲张罗交易，他则观敌瞭阵，不让人看出破绽。虽然已是七十年代后期了，但还是没有公开的农贸市场，他们的做法还被看作投机倒把，是会被惩办的。等我们成了书友，能够与他共担当了，他的父亲就不亲自来了，因为成年人目标明显，也耽误生产。他就让刘军自已骑车带来家禽与蛋，让我配合他完成既定的交易。

因为周末不回家，我正好帮他完成信任之下的义务。而且这种偷偷的动作，神秘而刺激，我们能一起享受到一种莫大的乐趣。交易完成之后，刘军会迅速回家，把收益交给父母，然后再骑车赶回来，跟我一道吃晚饭。这顿晚饭给我留下了终生难忘的记忆——刘军每次都会带回来两张热乎乎的大饼，一罐头瓶熟咸菜炒黄豆，裹在一起咀嚼吞咽，真是奇香无比。这样的美食享受的次数多了，竟渴望见到烹制美食的人。我提出跟他一道回家去，见一见他的父母。刘军说，这还不简单，咱有自行车，我立刻就带你回家。她的母亲瘦而清秀，浑身有一股说不出的清爽之气，看人的眼神也慈祥温暖，让人顿生敬意。第一次进家门，我就情不自禁地想认她做干妈，小声地跟刘军一说，刘军竟大声地应允道："赶紧认，我等不及了。"刘军的母亲也接纳我，立刻就举行了一个简单的仪式，二老坐定，我作了三个揖，便让友情升级到了亲情。

刘军的自行车在周日完成使命之后，由于他也寄宿学校，平时就放在学校里，我就自然有机会学会了骑车。练车时经历了不少次摔倒，车子也送去修过两次，但因为已是自家兄弟了，他只心疼人而不心疼车。学会骑车之后，我心中竟生出莫名的冲动，有了放飞的欲望。第一个举动，就是不顾他的劝阻，在晚自习时骑车回家。一百多里的山区公路弯多坡陡，我居然没有一丝畏惧，俯身撅臀，放纵地较量膂力。骑行一半时，两瓣屁股开始隐隐作痛，之后，像有两团火苗在臀下烧起，再之后，臀瓣像迅速地往肥厚里生长，肥厚之后，便没了感觉，只剩下了机械的动作。夜半到家，整个人麻木得像长在了车上，已无力下车，就任其摔。摔倒之前紧紧地抱住腰间的挎包，因为那里边有干娘精心烹制的一罐熟咸菜炒黄豆。

父母被唤醒之后，诧异不已，这孩子是怎么了？

我则傻呵呵地笑着说，爸，妈，这以后我就能经常回来看你们了，因为我学会了骑自行车。

母亲说，你可别价，这山路窄，拉煤的车多，碰了你怎么办？再说，从平原骑到山上，净是上坡，你得曳着腰子使劲儿，你人小腰子脆，闪了怎么办？你就老老实实地待在学校里吧，多看看书，把学业弄好。

他们真扫兴，但又觉得他们说得有道理，关键是，长久的爬坡骑行，臀瓣之木，真是不好受，也只好顺势作罢。

有一天周日晚上，刘军刚停好自行车，就指指前把上挂着的书包，意思是说，我又给你带熟咸菜炒黄豆了。

我摘下那书包，提着就往孔庙那方向走。进了严校长家门，把罐子往桌子上一放，对校长夫人说，鲁婶儿，我给您带好吃的了，您快尝尝。鲁婶儿看着罐子发愣，并不动作。我打开盖子，拿来筷子，夹起熟咸菜炒黄豆就走到她身边，说，张嘴，尝尝。

我也学会了妇人的做派，不由分说地表达感情，不容拒绝。

鲁婶儿嚼了两口，眼睛一亮，好吃好吃。

什么东西好吃？严校长掀帘子走出来，见了那罐子吃食，也眼睛一亮，说，真是好吃食，是在根据地时吃惯了的口味，眼下很难见到，稀罕啊！

鲁婶儿冷着脸子说，你从哪儿弄来的？你又没回老家。

我说，是我的同学刘军从家里带来的。

我正熬了一锅小米粥，蒸了一笼屉馒头，去，把他叫来，一起吃饭。鲁婶儿命令道。

我之所以把稀罕吃食径直就提过来，是因为和鲁婶儿的感情。

跟周小天"决斗"后那个星期天中午，严校长又叫我到家里吃饭。我刚一进门，鲁婶儿就用怪异的眼神看着我，然后冷冷地说道，先把上衣脱了。

说完就转身进了里屋，拿来顶针和针线，见我木在那儿，命令道，脱。

拿过我的衣服，她摊在膝盖上，说道，胳肢窝都破了，你也不知道？

我当然知道，那是周小天给扯的，但我奇怪的是，破在腋下的隐蔽处，她怎么会一下子就发现了？

鲁婶儿虽然身胖、手厚，但她用起针线来却那么灵巧，并且缝得很仔细，针脚细密，一丝不苟。虽然整个过程她还是阴着脸，但是我觉得，她内心有阳光，有母爱之慈。

于是，她面冷着，我心热着，开始接受她了。

我找到了刘军，说，校长让你到他家吃饭去。

凭什么到他家吃饭？

因为那罐子熟咸菜炒黄豆。

你把咸菜给校长了？

当然。

刘军一笑，说，你可真会拍马屁。

那我也不去，见了校长我不敢说话。刘军推辞道。

你必须去。我学着鲁婶儿的样子，冷着脸说。

6

我读过罗曼·罗兰的《约翰·克利斯朵夫》之后，平静的心，出现了无法平复的波澜。

书里的爱情描写，虽然有纯粹的质地，但雄浑激烈，能煽动人的情欲。主人公约翰·克利斯朵夫总能感受到欲望，他说，人生总是给你预备着一个又一个类似奇迹的热烈的东西，到处都有，像石头中的火，只要碰一下，就跳出来燃烧，所以，我们的心中总是睡着一个欲望的妖魔，随时都会醒来。

书中描写道：

> 克利斯朵夫努力克制着，拼命地用疲劳来折磨自己，走着长路，做着极辛苦的运动，譬如划船、爬山。可是都压不住心中的欲火。
>
> 他整个被热情制服了。嘻嘻，天才是生来就需要热情的，便是那些最贞洁的，如贝多芬，如布鲁克纳，也要

永远有个爱的对象。凡是人的力量，都在他们身上发挥到最高点，因为那些力受着幻想的吸引，他们的头脑便被无穷的情欲抓去做了俘虏。往往那些欲望是短时间的火焰，来了一个新的，旧的一个就被压倒，而所有欲望的火焰都会被创造精神的弥天大火最终吞掉。但等到烘炉的热度不再充塞心灵的时候，无力自卫的心灵就落在他不能或缺的热情的手里。它要求热情，创造热情，非要热情把它吞下去不可——并且除了刺激肉体的强烈欲望之外，还有温情的需要，使一个在生活中受了伤害而失意的男人投到一个能安慰她的女子怀抱。同时，一个伟大的人，比别人更近于儿童，更需要把自己托付给一个女子，把额角安放在她的手掌中，枕在她的膝上。

我情不自禁地把自己跟克利斯朵夫类比，觉得自己也是个天才，因为很早就无障碍地阅读，十二三岁就能做连校长都觉得"深奥"的长诗，而且有压抑不住的从书本里探究一切的热情，内心也有着一个又一个莫名其妙的冲动，便也需要"把自己托付给一个女子，把额角安放在她的手掌中，枕在她的膝上"。

一系列"也是"之下，我的眼神开始游移，总是瞟到漂亮女生的身上。

班上有个叫周玉梅的女生，出身干部家庭，衣着比较讲究，虽然当时的风气还没有后来那么开放，但一到了夏天，她就第一个穿起裙子，而且是能夸张线条的大斜裙。要命的是，她长得的确美，皮肤白皙、细腻，唇红齿白，而且上唇上，也长着隗兰玉那样细密的绒毛，洒上光线，就有撩拨人心的妩媚。她身材适中，走路轻轻摇摆，本来斜裙之斜，就夸张臀部的线条，一旦摇摆，就更惊心动魄。

我不好意思向那个部位看，因为觉得那样很无耻，就把目光下移。但一下移，我反而尝到了一种叫"忧郁"的滋味，因为她那双小腿，白而停匀，有无可挑剔的圆润，行走起来像两只灵巧的脱兔，让我情不自禁地就想去逮。但又不能逮，无奈之下，就心中惆怅，感到欲望之沉。为了自拔，我只好让目光再往下移，下移到地面，我就再也无可救药了——她穿着的一双船形皮鞋，有些不跟脚，急了不显，一慢下来，就时不时地露出脚后跟来。她的脚后跟小巧而圆，每次显露，都像一枚蒜杵，捣到我的心尖儿上。我十分疼爱，觉得是至美，比小腿和臀还美。为什么还美？因为我可以把目光黏上去安心欣赏，不觉得有失体面。

所以每有机会，我都会尾在周玉梅的身后。

久了，被周玉梅察觉了，就收束自己，不再穿裙子了。即便这样，还被我尾随，周玉梅就糊涂了，因为她不知道，我的重心不在小腿和臀，而在她的脚后跟。

一天，周玉梅突然转过身来，说："你别再跟着我了，我对你没感觉。"

我脸一红，说："你在想什么，我不过是走路而已。"

"走路就走路，干吗总是跟在人家屁股后边，让人家都不敢迈步。"

"你尽管迈步，我视而不见。"

"你这个人怎么这么好色，让人讨厌。"

"你的屁股又没长后眼，你怎么知道我好色？别自作多情。"

"你再跟着我，我可就捡石头磕你了。"（磕，读去声，扔，扔击，投掷）

我依然跟着，周玉梅果然捡起一块小石子磕过来。

我一闪身，躲过了。

再跟再磕，总也磕不中，周玉梅蹲下身子，伤心地哭了。

这一哭，倒像是磕中了，我一咧嘴，惭愧地说："你可别哭，让旁人看见，好像我真的欺负了你。"

我觉得真没劲，克利斯朵夫身边的女子都善解人意，总能"顺从"他，而自己所遇到的女子却这么别别扭扭，美在不美处，失望之下，我溜了。

我不再跟踪周玉梅，怀着惆怅，专心读书，而且专拣描写爱情的著作，与书中的女子相会。

这时候，我读到了缪塞的《一个世纪儿的忏悔》。

书中的主人公沃达夫，很纯真地迎来了平生的第一桩爱情，投入了十二分的珍重。但那个女人却背叛了他，便对那个不贞的女人充满了愤怒，所以当那女人从"迷失"中回味到他的美好，转回身来谦卑地请他原谅时，他冰冷地断然拒绝。然而，他的心依旧有着不能断然的东西——当女人与他的情敌在房间里约会时，他却围着那个房间逡巡不止，渴望女人能在无意间瞥到他焦灼的模样。

这让我吃惊，原来爱情还有这样的状态。一旦爱了，爱情的影子，就不会轻易消失，会在某个时刻，身不由己地露头。

沃达夫最后爱上了比莉斯。这是一场炽烈而恒久的爱情。但沃达夫对比莉斯的过于忠贞和温柔感到不可思议，便千方百计要发现她爱情的破绽。没有破绽出现，便感到自己的无赖，便感到自己的卑下，便感到女性高尚对自己的压力。就无端地折磨她激怒她，欲从女性性格中寻到瑕疵，以期营造一时的心理平衡。但比莉斯是那么忍韧，眼泪浸泡出的笑靥更加妩媚，经受侵害的心灵更加温柔；沃达夫便在一种自卑的情绪下，疯狂地爱着，并且，每经历一次折磨和被折磨，其爱情便更疯狂一分。他走不出这一爱情的"怪圈"。

我认为，这是第一次爱情的失败，留给我的后遗症——炽烈爱情的产生和维系，居然是在类似这般的忠贞与背叛、信任与怀疑、爱护与折磨之中。绝不是一个简单的过程。于是我害怕了，觉得女人是不可轻易招惹的，因为招惹之后怎么办，我想不出答案，还没做好心理准备。

我走出教室之后，不再放任自己的眼光，而是坐在校园里的花坛上发呆。

周玉梅从眼前走过，我居然也视而不见。但她不久又踅了回来，经过我时，分明还看了我一眼，笑了一下。她这是什么意思？

这类似石头里的火，我想"碰"它一下，让它跳出来，但还是忍了。因为我要维护自尊。忍是忍了，但周玉梅那圆润的小腿、小巧的脚后跟，却出现在我的想象里。每天躺在大通铺上，我不停地想，以至浑身血液偾张。但那个环境让我必须敛心静气，就止于形而上。

夜色四合，像巨大的冠盖，我走到室外，迎着风吹，少年的纯洁开始醒来。我想到，虽然《约翰·克利斯朵夫》煽动欲望，但他还是呼唤崇高、振作、奋斗、梦想、有为的壮歌，最终的指向，还是伟大、成功与杰出，正如它的译者傅雷在他的"译者献词"中说的那样：

真正的光明绝不是永没有黑暗的时间，只是永不被黑暗所掩蔽罢了。真正的英雄绝不是永没有卑下的情操，只是永不被卑下的情操所屈服罢了。所以在你要战胜外来的敌人之前，先要战胜你内在的敌人；你不必害怕沉沦堕落，只消你能不断地自拔与更新。

这一刻，我突然懂得了傅雷为什么写下这样的献词，也开始懂得了这部书本身。

我要自拔，要抵抗"沉沦堕落"，便跑向学校的操场。操场的尽头，有一排水泥筑成的盥洗平台，安着一排水龙头，那是为了方便学生们运动后的洗涤，而特意修建的。

操场里黑暗无人，我毫不犹豫地把自己脱光了，站在水龙头之下。我干脆把所有的水龙头都打开了，来回奔跑着，让所有的水柱轮流浇在自己身上。那是深秋，树上的叶子都掉光了，人们也忌惮在晚上露头，冷冽的水流浇在身上，也有针扎一般的感觉。我任千万根针扎着自己，从头到脚，不留死角。

针刺到最后，我感到水是那么温暖，既能畅快地冲涤皮肉，也能浸润到内心和灵魂中去。我大口大口地呼吸着，有了一种得救了的感觉，不禁热泪涌流。泪水与物质之水混合在一起，不可分辨，但我自己能分辨，水是外在的纯净，泪是内在的清洁，我告诉自己：我生来不是为了堕落的，而是为了飞升的，不用别人拯救，我自赎。

凉水激身之后，神清气爽，我平静地回到宿舍，在笔记本上写下了一段话：培根说，一个真正伟大的人物，没有一个因爱情而发狂；因为伟大的事业抑制了这种软弱的感情。况且我的爱情还没有来到，有的只是虚拟的爱情。准确地说，不过是欲望的盲动。要洁身自好，要抑制。

写完之后，赤条条地钻进被窝，一下子就睡着了。

这次凉水激身，给我留下了身体的记忆，从这以后，只要是受了外界的刺激，有了肉体上的欲望或精神上的躁动，我都要借助凉水的冷却予以平复。久而久之，我产生了依赖，以至于养成了洗凉水澡的习惯，从冬到夏，始终不改。

7

由于昏天黑地地看长篇小说，课业稀松，所以刘军高考落榜，只得复读。

我虽然过了录取分数线，但离本人的期待却有很大的距离。由于中考时考了全县第二，我自视甚高，填写志愿时，除了清华、北大、南开等重点大学之外，普通高校，一个也没填。还有一个不利因素，报考志愿书中有一个栏目，"是否服从统一调剂"，我填了"否"。所以，一本、二本都录取完了，也没接到录取通知书。

父母催促我，你不能坐等，要赶紧到学校去问询。因为一旦落榜，复读也是需要开销的，他们手里没有余钱。

我只好来到学校。学校已经放暑假了，只有严校长夫妇可找，因为他们以校为家，在孔庙前生着炊烟。跟校长一说来意，校长急了，"你这么好学的学生，怎么能没学上？这是不可以的。"便差校工把分管招生的副校长找来，令他陪我去市招生办。

招生办设在香山公园。

香山公园的风景过于美丽，让我眼花缭乱，不停地东张西望。副校长说，录取的事是大事，却不见你着急，好像跟你无关似的，真糊涂。

我们到了招生办，却怎么也找不到我的档案。我这时候才知道着急了，用近乎绝望的眼神看着副校长。副校长笑着摇摇头，说，也不能瞎着急，要冷静地分析路径。

副校长把招生办的一个负责人拽到背静处，从手里的人造革皮包里拿出两条烟，偷偷地塞给他，说，档案肯定不会丢，只不过是找起来麻烦，就麻烦您好好给找找，考生是山里的孩子，家境贫穷。

就反复地找，从一本档案找到二本档案，最后找到普本档案，还是没找到。那个招生办的负责人突然问道，你填报志愿时在"是否服从统一调剂"一栏填的什么？我说，我填的"否"。那个人说，那就对了，肯定是被打入死档了，因为你的分数不够填报志愿的分数，而你又不服从调剂，只好封存了。

果然从被封存的档案里找到了，那个人说，大学已经录完了，即便是你现在服从调剂，也只有专科录用了，你们还是来晚了。

我听后，浑身瘫软，蹲在了地上，忍不住地泪如雨下。

正在这时，一个胖大的中年人向我们走来。招生办的那个负责人迎上去，笑着问，李老师，你的专业招满了没有？李老师说，招满了，我现在就想走。招生办负责人说，我这儿有一个考生，本来是能上本科的，但他没填服从调剂，档案就死了，你能不能把他招走。

我听到话音也迎了上来，李老师见了，问，是不是他？

就是他。

李老师问我，我招的可是蔬菜专业的专科生，你可愿意？

我毫不犹豫地说，我愿意。

我真的愿意。因为，一来父母没有余钱让我复读，二来课外书看得我已无心课业，即便是复读也未必就考得好，我耽误不起。

既然是这样，我就录了。李老师笑着对招生办负责人说，这孩子眉清目秀，看着就让人喜欢，另外本科的成绩上我们专科，将来可以让他当学习委员，这真是意外收获，谢谢你啊。

入学的事办妥，已到了下午四点，副校长对我说，我打听了，我回良乡的家还有班车，你回山里就没有班车了，你怎么办？

我突然想起，我的一个叔伯姑姑就住在门头沟河滩，离香山不远。便对副校长说，我附近有个姑姑，我先在她家住一晚，再坐早班车回山里。

那好，我陪你去你姑姑家。副校长说。

不用了，我自己能找到。

不成，我必须眼见着你找到，我是奉严校长之命陪你来的，我得给他一个妥帖的交代。

凭着依稀的记忆，终于找到了姑姑的家门。敲开门，探出头来的还真是姑姑本人。姑姑大吃一惊，怎么会是你？

我兴冲冲地说，姑姑，我考上大学了，刚从香山的招生办回来。

虽然考上的是专科，但无论如何实现了"跳农门"的愿望，我心中没有遗憾，只有喜不自禁的兴奋。

身后的副校长这时说，我已经把你交到你的家长手里了，我就回去了。

我这才想起来介绍，大姑，这是我们校长。

你瞧瞧，你真是老喜鹊窝搭在杨树尖儿上——高野了，还惊动了校长。姑姑忙闪出门来，往屋里请客人，校长，您请，我给您沏茶。

副校长说，不麻烦了，我还得赶班车呢。

把副校长送到车站，临上车前，副校长说，你往后要常回学校看看严校长，他没儿没女，把学生当成了自己的孩子。

望着远去的班车，我心热如烧，忍不住热泪盈眶。我真的很幸运，每到裉节儿，总是能遇到好人，从赵校长到良中的正副校长，他们都不讲条件地推着我往好处走，以至于不知道如何报答。因为无从报答，所以只好流泪，流给自己，流给天地。

姑姑是三祖父的女儿，因为比我的父亲大，所以我叫她大姑。大姑年轻时玲珑而白，美得惊人，嫁给京西矿务局保卫科的一名干部。这是乡下女人最好的归宿，一直遭人嫉妒。

记得一年春节前大姑来省亲，正赶上我的父母打架，我给他们拦架，棉袄被撕破了。赶来的大姑拿过针线就给我缝补。棉袄就穿在身上，她个子矮，就让我坐在矮柜上，她站着动作。她面庞真是秀气，不像山里出身的人，看着她光滑的皮肤，我心跳不止，但不敢呼吸，怕吹破了她的脸。

我很希望她经常回来。

但是她却很少回来，因为她有关节炎，不便走山路。

所以，虽然多年不见，但一见面，我就觉得与大姑亲，进院的时候，我不由自主地拢着她的双肩。侄子亲热的动作让大姑很高兴，她不选地拍着我的手，不选地大声感叹，我侄子出息了，考上大学了。

大姑家是一座小小的四合院，她的感叹，惊动了家里人，东西厢房的门几乎是同时打开了。从东厢房里探出头来的是一个青年，国字脸，线条刚毅，像雕刻出来似的，上唇有短髭，让人想到鲁迅。从西厢房里闪出身来的是一个少女，虽然是第一次见面，我却觉得跟她很熟，好像是一同长大的一样。因为她长得跟大姑年轻时酷似，只是比大姑高，身体有曲线。

大姑介绍说，这个是你表哥军，那个是你表妹华。

我跟二人打过招呼，也心生感叹：这二位在小时候都是见过的，没想到几年不见，都出落得这么标致，简直是一对金童玉女。

大姑说，你们谁去买菜？我侄子冒猛子（突然）来了，家里连像样的吃食都没有。

当然是华。军说。

华朝我笑着点点头，表哥，你先坐，我去买菜。

华往外走的时候，我忍不住回头看，看到华腰窝深陷，身姿摇曳，让我怦然心动。

军咳了一声，说，你到我的房间来。

大姑说，让他去见见你爸，娘家侄儿来了，得行个见面礼。

军说，见他干啥，整天阴沉着脸，让人郁闷。

大姑瞪了军一眼，你这是怎么说话呢，他可是你爸。

我随大姑进了正房，姑父已经从沙发上站了起来，好像就等着我觐见。我叫了一声姑父，姑父便伸出手来跟我握手，说，啊，考上大学了，祝贺，祝贺，你究竟是比那两个货强，走上正道了，晚上姑父一定陪你喝两杯，扫扫晦气。

姑父虽然表达的是热烈的情感，但他却一直阴着脸，让我胆怯。

哪两个货？见我疑惑，大姑说，他是在说你表哥表妹呢，他们都没考上大学，都在家待业呢，他见到他们就来气。

正在寒暄，门外军喊道，你快出来，我等着你呢。

你赶紧去吧，那是个丧门星，整天读读写写，疯疯癫癫。姑父说。

进了军的房间，看到一片令人吃惊的景象。房间很小，却放着一张大大的木板床。床上堆满了杂志和书，只留下了一个人形的床窝，供他睡下。床头放着一个大大的烟灰缸，盛满了烟头。床边放着一张黢黑的书桌，并没有椅和凳，他坐在床上写。书桌上也放着一个大大的烟灰缸，也盛满了烟头，看来他是被香烟和书喂肥的。

房间里的空气十分污浊，是烟和脚臭混合的味道。我不禁呛了一口，激烈地咳了起来。

你还挺娇气。军说。

书桌上码着一摞《星星》和一摞《诗刊》，看来军是爱诗的。桌面上正摊开着一本新一期的《诗刊》，上面登着一首题为《贝壳》的诗。我顺势读了下去，临了说了一声好。军勃然而怒，说，好他妈的什么好，一个著名的诗人，也不珍惜才华，写这么俗烂，丢人。说完，唰地就把那一页撕了下来，踩在脚下。

刊物跟前有一沓稿纸，上面有几行手写的诗，好像是他刚才正写东西，被我的到来打断了。我也顺势读了起来。军问，怎么样？我说，不错，很清新。军又勃然大怒，恶狠狠地把那稿纸撕了。都到了心长茧子的年龄，还他妈的清新，丢人。军一边撕一边说。

我陷入尴尬，因为我感到，只要我说好，军就撕，他有刻意的逆反。

我就不说话了。

军摇头笑笑，从房间一角的破书架上拿下一本莎士比亚的剧作，翻到《李尔王》，兀自朗诵起来——

人生除了天然的需要以外，要是没有其他的享受，那和畜类的生活有什么分别。你是一位夫人；你穿着这样华丽的衣服，如果你的目的只是为了保持温暖，那就根本不合你的需要，因为这种盛装艳饰并不能使你温暖。

军好像是在挑选他认为好的句子，因为他读得一点儿都不连贯。虽然意思不连贯，但语气却是连贯的，一直是厉声厉色，激情如仇。

他突然停了下来，大手一挥，对我说，要读就读莎士比亚，他有无人匹敌的伟大，他的剧作不仅是喜剧，还是诗、散文、小说、格言、政论，甚至是音乐，他处处让你震撼，处处让你脱俗，让你灵魂飞扬，忘记现实的渺小和卑下。我现在是谁？不是被老东西厌弃的待业青年，而是伟大的李尔王。

从我一进房间，军就一个人愤怒、发泄、演讲，全不顾客人的存在。好像我不是多年不见的远亲，而是与他朝夕相处的知己，专为他预备着的忠实听众。奇怪地，我一点儿也没有被忽视、被强迫的感觉，我迷醉于军制造的氛围，也被他个人的风度所深深吸引，我呆呆地望着军，有点儿崇拜，渴望被他收编、指使。

军突然想起了什么，说，净瞎侃了，忘了一件大事。什么大事呢？见军摸出来两根香烟，一边把其中的一根递给我，一边说，有诗、书、李尔王，没有香烟怎么成？香烟是大事，给你，烧上一根。拿着那根几乎是被军硬塞过来的香烟，我犹豫着。因为有生以来从来没有抽过烟，便不知所措。军打着了火，逼着我点上，说，你必须学会吸烟，不会吸烟算什么男人？是阉人。试着抽了一口，我马上就被呛得大喘。军大笑，说，喘不怕，怕的是停下来，你只要连续地抽，就不喘了，而且慢慢地还有甜丝丝的感觉现身，让你爱上它。这烟不得不抽，因为我怕被军小觑，影响开始建立起来的亲密关系。喘到最后，果然就不喘了，但依旧是辣，并不甜丝丝。辣终究还能忍受，我与军融汇在缭绕的烟雾之中，"坏"成一团。"坏"字是我心底的意识，我虽然接受了烟雾，但还是觉得这很不好。

正亲热地"坏"着，华推门而进，她被迎头呛了一口，喘着说，挺好的一个孩子，硬是被坏人拉下水了。军大怒，呵斥道，谁让你进来的，滚！华一笑，说，饭做好了，妈让我请表哥去吃饭。难道就不请我？军问。华说，你还用请，你是属狗的，有肉味的地方就趋乎。军扬起一只手，做出打的动作，华一转身，扭扭地走远了。

华跟大姑一样白皙，被烟呛了之后，立刻泛起一层红晕，我觉得华很美，目光一直黏在她的脸上。她扭扭远去的背影袅袅娜娜，更让我觉得美，目光一直追随着。

军竟揪住我的耳朵，把我的脑袋拽回来，说道，我必须提醒你，你千万别让她把你弄花了心。她不是什么好鸟，待业在家，整天出去找男人，她懂风骚，勾引有术，小心她把你花了。所以，你要始终跟我在一起，形影不离。李尔王说过，人们最爱用这一种糊涂思想来欺骗自己；往往当我们因为自己行为不慎而遭逢不幸的时候，我们就会把我们的灾祸归怨于日月星辰，好像我们做恶人也是命中注定，做傻瓜也是出于上天的旨意。

我大吃一惊，作为哥哥，怎么能这样说自己的妹妹？

这个家庭，真是太古怪了。

我到底还是听了军的话，无论是在饭桌上，还是在饭桌下，都努力回避与华搭话，更甭说私下里单独接触。因为这时的我，诗书对我的吸引是重的，况且军又有那么咄咄逼人的气势，我甘愿被他俘虏。

8

由于军的缘故，我在大姑家逗留了几天。

每日和军一同喝酒、抽烟、吟诗，不舍昼夜，弄得昏天黑地。酒后在大街上朗诵、喊叫，如入无人之境，弄得行人瞠目，以为是两个精神病患者。夜里睡在一张床上，抵足而眠，睡梦中还不知不觉地拥在一起。醒来也不吃惊，以为是很自然的事。

被华发现，她说，你们真恶心。

分别后，竟有强烈思念，不停地写信。有时一日竟连发三封，情感黏着，胜于男女。他在信中随兴赋诗，词采、文思不输于《诗刊》上的作品。我抄录下来，替他投稿，竟篇篇不中。由此我恨诗坛，觉诗坛人物有眼无珠，都是欺世盗名之人。恨诗坛，反而更爱他本人，一得机会，便如脱弦之箭投奔于他，耳鬓厮磨，即便是睡在一个被窝里，也嫌彼此离得太远。

一日，我发现军已有一女友，竟心中黯然，颇似嫉妒。他的女友姓武，姿容凡常，身高而瘦，却有一双大胸乳。被我视为女妖，不愿与之言。此女也爱好文艺，好作惊人之语，被军视为知音。他们在一起时，便不再耽于莎士比亚的戏剧，而总是热议勃朗宁夫人十四行抒情诗，且以勃朗宁和勃朗宁夫人自况，好像要学习他们的榜样，也成就一番惊天动地的爱情。

由于嫉妒，我不看好他们的感情，认为他们近似肉麻，在一封给军的信中，我竟说，武女浅薄，不过是有傲人双峰而已，所以，你之所迷，乃形而下的欲望，让我看俗。军回信说，友情和爱情，是两种东西，你要学会区别，不然你会永远也长不大，更甭说成就文学。

武女的介入，让我心生不爽，与军的交往便渐渐疏远了。但却走进了勃朗宁和勃朗宁夫人的诗，觉得她的十四行诗既让人血脉偾张，也让人意象频生，助人于俗处升华。

我读勃朗宁夫人的诗，与军和武的着眼点不同，他们看重其中的爱情信息，惊异于爱情可以医病，让一个叫伊丽莎白·巴莱特的腰瘫之女，在情爱的牵引之下，走下病榻，走向诗歌，走向勃朗宁夫人。我则看重同声相诉、同气相求的知音境界，可以改变人的心灵格局，从小我走向大我。巴莱特早期的作品，不过是深闺里的感叹，是勃朗宁让她走出户外，关注童工、关注黑人，就他们的命运改变发出深情呼吁，写出与时代和社会有关的大情怀。

军和武的爱情则没走出书本，因追求惊世骇俗，常弄出一些"有伤风化"的小事情，便愈来愈与周围的环境格格不入。大姑和大姑父因反感于武女的嗲与妖，也不认同军的狂与傲，从中作梗，不使其进入婚姻。军在忧愤之下，出外打工，到燕化胜利厂抹灰班当了工人。繁重的体力劳动，使他心灰意懒，渐渐远离了诗歌。

有一天他来看我，胡子满腮，油渍灰斑遮蔽了工装的底色，有不能遮掩的落魄之相。酒醺之后，他作诗自我调侃：远看是逃荒的／中看是要饭的／近看是燕化抹灰班的。

我无言以对，不停地叹息。

9

我上了农业大学分院的蔬菜专业之后，由于是命运强加给我的课业，所以我没有学习的热情，就更热衷于专业之外的阅读。

大学教育的特点，是严进宽出——虽然考学艰难，但只要一进了校园，就宽松多了，每门课业，只要稍稍用心，都是可以过的。

我是高分低就，自然就更不在话下。

那个去香山搞招生的李老师，正是专业的系主任，他果然让我当了学习委员，期待我能带起一种潜心专业的学习空气。

但我的表现，很让李老师失望。因为我对专业并不潜心，而是应付。后来我公然在课堂上看文学的书，让讲课老师瞠目。别看我不专心听讲，但每到考试，都能考到高分，让那些虽"潜心"，却总是考不出好成绩的同学很反感，觉得我的做派类似轻蔑和侮辱。

李老师曾经找我谈话，让我注意影响。我反问道，注意影响？注意什么影响？我既没有破坏课堂纪律，又没有调皮捣蛋。李老师说，你的表现是变相的破坏课堂纪律，是变相的调皮捣蛋，更具有破坏力。因为不管是讲课老师，还是别的同学都感到不舒服，而失去了讲课和学习的动力。我说，他们怎么这么脆弱？李老师说，不是脆弱不脆弱的问题，而是被不被尊重的问题。

"那就不好办了，我不过是想多学习点儿东西而已，不承担他们多余的想法。"我说。

"知道你聪明，知道你精力充沛，但每到上课的时候，你能不能不看课外书？即便是听不下去，也装出听的样子好不好？"李老师说。

"我做不到，我不愿意浪费时间和生命。"

"别说大话，还夸夸其谈什么浪费时间和生命，你要知道，如果不是我特招了你，你现在可能正在老家种地放羊呢，这算不算浪费时间和生命？"

李老师的话，类似要挟，我虽然感到好笑，但究竟也失去了理直气壮的底气，因为他触到了一个山里孩子自卑的软肋。我说："李老师，我让您失望了，您看这样好不好，为了不影响您的威信，您干脆把我的学习委员免了得了，也算是惩戒，好让老师和同学们得到心理平衡。"

"跟你谈话真是费劲。"李老师叹了一口气，"因为你是个明白人，什么都懂，所以就很难说服，但你的学习委员现在还不能免，等学期满了之后再说吧。"

我点点头。我懂得李老师的心思，学习委员刚被任命，旋即又被免去，这近乎儿戏，对我不会有多大影响，而对作为系主任的李老师却有着不小的影响，这关乎形象和尊严。

受军的影响，我也订了《诗刊》《星星》。那时《青春》《萌芽》《芳草》《青年作家》很是知名，号称是"四小天鹅"，对文学青年有强烈吸引力，便也悉数订下。我小时候稀粥喝得太多，瓜菜也吃得太多，造就了一个大肚皮，进了校门，见了那大大白白的精面馒头，便狠吃一番，一顿便可将五只馒头"顿进"。于是，二十几元的助学金只勉强伺候吃喝，就没有余钱订刊物。便向家里要钱。家里也没有现钱，母亲就找左邻右舍借，惹得乡邻们好一顿奚落，"都上大学了，还死啃老子，这个学上得有球用？"但母亲仍是一笔一笔借，全不顾那张粗糙但自尊的脸皮。我便感到极端的羞辱和压抑，全不顾李老师的提醒，把大部分精力用在读文学刊物上，因为这是一种带着仇恨的阅读，老师和同学的反应真是无足轻重。

后来我发现了一个秘密：学生每月的三十三斤半粮食中，有七斤半粗粮。吃那金色的窝窝头，城里的小妞是极不情愿的。我便问一个极温顺极和善的小妞："换粗饭票吗？"

她霎时就将眼睛瞪得亮亮的："你愿意？"

我说："怎不愿意。"又说，"一斤换三斤可以吗？"

"那当然可以！"她几乎跳起来，"别的班还有一斤换七斤的呢。"我觉得自己太傻冒了，便急急找补："我也一斤换七斤。"

她就呼地将脸耷下："我不换了！真是山里出来的，一点儿幽默都不懂。"

悻悻地，我尖了嗓子喊："三斤就三斤！"

于是，我每月的二十几斤的细粮，正好兑了三个小妞儿的粗粮，便与她们建起极特殊也极默契的关系。

那时的菜价极便宜，一个熬白菜才三分钱。每顿两个熬白菜佐着四五只金色的尤物，吃得居然还顺畅，月底，钱果然就省了几个，竟把订刊物的钱攒了下来。还有余裕，就买上一两本名著……

待一个学年下来，床头竟积了数十本书。夜里失眠，闻几遭沁人心脾的书香，竟能顺利睡去，且好梦也连绵不断进入睡乡。

但有一天，我突然觉得书像少了几册，便观察几个室友的脸色，那几张脸都神秘而诡谲，让我好不舒服，便狠狠咽下口水，画几张表格，将书一本本登记了。第二日，再看那书，竟又像少了几本，默默数过，却一本不缺，便大大地诧异了。这样的情形，之后又重复了数次，我便怀疑自己的神经有毛病了。

于是，寒假从家里回来，便背来一只板壁极厚的小柜（母亲盛米用的），将书小心地放进去，吊一只乌色的大锁，将一颗飘摆的心坠踏实。但室友们却从此不再睬我，将我视为异类，一些开心的事体便都躲着我而成就，把我排挤在外。我便默默地忍受，任其剥夺一同快乐的权利，以期和他们对等，谁也不该欠谁。

以后，那小柜的锁，我均偷偷地开启，慢慢地，那里关满了同学的好奇，连我自己也觉出些许神秘。每次上课打瞌睡，一想到那沉沉的柜子，便陡地挺直腰杆，那背后，有一股莫名的力量推着我进入阅读。我读了很多书，腹内有了充盈的感觉。

那日，李老师找我谈话。"你不安心学业的表现已成了公开的秘密，大家从反感变成了接受，好像都不愿跟你一般见识了，倒让我觉得你那个学习委员免不免已没多大必要，所以，我想听听你自己的意见，是免还是不免？"

"免，必须免。"

"为什么？"

"我即便是很好学，但毕竟是偏离了学习方向。"我调皮地笑笑，接着说，"本来他们就笨，再学我的样子看课外书，就更笨，考试再不及格，您这个系主任就会让人说闲话，很不好。"

李老师说："你这不仅是骄傲，还是傲慢，就凭这一点，也得免。"

我点点头，不停地嘻嘻笑。

我这一笑，让李老师有了新的想法，他说："我怎么觉得好像是让你得逞了似的，所以我很不甘心，想让你给我点儿回报。"

"什么回报？"

"你要给班里出黑板报，甚至整个系里的黑板报也由你来出，你不能拒绝，不然我会跟你恼。"

"好，就这么办。"

读必定会诱发写，我私下里写了许多小诗、格言诗、散文和短小说，工工整整地抄在十六开的硬皮笔记本里，已经有了三四本了。我也不停地投稿，那时投稿实行"邮资总付"，不用花钱，即便是屡投不中，也不失落。也真是奇怪，我投稿无数，居然无一篇发表，就有了不失落的失落。所以，李老师让我出黑板报，我不禁暗自一喜：我可以把自己的作品移植到黑板报上去，让发霉的才华见一见阳光。嘻嘻，我又得逞了。

我的黑板报出得很勤，每周都要出一期。也出得很精致，字体多样，行书、楷书、汉隶、魏碑，富于变化。这得益于幼时的读"两报一刊"，报纸上的字体让我记住了。也会画题花，搞插图，因为自然的景物可以临摹，刊物上的插图可以移植。那时的文学刊物，讲究插图，图文并茂，对读者多了一层吸引。

黑板报就成了班里的一处特别的风景，引同学们驻足、品读。系里其他班级，便眼红了，也拉我去依样画葫芦。我成了被人抢夺的人才，便内心欢悦，乐于做。这出乎李老师的意料，本以为是"惩戒"，却成了我价值实现的风水宝地，他心绪复杂。

我发表在黑板报上的诗，居然被同学们争相传抄。因为传送的是青春气息，有阳光质地，能鼓动心潮。譬如我的一首《秋天的果园》：

秋天来了，
清爽而温暖的风
吹来了，
青春和爱的味道！

小伙子们坐不住了，
姑娘们也坐不住了，
骗腿儿跨上自行车，
手捧着快被风掏走的心儿，
投奔风的故乡——
熟透了的果园。

啊呦！
这是天青色的果子，
这是黄澄澄的果子……
尝这个——酥香，
品那个——酸甜……

秋的彩衣在这里剪裁，
秋的梦想在这里放飞。
成熟的颜色是美的，
　——流光溢彩；
成熟的味道是美的，

——蜜醴清菲。

成熟迷蒙了青年们的眼，

成熟醉了青年们的心扉。

把这鲜美的果儿贴在年轻的颊上，

把这甜美的果儿贴在红润的唇上。

小伙儿说，

——这是我的颜色；

姑娘忙说，

——这是我的芬芳。

秋风把我们招来果园，

网兜里装满了秋光，

青春和爱在秋风里也成熟了，

欢笑中，我们交换着品尝。

秋风不停地吹送，

似要把这青春和爱的香味，

吹入幸福的缅想——

未来的远方。

  农业院校的学生，自然会有用于实习的农场、林场、畜场和花园、菜园、果园，每到收获季节，学校会打破专业界限，集中去采收。我虽然学的是蔬菜专业，但也能自然而然地走到果园里去，采摘"天青色的果子"。"天青色的果子"是戴望舒的意象，他因为《雨巷》，有了"丁香诗人"的美誉。"她是有／丁香一样的颜色／丁香一样的芬芳／丁香一样的忧愁／在雨中哀怨／哀怨又彷徨"。当时，"丁香一样的芬芳"迷乱了校园，学子们也自然痴醉于"天青色的果子"，所以，我的诗一出现在黑板报上，就触动了学生们的心弦，一下子，我成了校区的名人。

国庆前夕，全市农校系统为了活跃在校生的校园生活，联合搞了一个"我和我的祖国"大型诗歌征文活动。李老师对我说："你必须给我搞出来一个获奖作品，因为我感觉你有这个实力。"

我绞尽脑汁写了一首二百行的抒情诗《祖国啊，母亲》。我参照的底本是艾青的《大堰河，我的保姆》。诗写完了，我拿给李老师审查。李老师看完，说："我看成，因为它让我激动。"我说："我怎么看不出您激动。"李老师说："我都什么年龄了，还会把激动写在脸上？即便是心中有波澜，也摁着。"我说："你们这代人真没劲儿，阴。"

不期然就获了全市唯一的一等奖。

不期然就吸引了市教委领导，把发奖暨朗诵晚会放在了我所在的学校。

学校的大礼堂，平时的灯光是暗的，这一天弄得灯火辉煌，人一走进去就忍不住心跳，感到很神圣。前一个时段是发奖，一等奖的领奖人是李老师。他上台时被台阶绊了一下，差一点儿扑倒，惹得台下一阵哄笑。我为他难过，心里说，嗽，说什么激动不能写在脸上，要摁住，你却摁错了地方，丢人。

到了朗诵环节，我的诗放在最后，作为压场节目。表演方式是集体诗朗诵，设了两个领诵，一个是我，一个是叫马小婵的女同学。马小婵有摁不住的激动，总觉得前边的节目太拖沓，不时地嘟囔，"快点儿吧，急死人了。"

终于轮到我们上场。

全班三十三个人挺胸抬头，表情庄严，齐刷刷地站在台上，每人都穿着崭新的白衬衫，再承领通明的灯光的披洒，那是撼动人心的阵势，台下立刻响起热烈而持久的掌声。掌声激动了表演者，我们全身心，不，确切地说，是奋不顾身地投入。其中有两句，"祖国啊，你是伟大的母亲／你有两个硕大的乳房／一个代表着哺育／一个代表着宽容"。领诵的是马小婵。台下便掌声欢呼声响成一片，并且眼泪喷洒，对母亲生出大爱。

表演也是评奖的，最后也被评为唯一的一等奖。

马小婵被点名上台领奖。捧着奖状她哭了，一是激动，一是醒悟。

散场以后，醒悟过来的马小婵对我充满了仇恨。她左突右冲，穿过人群，追上了我，在我的后臀上狠狠地踢了一脚，"该死的，你做的是什么破诗！你要赔偿我的精神损失。"

我想笑，忍住了，想解释，也忍住了。我觉得这时候无论怎么做，都是不合适的。因为马小婵很单纯，她的胸部无过。

10

在大学期间，对我产生深刻影响的书有三部：哈菲兹的《哈菲兹诗选》、司汤达的《红与黑》和卢梭的《忏悔录》。

《哈菲兹诗选》是一本歌颂醇酒妇人的诗集，诗中最常用的词汇是：夜莺、蔷薇、玫瑰、丰美的胸房、温馨的素手、芬芳的迷醉、忧伤的甜蜜……诗境之中，必然要有一个花园，要有带露的花朵，丰美的妇人和甘润的醇酒。诗中弥漫的甜蜜而忧伤的爱情情调，美酒妇人夜光杯的绮丽境界，使我心旌摇荡，耽读不已。

我时常在暮色中，低垂着忧伤的额头问自己：一旦拥有一个花园，一园子的玫瑰，满地窖的醇酒和一个钟爱的妇人之后，还需要什么呢？这时的我，还不能给自己一个确切的回答，便有点儿迷茫。

但我爱上了酒。每到周末，我都要走出校园，在稻田旁的一个乡村小店中要上一壶酒。壶是普通的白瓷壶，酒是八毛钱一斤的烧酒。因为是努力想自立，不愿被家里供养的穷学生，便不敢要好的酒菜，就要了一盘鸡脚。盘子是个尺盘，孤独地放在酒桌中央，显得贼大贼大；盘中有数十只鸡脚，黄澄澄闪着油的光泽，却仅仅三毛钱。独自坐在桌前，似有百结的愁肠，一口一口地呷酒，一口一口地啮那鸡脚；眼前渐渐地朦胧了，心头却莫名地热起来，以为此刻就坐在花园的荫下，被一个美丽的妇人脉脉地注视着，妇人的手中摆弄着一柄带露的玫瑰。

"Rose，My love!"喃喃地叫着，睁定了醉眼，却还是那个黄脸的店婆，在昏暗的灯下，幽魂般地用炭黑的火锅炖排骨。心嗒然失落，酒也突然就苦起来，看着剩余的几只鸡脚，竟生出一些联想：乡下的鸡婆，常逡巡之处，绝不是花丛草圃之上，而是猪舍厕间，玉足亭立处，正是黄澄澄的粪便之上。胸中便生出异样感觉，豁然大吐。诗意顿消。

但醉酒之人反不忘酒。以后的时日，一有机会还要去喝两杯烧酒，未寻得"醉酒"境界，却将自己培养成一个嗜酒如命的"南阳酒徒"。这便是《哈菲兹诗选》的第一"功效"。

第二个"功效"，便是它铸定了我看女人的基本态度。哈氏诗中的妇人，均是硕乳、丰臀的丰美形象，我对妇人的这些感官作击节的歌叹。花园中的玫瑰、蔷薇是饱满的，花枝上的露珠是饱满的，走进园子的妇人亦必然是饱满的；酒钵、酒瓮是腴圆的器具，"醇酒妇人"中的妇人，丰美娇艳，是自然而调和的事情。

我接受了他的"丰艳"观，理解了表兄军为什么会爱上妖艳而大胸的武姓女子。首先的实践，便是断然拒绝了一个女同学的求爱。那是班里一个娇小而素洁的女孩儿，由于对我文才的倾慕，大胆地对我表达了爱意。虽然她对我的校园生活给予了能够给予的诸种关怀：偷偷地给我洗衣服、缝补掉落的纽扣，还偷偷地塞给我面票，偷偷地给我买来我想看却舍不得买的书籍。人性的朴质，使我感到她将来肯定会成为一个好妻子；但诗情的浪漫，使我又本能地产生一种推拒：如此娇弱的女孩儿，怎会陪伴我走进梦幻般的那个丰灿的玫瑰园呢？所以我不接受她，并躲避她的关怀。女孩子便只好"偷偷地"做单方面的表达，觉得无望之后，她对我提出了最后的要求："你能不能送我一条白纱巾？"我吃惊地问："为什么？"女孩子说："你可以埋葬我的爱情，但是不能玷污我的纯洁，白纱巾是你尊重我的证明。"

我便专程去了一趟王府井百货商店，买了一条最好的白纱巾送给她。女孩子把白纱巾捂在脸上，情不自禁地抽泣，两片小小的肩胛不停地上下抽动，让我不可承受，只好决绝地远去。

也许是一种暗示，以后的人生过程，爱我疼我与我友好的女人如果不丰艳，我就找出各种借口躲避，被迫地接受她们照拂的时候，也会情不自禁地喊出"我愿与丰美的妇人为伍"的不合时宜的口号，徒然惹起她们的一阵伤心一阵痛骂，斥责道："你真是个白眼儿狼，即便是给你掏心掏肺也养不熟。"

于是我也感叹道，醇酒妇人，到底不是现实人生啊。

　　我被她丰美胸房的芬芳迷醉／被梦幻般的冲动麻木／
若我痛苦地死去了／那就是她把盐撒在了我的伤处／若我
春醉般地睡去了／定是她把我疲惫的头拥在了她的胸口。

这是我读哈菲兹时信笔所作，一半是抄袭，一半是敷衍。其中还有我读《约翰·克利斯朵夫》时的余绪，即克利斯朵夫式的情调：除了刺激肉体的强烈欲望以外，还有温情的需要，使一个在生活中受了伤害而失意的男人投到一个能安慰她的女子怀抱。有一天我在整理旧作时发现了它，毫不犹豫地撕掉了。因为我想，如果有一天，我的儿子读到它，知道他尊敬的老爸竟写过这么俗艳的诗句，会失去敬重。

至于《红与黑》和《忏悔录》，我是在一个夏天，放在一起阅读的，因为我觉得，虽然一个是小说，一个是自传，但情调都是一样的，都讲的是一个出身低微的少年在进身过程中与女人的关系。

这小人物的传奇故事，对我的吸引是强烈的。但更让我震惊的是，爱情，作为世间最美好的情感，居然可以主观设计，服务于功利性的世俗目的，并最终让美好破碎得一塌糊涂、不可收拾。我伤心得茶饭不思，彻夜无眠。我反复回味着书中的两个细节，一个是"握手"，一个是"爬梯"。

我隐约地感觉到，这是作者设计的两个隐喻，象征着小人物借助女人向上攀爬时，必然会出现的两个途径。让我不解的是，即便是主人公有着明确的意图，有点儿卑鄙无耻，但是情欲本身，或者说爱情的原始之美，总是执着地露出头来，"覆盖"了意图。

问题是，女人明明知道是被"利用"，却仍奋不顾身地把自己送入男人的怀抱。为什么？是女人一旦陷入情感的纠葛，真正起作用的，是难以抑制的虚荣心。虚荣心不理会理智，只理会热情——她们不允许不被欣赏，不被爱，不允许你亲近别的女人，而把她晾在一边。即便是你对她表达的是虚假的崇拜，她也乐得承受，因此，悲剧的产生和"罪行"的形成，"嫉妒"是推动的主要原因。嫉妒的背后是"独占"的野心，爱情是独食，容不得设宴的人三心二意，邀别的女人前来分一杯羹。

我看到了情欲的真相，原来放纵也不是随心所欲，而是受着"爱本神圣"的先天制约，感情不可玩弄，其基本原则是真心、忠诚和专一。所以看完整部书，我不喜欢于连这个人物，即便是他的"罪行"有可以同情的出处，我也不饶恕。我同情的是德·瑞那夫人和德·拉木尔小姐，为她们的真心付出叫屈，为她们美的破碎而哭。

由于看到，于连的情感有着卢梭的来路，他特别崇拜卢梭，熟读了卢梭几乎所有的著作，特别是他的《忏悔录》，并且把它作为自己的人生宝典，甘愿受其影响，而津津乐道。所以，趁着阅读《红与黑》的余绪，我从学校图书馆专门借来了卢梭的《忏悔录》，做链接式的阅读。

11

读了《忏悔录》，我爱上了卢梭。虽然卢梭被于连看作是老师、领路人，而且也有相同的出身，一个是木匠的儿子，一个是钟表匠的儿子，但他们绝对是两路人。于连是极端的利己主义者，虽然也有情感的抬头，但总体上还是对女人的利用。而卢梭则不同，他是女性至上主义者，他尊重女人，爱女人，陷在女人的温柔中无法自拔，始终以儿童的心态，在崇拜中享受感情的美好，根本想不到"功利"二字。

他们都离不开女人，这一点有着师承关系；但他们对女人的态度却有着迥然的不同，一个是以自我为中心的使役，一个是拜倒式的迷恋。花园小径从哪里分岔了呢？伏案沉思，我发现，分岔之处，根本就不在遥途，即后天的遭际和熏染，而在人生的起点。

于连父母的结合，从一开始就有通过婚姻改变家境的世俗目的，所以他们之间，很少有温情和缠绵的东西。于连幼时，由于柔弱，不喜欢体力劳动，而爱读书和幻想，因而被父亲和两个哥哥歧视、厌弃、怨恨，常常对他羞辱和打骂。这不仅造就了他寡情、冷漠和专横的个人性格，也培植了他只有出人头地，才能改变处境，左右他人而不被他人左右的原始信念。

一个有这样"原点"的男人，能如何对待女人，就不言而喻了。

而卢梭恰恰是出生在温柔的感情之乡——

父母是一对青梅竹马的恋人，从小心里就装下了对方。母亲家境富裕，聪明美丽，父亲乐天知命，正直能干，都有好的品格。"两个人秉性温柔和善感，心心相印和互相同情，巩固了他们从习惯中成长起来的感情。父亲远行时，满脑子都是母亲的聪慧、美丽和才华，这是温柔的屏障，使他不为别的女人所动；而母亲的坚贞品格也抵御住了献媚男人的种种诱惑，而且，别人的觊觎，反而变成了盼归的热望。所以，与其说他们每天都在盼着结合，不如说时机也在等待他们。命运好像在阻挠她们的热恋，结果反使他们的爱情更加热烈了。"

卢梭是热烈爱情的产物。

不幸的是，他的出生，造成了母亲难产而死。幸运的是，丧偶之后，父亲的表现让他震撼，从而奠定了他感情伦理的基础，生命之外，他又得到了精神的"出生"。他本人写道：

> 我不知道父亲当时是怎么忍受这种丧偶的悲痛的，我只知道他的悲痛一直没有减轻。他觉得在我身上可以重新看到自己妻子的音容笑貌，同时他又不能忘记是我害他失去了她。每当他拥抱我的时候，我总是在他的叹息中，在他那痉挛的紧紧拥抱中，感到他的抚爱夹杂着一种辛酸的遗恨：唯其如此，他的抚爱就更为深挚。每次他对我说："唉，让·雅克，我们谈谈你妈妈吧。"我便跟他说："好吧，爸爸，我们又要哭一场了。"这一句话就使他流下泪来。接着他便哽咽着说："唉！你把她还给我吧，安慰安慰我，让我能够减轻失掉她的痛苦吧！你把她在我心中留下的空虚填补上吧，孩子！若不是因为你你那死去的妈妈生的孩子，我能这样疼你吗？"母亲逝世四十年后，我父亲死在第二个妻子的怀抱里，但他嘴里始终叫着前妻的名字，心里留着前妻的形象。

赐给我生命的就是这样的两个人。上天赐予他们的种种品德中，他们遗留给我的只有一颗多情的心。但这颗多情的心，对他们来说是幸福的源泉，对我来说却是一生不幸的根源。

因为有这样的情感土壤，所以卢梭善良、多情、温柔、慈悲，他有恋母情结，对待女人，他有原罪意识，便且尊且爱且怜惜，容不得亵渎的念想和做法。这样一来，他纯粹，他幸福，但也忧伤、痛苦——稍一不逊，就自责；稍一不贞，就忏悔。

他与华伦夫人的关系，延续了一生。在人们看来，华伦夫人之于卢梭，是情人、姐姐、母亲的混合物，欲情之美，垂爱之美，悯惜之美，都是有的。在我看来，她是男人的醉乡，可以男欢女爱，又可以精神互动，还可以感恩戴德，形而下与形而上都有了。由于羡慕，所以他爱卢梭，因为他总是在冒犯之中保持尊重，在亲密之中保持欣赏，在索取中保持节制，不让自己的感情堕落于世俗。因而他是个伟大的情人！

这种伟大，集中到一点，就是他对女人本身永葆非功利的热情，即便是朝夕相处、长期厮守，也像初恋，把她放在神圣的位置，不让女神尘落，不让感情打折。他既一以贯之地欣赏她的外貌之美——"她的美不仅仅表现在容貌上，更表现在风姿上，她的美丽因此经久不衰，即便到了晚年，也仍保有当初少女的风采。她的态度亲切妩媚，嫣然一笑像个天使。美丽的头发她漫不经心地随便一梳，就增添了不少风韵。她的身材不高，甚至有些矮，只是她的体态稍显肥胖，但是，要找到比她更美的头、更美的胸脯、更美的手和更美的臂膀是不可能的。"他也始终不渝地欣赏她的心灵之美——"即便那些卑鄙的骗子流氓使用让人走入歧途的教育来迷惑她的理智，她高尚的心灵却丝毫没有受到影响，始终如一：她那爱人又温和的性格，她那对不幸者的同情，她那无限的仁慈，她那愉快、开朗而率真的性情从来没有改变。甚至就是在她接近晚年陷入贫困、疾病和种种灾难的时候，她那明媚的美丽灵魂仍然保持着原初的愉悦，直到死亡。"

我读完整部《忏悔录》之后，知道卢梭是一贯地扮演着女性崇拜者的角色。为什么会这样？卢梭自己说，是他恋爱的怪癖——无法克制的胆怯。我则体悟到：所谓胆怯，其实是对爱情的敬畏，对女性的体贴。于是，我毫不怀疑地接受卢梭本人的陈述："我敢说，由于我爱得太真诚、太深挚，反而羞于得手。从来没有过像我这样强烈却同时这样纯洁的热情，从来没有过这样温柔、这样真实而又是这样无私的爱情。我宁可为我所爱的人的幸福而千百次地牺牲自己的幸福，而把她的名誉看得比自己的生命还要宝贵，即使我完全可以享受到情爱的快乐，但也绝不肯破坏她片刻的安宁；因此我在自己的行动上特别小心、特别隐秘、特别谨慎，以致一次都没有成功。我在女人面前经常失败，就在于我太爱她们了。"

然而事实上，虽然他一次都没有"成功"，但终生被女人眷顾，她们与他虽不缠绵于枕席，却真心怜他、爱他、安慰他、帮助他，让他温柔脆弱的心有所依托，使他在强大的外界迫害和压力下，能够安妥自我、成就自我。所以卢梭得到了真正的成功，一生都被女人涵养和滋润着。

由卢梭，我想到于连，觉得他的毁灭，是必然的结果。

由卢梭，我又想到自己的恋情经历，如果那也算作是恋情的话。隗兰玉是被我突然的亲吻吓跑的，周玉梅是被我赤裸裸的目光羞跑的。这两个女孩儿的名字里都带个"玉"字，我便不禁联想到，玉是易碎的宝物，要轻拿轻放，小心呵护，都是"胆怯"的动作，而不能粗暴上手，放纵地触摸。要小心、隐秘、谨慎、局促、惊惧，还要真诚、深挚。我当时不知道这个道理，所以一个都没有得到，这也是必然结果。

我的华伦夫人你是谁？你在哪儿？我情不自禁地发问。

12

我的发问，好像是被命运听见，我的"华伦夫人"果然如期而至。

那是个叫张岚的大龄女同学。

张岚出身于西山的部队大院，父亲是个军级干部，母亲是部队医院的院长。她不是应届高中生，落榜之后在家待业，由于学历低，分配不到体面、轻松的工作，而是被安置在部队服务社、商店、医院等勤杂岗位。内心的骄傲，让她不肯低就，而父母又自律很严，不愿意动用自己的关系，为她做特殊的运作，故一直待在家里。听说农业院校扩招，为了一纸学历，她通过补习复考，成了我的同学。

张岚在班里年龄最大，比我整整大了五岁。

由于家境优渥，她身材高挑而丰腴，皮肤白皙而细腻，声音柔美而性感。甭说形象诱人，即便是一听声音，就被吸引。在女同学中，她有点儿鹤立鸡群，男同学的目光总是瞟在她的身上。她当然知道自己的魅力，梳了一条长长的马尾髻，走起路来头发随腰肢一起摇曳，风情万种。

我当然也被强烈吸引，因为这符合我从哈菲兹那里涵养来的审美情调，但怦然心动之后，马上就平静了。缘于她是近视眼，戴着一副金丝眼镜。因为我刚看完一本书，书名叫《马背上的水手》，是杰克·伦敦的传记。里边记述着他被一个戴眼镜的女人从纠缠到背叛的一段故事，那个女人让他尝遍了焦灼和痛苦，以致他逢人便说："绝不能跟戴眼镜的女人调情，因为她们怪僻、无情，反复无常。"

我此时信书，更信杰克·伦敦，被他《热爱生命》的名篇所打动，崇迷他笔下为了生存而跟野狼搏斗的硬汉，所以把他说的话视为金科玉律。

别的男同学都黏在张岚身边，而我则远离，或是漠视，或是用眼睛的余光"瞥"，透着不屑和鄙视。

巧的是，我和张岚都是文艺青年，我读文学、写诗，张岚嗓音好，爱唱歌。李老师让张岚当了班里的文体委员，每到周末，让她在晚自习的时间教大家唱歌。她教会了不少当时的流行歌曲，有《军港之夜》《小城故事》《外婆的澎湖湾》和《绿岛小夜曲》等。令人瞩目的美女教唱流行金曲，大家热情很高，每次都座无虚席。

张岚在平时温柔内敛，一回上到讲台教歌，立刻就落落大方，甚至有些热情洋溢。

大家学得很快，几乎是当晚就学会了。为了检验教唱效果，张岚会当堂点几个同学独唱。而每次第一个点的，就是我。我对音律迟钝，而且五音不全，硬着头皮唱来，大面积走调，大家哄笑不止。我觉得张岚是有意出我的丑，报复我对她的冷漠，便满脸通红，对张岚怒目而视。如果不是李老师也坐在教室里学唱，我早推门而逃。

但是有一天，下午课毕，同学们都到操场去锻炼，我留下来，闷头写诗。正忘我地沉浸，突然闻到了一股好闻的香味儿，那香味儿清爽，直沁心脾。我不禁抬起头来，发现张岚就站在身边，垂着头注视着我，而且还满脸含笑。我啪地把写诗的笔记本合上，"你要干吗？"我厉声问。

张岚被吓了一跳，笑容霎时凝固但很快就又重新绽放，"我是想拜你为师，跟你学写诗，学写字。"

"我既没好诗也没好字，你可别连讥带讽。"我感到突然，觉得很不真实。

张岚说："我虽然没见过你本子上的诗和字，但你写在黑板上的诗和字我可都看见了，都好，尤其是字，很漂亮，字如其人。"

好话如水，会浇灭浮火，我不知说什么、怎么说才好了，只是疑惑地看着她。

张岚马上捧上来一个笔记本，"你看，这是为了跟你学字，专门准备的。"

那是个十六开的笔记本，玫瑰色的绒面，很大气很豪华。

"你怎么跟我学字？"我放缓了语气。

"希望你把你的短诗给我往本子上抄几首，留下笔迹，我回去学。"张岚把笔记本放在我眼前的桌面上，说道。

"我不给抄，太麻烦。"

"不，你得抄。"

"为什么？"

"因为我们都属于旋律。"见我不解，张岚解释道，"你看，诗与歌是不分家的，诗是内在的旋律，歌是外在的旋律，所以我们俩是——不是知己的知己。"

"你这是什么话？"

"避免你说我自作多情。"

张岚一边说着，一边把马尾髻翻过肩头。我看到，她用来缚头发的手帕也是玫瑰色的。我立刻醒悟，她的这个动作是貌似无意的有意。

我也不点破，但相信了她的真诚，露出了笑的模样。"那，好吧。"

我把短诗抄在她玫瑰色的笔记本上。为了对得起她玫瑰色的用心，我抄得很认真，笔画均匀，字就写得比平日好。

张岚就站在身边，注视着我抄写。一股股清爽的香味儿不时地被我吸入鼻翼，弄得我的心有点儿乱。我不能确定，那香味儿是来自她的身体，还是出自她的发髻，反正我知道，她有点儿别有用心。

几天之后，张岚又找我抄新写的诗，说她已把我原来抄写的诗，学写了几十遍，字写得比以前好看多了。我翻开本子一看，果然摹写了半个本子，的确应该再给她抄上几首新的。

这样翻来覆去，张岚的字写得越来越好看，但问题是，她的字，也越来越像我，甚至可以以假乱真。我说："不能再给你抄写了，因为已分不出你我，没必要了。"

张岚说："不学字了，现在学诗，我已经写了一首，就抄在本子上，难道你就没看出来？"她把那首诗指给我看，"请你给指导指导，提提意见。"

那首诗的题目是《如果我是少女》，正文是这样的：

我如果是少女
就在春天里穿最洁白的衣

在春风里飘逸
在春雨里沐浴
仰卧在嫩草中
我便是青翠欲滴的绿

掩在百花中

我就是姹紫嫣红的旗

滴上红我就是红杜鹃

染上兰我就是兰花花

沾上紫我就是紫玫瑰

…………

女儿是大自然的花朵

纯洁是少女金贵的画屏

在人生的春天里流连

纵情开放，无遮无拦

然而，我要系紧鲜红的纱巾

时刻准备着

为我美丽的眼睛拭去欲望的风尘

　　我说："你本来就是少女，为什么还说'如果我是少女'？"张岚摇摇头说："我已经很老了，很忧伤了。"我觉得她有些矫情，因为那诗写得十分稚嫩，不染一丝沧桑，便打趣道："你的诗写得很不自在，在老处装嫩。"张岚说："本来就不以为好，不过是写给你看看，跟你有点儿共同语言。"不容我插话，她又说，"你给我起个笔名好不好，算是对我的鞭策。"我说："凭什么我给你起笔名？弄得跟恋人似的。"张岚说："其实我早就想好了，我的笔名就叫'心哲'。我的心，哲理的哲。"

这里的暗示，让我激动了一下，但很快就恢复了平静，说："你乐意写诗，你就写，但千万别跟我学，我不会教你这样的学生。"又是杰克·伦敦"绝不能跟戴眼镜的女人调情，因为她们怪僻、无情，反复无常"的话起了作用。张岚一笑，说："我就黏上你了，你摆脱不了我的魔爪。"

她果然不停地把写的诗拿给我看。尽管我为了打消她的热情，早点儿摆脱她的黏着，总是给予贬损的评价，她依旧坚持不懈。我感到，她的目的不在诗，而在诗之外。即便我有了这个意识，但奇怪地，我的意志却不再那么坚决，既想摆脱她的黏着，又不愿失去看到她涂鸦的机会。她毕竟是那么活色生香，让我情不自禁地着迷。

学校坐落在长阳稻田村，离西山不过是二十公里的距离，所以张岚每到周日都要回家。起初她骑车，到了后来感到疲累，便改坐公共汽车。但公共汽车只通到长辛店，到学校还有五公里土路。她不乐意走，便骑车到长辛店，把自行车存在一个店铺，等归来时再骑。

一个星期六下午，刚一放学，张岚就突然找到我，"你能不能骑车送我到长辛店去？我不想自己骑了。"

"为什么？"

"现在是夏天，穿着裙子骑车，不方便。"

抬眼一看，她果然穿着一袭白底蓝花的连衣裙，亭亭玉立，曲线诱人。

"为什么是我，不找别人？"

"你一个山里的孩子，到了周末横竖是待在学校，闲着也是闲着。"

"我宁可闲着，也不莫名其妙地献殷勤。"

"然而我是你的学生，你是有义务的。"

便只好尽义务。

到了土道上，我刚一骑上车，张岚就提身上了后座，动作轻盈准确，竟至让骑车人没有明显的感觉。我刚一加速，张岚顺势就把我拦腰抱住，把头紧紧地贴在我的背上。我忍不住哆嗦了一下。这亲热的动作，来得那么自然，好像我们已经有了多年的亲密关系。但我内心紧张，导致车子不停地摇摆。张岚便更紧地抱住我，直至把骑车人和车子都降伏了，走得平稳。平稳也不松手，而且往皮肉里箍。

夏日炎热，气味蒸腾，张岚起初清爽的香味儿，这时变得有些浓烈，吸入之后，让我有些心乱。忍不住回头看一下张岚，正巧行进的风撩开了她的裙摆，露出了白花花的大腿。要命的是，张岚无所谓，还很无辜地冲我点头一笑，"辛苦你了。"

我有了可耻的欲动，为了掩饰，便脱口说道："别客气。"

这口气，类似心甘情愿，让我看不起自己。原来杰克·伦敦的话在纸上体味是一回事儿，一到了现实的处境，就不起作用了。

"张岚，我问你，你为什么独独黏上了我，就因为我唱歌跑调，不乐意跟你学？"我没好气地问。

"不是的。"张岚松了一下搂抱，说，"是因为你呆头呆脑，让人感到可爱；又唇红齿白，长得好看，让人感到可亲。"

"就这么简单？"

"难道你不知道，女人也是好色的，本能地就喜欢既好看又聪明的男人，再说，你就是一个小破孩儿，没那么多花花肠子，让女人放心。"

"这你就错了。"我又回过头来，毫不客气地看了一眼她白花花的大腿，"你可能不知道，我看过《红与黑》，从于连身上，也懂得了如何勾引女人，你可危险了。"

"可我既不是贵夫人，又不是贵族小姐，只是你的一个女同学，没有勾引与被勾引的预设目的，我有什么危险？"

"你也看过《红与黑》？"

"当然，我们全家人都看过，还经常在一起讨论人物关系。你想不想知道我们怎么看？"

"怎么看？"

"我们觉得于连的勾引是可以理解的，他顺从本能，不知道防范，关键是德·瑞那夫人、德·拉木尔小姐有问题，她们放任自己，欲擒故纵。"

我一愣，要知道，张岚即便比自己大几岁，也毕竟是涉世未深的女大学生啊，却如此看待风月场，我真的有些吃惊。

吃惊之下，我不再说话。

五公里的路程实在是短，我们很快就到了长辛店的汽车站。临上车之前，张岚说："别忘了，星期日晚上来接我。"

见我发愣，张岚竟在我的脸上轻轻地拍了一下，"想什么呢，听到没？"

她这一拍，像惯常的动作，自自然然，毫不做作。

13

这个星期天，我有点儿不好过。

我莫名其妙地烦躁，读不下书，也无心写诗，便在校园里闲逛。脑子里总是回放着昨天傍晚送张岚时路上的情景，始终弄不明白，她对我，怎么那么大方？

太阳偏西了，我情不自禁地到了公共浴室，很仔细地洗浴了一番，然后换上了一身干净衣服，慢悠悠地骑车上路。我提醒自己要再慢些，因为是夏天，稍快一点儿的动作，都会弄出汗来，我不想让那身干净衣服染上汗水，要保持清爽。

我这是怎么了？不过是一种有点儿亲密的同学关系，又不是恋人，怎么搞得就要调情似的？

我感觉到自己身上潜伏着一种连自己都不明白的东西。

到了公共汽车站，我躲在路边的一棵大树下面，不想让张岚一下车就能看见自己。在我看来，作为男人，让一个女人察觉到他的热心，是一件很没面子的事。

天色晦暗下来的时候，张岚下了车。看不到接站的人，她不住地东张西望。

我能细致地观察她。张岚居然换上了一条黑色的丝绸长裤，配上一件豆青色的短衫，整个人显得比送的时候要瘦，有一种冷静的清秀。虽然也露出扎眼的白花花的两条胳膊，但这毕竟是收敛了的性感，不扰乱人心。

在等待就要化为焦灼的时候，我适时地现身。

张岚欢悦地叫了一声我的名字，上前就挽住了我扶车把的胳膊，好像久别重逢。

张岚说："我请你吃饭吧，给你改善改善伙食，你一个人待在校园里，孤单得像个没娘的孩子，呵呵。"

这个说法让我撇嘴，不过还是从了。

找了个路边小店，张岚点了鱼和虾。我说在小店里就应该随便吃一点儿家常便饭，鱼和虾有些不对路，因为再好的食材，小店也烹不出好的成色，是虚假的奢华。

张岚说，吃饭就吃饭，别玄奥成哲学。我说，你的笔名不就叫心哲吗，你就要顺应我的哲学。

"我的笔名又不是冲着你起的，别故作多情。"张岚佯装生气，"哼，人家还不是为了你，在学校食堂，肉你还是能吃到的，鱼虾就很难吃到了。"

吃饭的时候，张岚总是给我布菜，不让鱼虾撂节在盘子里。这个前提是我吃得节制，不想让她看到自己贪婪而粗俗的吃相。

"别，别，你真把我当孩子了。"我说。

"在我眼里，你本来就是个不会照顾自己的小破孩儿。"张岚说。

我被感动了一下，嘴上却说："别把自己弄成母亲似的，到时候不好收拾。"

"难道你还有别的想法？"

"这可说不准。"

张岚突然说："其实吃鱼虾应该喝点儿酒，那才更有味道。"

"回去以后还要上晚自习，满嘴的酒味儿不好。"我说。

张岚点点头，"那就要两瓶北冰洋汽水儿，以饮料代酒。"

骑了一路自行车，我的确是渴了，北冰洋到手，仰脖就喝了下去。汽水儿到了喉嗓立刻变成了蓬勃奔涌的气体，我有些窒息，剧烈地咳了起来。

"瞧，你真像个孩子。"张岚大大方方地给我抚弄后背，帮助我平息下来。

晚饭吃得很好，我们兴致勃勃，骑在路上，一起唱《绿岛小夜曲》。我走了调的歌唱让张岚咯咯笑，我也不觉得是嘲讽，反而很得意。

骑到中途，遇到一座高高的水塔。张岚叫我停下来，建议去爬水塔。我说晚自习是要点名的，无故旷课会挨老师的批评，再说发现一下子少了我们两个，会让老师和同学产生联想。张岚说，就是要旷一次课，体现性格，就是要他们产生联想，大家都需要故事。我说，你是班干部都不怕，我就更无所谓了，爬就爬。

我把自行车掩在塔基的一隅，仰望那水塔。水塔显得很高，像窄刃插进夜色。用于攀爬的铁把手，间隔很大，看着就费力气。我正犹豫间，张岚已开始了攀爬。她身子很灵活，一拽一耸，像猴子一样轻松。我个子比她矮，力矩就小，爬得有些艰难，很慢。爬到中腰，往下一看，觉得水塔又陡又悬，心生惊惧，双腿发颤。正进退两难之间，张岚已爬到了塔顶，看着我笨拙的样子不停地笑。笑声一如讽刺，让我羞耻，我豁出去了，绝不能败在一个女生手里。

终于到了塔顶，我一下子瘫坐在地上。

塔顶是个封闭的平台，有护栏遮蔽着，所以我很快就平静了。

两棵大杨树与水塔比肩长了上来，微风中树梢招摇。突然下起了小雨，雨点打在树叶上，也许是因为近得伸手可触，是丁丁的响声。

夜色四合。树叶丁丁。一片幽柔与神秘。

张岚的眼睛像夜鼠一样明亮，脸白如月发出皎洁之光，有着惊艳之美。我看呆了。她突然嫣然一笑，示意我站起来。我刚一站立，张岚就拥抱上来。没容我醒过神来，她就送上一片热烈的亲吻。起初我还躲避，还闭唇，但她的舌尖儿自己就往我的双唇间探索，而且还有一股暖暖的甜丝丝的味道，使我忍不住张开了嘴巴。这是焦灼之舌，一旦突破防线，就变得肆无忌惮。我被吻得心烦意乱，索性就迎合，与她天昏地暗在一起。

这是我的初吻。

竟猝然来到，来不及酝酿。却是这么热烈、彻底、震撼。我泪流满面，呜呜哝哝地感动。

张岚替我吻去了泪水，把我的头拥进自己的怀里，然后用手指插进我的发际，不停地揉搓。她的马尾髻轻轻地扫着我的脸颊，那熟悉的清爽的香味儿立刻弥散开来，让我忍不住深深地啜吸。她的胸脯剧烈地起伏，像海浪推送春潮，让我忍不住贴耳谛听。她的心跳，像树叶一样丁丁。这激起了我强烈的欲望，把手偷偷地潜入她的衣襟。却被她按住了，就按在那里，不叫它有进一步的举动。

亲吻和拥抱是她主动给予的，招引之后，却又不叫忘情地放纵，我感到被动，懊恼之下，我挣脱她的拥抱，慢慢地蹲下身去，渐次从大腿抚摸到脚踝。她被触动了，浑身像烫着一样颤抖，嘴里忍不住发出呻吟。好像得到鼓励，我又从她的脚踝渐次摸上大腿，到了腰部遇到扣襻，我不由分说地解开。但她在我的脑门上用力摁了一下，阻止了我，"小破孩儿，没想到你这么坏。"

一个"坏"字，让我失了兴致。是啊，一个从青葱大山里走出来的清纯少年，怎么也藏着这么多杂质，出人意料地丢人。

接下来，我们席地而坐，肩膀靠着肩膀，静静地听树叶飘落。

久久的沉默之后，她突然抓过我那双不安分的手，轻轻地揉搓。"我好像爱上你了。"她说。

我也在她的手心里抓了一下，"嗯，我也好像爱上你了。"

她笑笑，说："小破孩儿，我想告诉你，女人就像北冰洋汽水儿，你要慢慢地品，不能太着急，喝得太急了，不仅不能解渴，还会呛着。"

我猛地从她的把握中抽出自己的手，"我哪儿能跟你比，你会预谋。"

　　这之后，我们每隔一段时间，就会爬一下水塔。我们每一次都会热烈地拥抱、亲吻，虽乐此不疲，但也止于此。我们都觉得，青春之爱，远离占有才浪漫，才纯粹，才美好。

　　奇怪地，即便我们如胶似漆，也隐隐地觉得不可能走进婚姻。不在于张岚比我大五岁，而是在于我们迥异的出身。张岚出生在部队大院，见过世面，心高气傲，不会将就低层次的生活；而我出生在山里，土地本色，朴实颟顸，随遇而安，不挑剔日子——这样的两个人如果步入婚姻，青春的吸引和新鲜的感觉消失之后，会产生龃龉和隔膜，会成为怨偶，就不美好了。

　　本来在生理上和心理上，女孩子就比男孩子早熟，再加上部队大院那样的环境，还有五岁的年龄之差，张岚自然会趋于主动，扮演情爱引路人的角色。但她本性温柔，心有戒律，便既招引（他们避免用勾引一词，认为那很下作）又克制，既欲动又收敛，一切都管控在纯情的层面。用张岚自己的话说，"杰克·伦敦所说，绝不能跟戴眼镜的女人调情，因为她们怪癖、无情，反复无常，意思是对的，但用词缺乏准确——她们不是怪癖、无情，反复无常，而是复杂。不戴眼镜时，她们很感性，有原始的情欲躁动，戴上眼镜后，她们很理性，能看到放纵之后的破坏性后果，所以她们懂得当止则止。所以对我，你不能猜疑和抱怨，我只能给你这么多。"我说："我对你，有的是感恩，绝无猜疑和抱怨，我说的是真话。"张岚在感情中，扮演了母亲、姐姐和情人多重角色，这一点我是感觉得到的，我很受用，像被宠坏了的孩子，我很依恋她。即便不能厮守一处，我也常常思念她的怀抱和热吻，觉得是一笔享用不尽的财富。

14

夏天即过，秋天欲来，作为农业院校的学生，开始了最后的毕业实习。

我们的实习地点是丰台大井村的菜地。由于是在露天劳动，阳光之下，同学们的身材、相貌和表情比在室内看得更加真切。所以我在看张岚时，第一次发现，虽然她身材丰美、袅娜，但面色苍白，几无血色，近乎病态。手下的活计是给番茄除草、定苗，因为是把书本里的知识验证在大地的田垄上，所以大家干得很投入、很兴奋，便兀自埋首沉浸。只有张岚时不时地直起腰来，看着眼前的一片青翠发呆。她好像很累、很痛苦，汗流满面，不停喘息。脸相也有些扭曲，美色消退，甚至有些丑。

我迷惘地看着她，被她躲闪，视而不见。

她被同学们落在后边。

我很想返回去帮助她完成属于她的那垄作业，但怕暴露亲密，也只好摇头作罢。

这时站起了一个人，瞪了我一眼之后，毫不犹豫地走到张岚身边，急匆匆地帮她耪地。

这个人就是朗诵诗的女同学马小婵。

她们很快就赶了上来。直起腰小憩的时候，张岚勾在马小婵的肩上贴着耳朵说笑，给我的感觉是，一半是在表达感激，一半是在表达亲密。

抬眼望去，马小婵不仅有一个超凡的胸部，还有一张红通通的脸。与张岚相比，她不仅美艳，还特别结实。张岚不过是比马小婵略高一头而已。

原来怎么没有发现？

不知为什么，我不禁多看了马小婵几眼。我的目光被马小婵捕捉到了，狠狠地瞪了我一眼。

在一个无风的夜晚，我和张岚依偎在大井河畔，拥抱与亲吻，让我们感到这世界除了温柔，还是温柔。大井是都市里的村庄，向东，高楼林立，向西，是一眼望不到边的菜地。河水清浅无波，反射着稀疏的夜星，平畴静美之上，点点星光好像一块块闪亮的疤痕，有病态之美。

张岚摁了一下我的额头，突然说："你真是一个听话的孩子，我真为你的未来发愁。"

我说："那你就一辈子守在我身边，尽你母性的义务。"

张岚摇摇头，说："就要毕业了，我要把你托付给一个人，她能陪伴你终生。"

我吃了一惊，问："谁？"

张岚说："马小婵。"

"这怎么可能？"

"难道你没有发现，她一直暗恋着你？她可是一直跟我说，她绝不能放过你，要你赔偿她的精神损失。"

"不就是一首朗诵诗吗？"

"就是那首朗诵诗，你让她在众人面前暴露了胸部，她感到了羞耻，一直耿耿于怀。"

"都大学生了，还这么封建。"

"你要知道，她来自京东农村，也是乡下孩子，有强烈的贞操观念。"

我调皮地在张岚的胸上揉了一下，"这也算事？"

"请你对我尊重一点儿。"一向温柔大方的张岚，这时却红颜变色，在我的手上狠狠地掐了一下，说道。

我很尴尬，不知所措地看着她。张岚凄然一笑，说："其实是马小婵托我跟你说，她很喜欢你，想跟你处对象。并且跟我说，就要毕业了，再不说破，就来不及了。"

这真让我感到意外，"张岚，你真让人感到不可思议，你一边跟自己的爱人投怀送抱，一边却说媒拉纤，把他推给别人，你的心可真大。"

张岚说："你可别把我往歪里想，我不过是比你对感情这东西多了一点儿理解。我爱你是真的，但不可能和你走进婚姻。婚姻很实际，多的是柴米油盐，还要生儿育女，做这一切，需要好身体，需要足够的耐心。而我的天性，喜欢轻松浪漫，害怕柴米油盐，更害怕拖儿带女，所以，我打算一辈子独身。"

我说："你高大丰美，身体好，又胆大心细，有能力，怎么就不能当人家的媳妇？"

张岚说："你不知道，我不过是个空心萝卜，外边看着青脆多汁，里边其实是糠的。我也不是什么胆大心细，不过是菜地里的稻草人，不过是吓唬吓唬小个子的麻雀，遇事就心虚，不敢碰硬，怕惹麻烦。我小时候在部队大院，虽然个子比一般女孩儿大，但从来都是被她们欺负，因为我连个脏字都骂不出口，连个巴掌都不敢往别人身上打，只能蹲在地上自己哭。"

那你怎么就会勾引男人？我把到了嘴边的话又咽了下去，说："你怎么就会欺负我，让我整天魂不守舍。"

张岚笑着说："谁让你不禁招惹，爱上我了呢，因为我知道，男人一旦爱上女人，就会百依百顺，就会心甘情愿被女人欺负。说来说去，还是你给了我欺负你的勇气。"

接下来，张岚让我躺在她的大腿上，轻轻地揉搓着我的头发，进行耐心的劝说。

"姐跟你说（她可真成，又转换成姐姐的角色），这男人要给自己找媳妇，最好是找爱你的女人，而你爱的女人要当作画，挂在心里欣赏。为什么？你爱的女人会慢慢变老，会失去魅力，你会失望，会爱不成恨不起，剩下的，就是无奈的痛苦。而爱你的女人，即便你老了，她也不会嫌弃，而且男人都是增值股，越老越有实力、越有魅力，她会更稀罕你。对这样的女人，你起初就没有多余的期望，她一有点好，你就惊喜——一点好加一点好，就是一个惊喜加一个惊喜，她就真的让你喜欢了，感情慢慢就厚了起来，婚姻就牢固了。我们部队大院，大凡模范夫妻，都是女追男，很少有男追女。就说你和马小婵吧，她说是要你赔偿她的精神损失，其实是她想追求你，因为你有才，人长得又唇红齿白，好看，她很迷你。再说，她也是农村来的，你们的品性接近，对生活也有相同的态度，她不仅好看，而且还健康结实，她不仅会伺候好你的柴米油盐，也会尽心尽力为你生儿育女，你们将来的日子，会如鱼得水，顺心随意。你信姐姐的吧，姐姐比你大，比你知道的多，比你看得清楚。"

"姐你别说了。"我在张岚的大腿上翻了一个身，背过脸去，"你虽然说得有道理，但是我还是不可能接受她，因为她对我没有吸引力，缺乏动力。"

张岚插在我发际里的手，抓住我的发根，使劲儿往上提了提，随着我的一声尖叫，她说："你真是不老实，你在田埂上的眼神我可都看到了，你死死地盯着马小婵，一脸馋相，哼！"

"这能说明什么？"

"说明了一切。"张岚有些激动，"我知道，一个女人的身体要是吸引了男人眼睛，她的心，也会慢慢地走进男人的灵魂。"

张岚的眼睛真毒。在田埂上，我看到马小婵通红的脸庞、超凡的胸脯，我的心的确动了一下。

我当时不知道为什么会这样，但是现在，看着渐渐密起来的星斗，枕着女友渐渐厚起来的大腿，听着她渐渐真切起来的话语，我似有所悟：马小婵的美艳与结实，既符合哈菲兹审美，又符合山里人的生活伦理。

我不禁说道："张岚，你知道不知道，你这是在亲手葬送自己的爱情啊！"

"谁说是葬送？我这是在追求永生。"张岚俯下头来，吻了吻我的发梢，"我不跟你走进婚姻，我的种种好会永远留在你心里，你会永远想我念我爱我。"

15

张岚牵了红线之后，马小婵几乎是奋不顾身地扑上来了。

她对我说，你与张岚的事她其实早就知道，为什么还要跟你好？因为她与你再好，也不可能走进婚姻。你也别反驳我，因为我深知她的底细——我们同在一个宿舍，张岚常常在睡梦中大叫一声惊醒，醒来就不停地喘粗气，起初以为她是梦魇了，但频繁的梦魇，就让人感到奇怪。后来她偷偷地告诉我，她有先天性心脏病，心隔膜位移、冠状动脉狭窄，不能累着，也不能激动，更不能有大的悲喜。虽然她很多情，也很好色，不能放任欲望，所以，她一边欲动着，一边克制着，不敢尽兴。她几次很伤感地对我说，她这辈子不适宜结婚，即便是有爱情的花朵开放，也只能一边开一边凋谢，结不出最终的果实。因此，不怕你不爱听，你对于她，就是一个小玩意儿，是一时的稀罕，一旦分开了，也就相忘了。所以我不在乎你们到了什么程度，一切都是无用功，而且还给我做了热身，我为什么要在乎？

我觉得马小婵说得太直白，甚至有点儿粗俗，本来是应该反感的，不知为什么，我反倒感到很可爱，逗弄道："听你的口气，好像我必然就属于你，你的心可真大。"

马小婵嘿嘿一笑，在我面前摆了摆腰身，"你看看咱这胸脯，这身膀，就一个字，壮。壮是本钱，既可以伺候你的柴米油盐，又可以给你生儿育女，你不选我选谁？"

她的话我在张岚那里听到过，这时好像是在鹦鹉学舌，看来张岚与她已经串通好了，成了同谋。我笑了笑，在胸前做了一个托举的动作，"祖国啊，你有两个硕大的乳房，一个代表着哺育，一个代表着宽容。"

马小婵脸倏地红了，捶了我一拳头，"就凭这，我也饶不了你。"

马小婵结实、朴实、诚实，而且还丰美、艳美、纯美，的确可以做既上厅堂又下厨房的现实之妻，而且，眼看就要毕业了，读了那么多的书，写了那么多的诗，却一篇都没有发表，投入了那么多的情感，注入了那么多的心思，反倒还不能抱得美人归，真是有些亏。不成，虚空必须有人填补，怎么也要收获一枚媳妇。

还一枚媳妇，我感到自己可笑，书读多了就酸，现实的考虑也弄得这么雅致，真是病得不轻。

张岚自己怎么没有跟我说她有先天性心脏病？我稍稍感到一点儿不公，但很快就释然了。因为这牵扯着一个女人的自尊，她怎么会轻易点破，而且她又是那么高傲、优雅、美丽。再说，这是不是马小婵的攻心战略，也未可知，算了，没必要纠缠了。

其实我也不愿意相信张岚真的有先天性心脏病，宁可相信，她对我又迎又拒的态度，不是身体的原因，而是出自心性。她是自己的女神，完美之下，岂能容有残缺？维纳斯残缺反而更美，但那是艺术雕塑，而张岚是可以拥抱的鲜活的人。

当我决定试着跟马小婵相处之后，第一时间就报告了张岚。张岚半天没有说话，迷蒙的眼睛很忧伤地看着我。我觉得，这是很自然的反应，如果不是这样，反而倒叫人不能接受，好像我们之间玩了一场情感游戏，纯粹是性的吸引。后来张岚叹了一口气，说："你是我培育的一颗感情的果实，快要熟了，却拱手让给马小婵采摘，我真的心有不甘。"我说："你可以不让嘛，我本来就是属于你的。"张岚摇摇头，"算了，做人要厚道，不能太自私，我不能耽误你。"

说到马小婵，我承认，她的外形是很招人喜欢的，但是性情是不是相合，还是个未知数。况且离毕业已没有多少时间，短期内也不会有多么深的了解，所以我一点儿信心都没有。张岚笑了笑，给我提了一个建议，要我利用国庆假期，带马小婵出去旅游。她认为，一离开熟悉的环境，旅途上只有你们两个人，她自然会真情流露，而且女人一到了大自然，马上就变成了孩子，心性立刻就会暴露得无遮无拦，你想看到什么就会看到什么。

我听了张岚的建议，笑了，笑得怪怪的，表情也是坏坏的模样。张岚一愣，"你什么意思？"

我告诉她，我们俩的谈话，让我感到不可思议，就好像一对男女躺在一起肌肤相亲，女人却还能心平气和地给身边的男人支着儿，教他如何去跟别的女人上床。

"这有什么不好理解的，我本来就没跟你上过床嘛。"

我点点头，又马上摇摇头，因为我心里在想：虽然我把张岚当作自己的华伦夫人，但跟卢梭的华伦夫人是不一样的。因为两个女人出生的年代不同，一个是十八世纪，一个是二十世纪，本性里浸染了不同的社会内容。所以我相信，即便我跟张岚上了床，她也会为我跟别的女人上床的事出谋划策。

想到这儿，我对张岚的缠绵不舍，变得淡了一些。

16

接受张岚的指点，我利用国庆假期，选了一个近处，带马小婵到承德旅游。

关于这次出行，我写了一篇游记做了记录。那篇游记的题目很香艳，叫《如花美眷到承德》，给人的感觉好像是偕新婚的妻子去度蜜月。是这样记述的：

在天下，美丽的风景可谓多矣。

但，美丽的风景如果不能化作心灵的记忆，也仅仅是瞬间的感动而已。而承德，不仅让我感动，而且让我感恩，因为它承载了我生命中最温暖、最妩媚的部分，与我的情爱有关。

多年前的一个春深时刻，我偕一天青色的女子到了承德。起因很简单，它有园林，它有草原，而且离京华近些，仅一百八十公里的距离。这还不是核心的原因，最诱人处，是它有一条"热河"——清波荡漾且温暖，与蜜月的意象相仿，摇荡心旌，如蛾向火，趋之。

到了承德，已夜幕四合，武烈河弄响。夜之黑，放大了河的神秘，她拽紧我的衣角，喃喃说道："我只身随你来，好像四处都是陷阱，你要护紧我。"

歇在面河的一爿小店，迎面的山上，正有一个磬槌峰，一独石兀挺，惊心动魄。她说："造化也重男轻女，弄雄风扑面，覆盖温柔，好令人心悚。"

我说："这很好，对我，你不得不依恋。"

真是依恋的，相拥榻上，明明缠抱着，在密匝中，她却也嫌有间隙，说："抱紧我。"

第二天，首先造访的是避暑山庄。我们从丽正门进入，相挽前行。由于是散客，无导游指点，一切都靠自己感受，所到之处，必得观察与思索，走得自然徐缓，但正好沉浸，所得便多。

始知丽正门的寓意。

"丽"，在这里不指美丽，而是"依附"。"丽正"出自《易经·离卦·系辞》："日月丽乎天，白谷草木丽乎土，重明以丽乎正，乃化成天下。"意思是说，日月依附于天，草木依附于地，皇帝要像日月一样合乎自然规律依附于正道，方能教化万民和统治天下。

我嘿嘿一笑，说："你看见没，女依附男，才有日月一般的光华，草木一般的深秀。"

她说："嗽，你这是断章取义为我所用，你没看见，连皇帝都得正，方能得民心治天下，况你个黄口小儿？"

相视而笑，彼此会意。

庄中景名和匾额均出自康、乾二帝，不疏才华，风流有自，顿生敬佩，齐声说："原来皇帝也是大才子啊！"都觉得，即便是有权势，若无婀娜情致，也是冷的，恶的；所以，即便是皇帝，也不能只有刀枪，一旦宅心锦绣，反而可亲可爱，令人忍不住就想归顺。

但也发现，匾上的文字，有多处失范，譬如"避暑山庄"的"避"字，"辛"下多了一横，还有一处的"藏"字，写成"蔵"，缺了两笔。疑惑时，正有庄内人员逡巡，便请教。人说，非讹误，系皇上有意为之——多一笔，寓江山广阔，丰茂富饶；少两笔，因为那两个字形正是刀枪模样，而大清一统，各族团结，万民和顺，再刀光闪闪，乃有失和谐也。

她击节叹道："真是好字！"

我问："好在哪里？"

她说："好在君王仁义。"

我说："君王仁义，类似作秀，关键在于他有绝对实力，便可以任意增删，纵横捭阖，凡人见之，就信服，以为理所应当。若换了你我，总是错的。"

到了心仪已久的热河，竟是一脉小水，她摇头一笑。

我说："小水为何有大名？因为它与江山社稷有关，你没听说，一座山庄，半部清史？这正如古诗名句，虽一句两句三句四句，却是大作，因为它是历史的文化记忆。"

她似有所悟，走到斛车之畔，转动轮叶，斛上温水，掬而洗面，说："既然是圣水，自然要沾沾仙气。"

我一笑，说："热河泉边洗洗手，好运年年伴你走。"

她说："你来得倒快。"

我说："游在前边的一个老婆婆撂下这么一句，让我捡到了。"

整个山庄的地域，真是阔大，有园林（且园中有园），有山峦，有湖泊，有庙宇；自然，人文，宗教，风俗，涵纳交融，浑然一体。园林之中，北地与江南，燕京与蛮夷，举国的风格，都凝缩在这里，像大盘盛碎珠，挤在一起闪烁，迷眼又迷心。那些庙宇，又称"外八庙"的，承载着满、汉、蒙、藏、维各地各族的宗教信息，且儒道释怡然共处，一派和谐景象。大有看承德，乃游民族万水千山；读承德，乃读历史万代千卷之感。便身陷其中而不能自拔，把三天假期都用掉了，预计中的坝上之游只好作罢。

站在"北枕双峰"的峰巅，俯瞰庄园。发现庄园的轮廓，状似一把张开的芭蕉扇，扇柄恰在皇家殿堂，给人以"掌控自如"的寓像。仿佛帝王在殿内一伸手，就能把整个江山都揽进自己的襟怀一般。

她说："这是皇帝的野心。"

我说："这是实力的象征。"

再细想那外八庙。竟也看出帝王的别有用心：所有的香火都在这里烧着，你等何须再另起炉灶？拜就是了。

康乾盛世，百代无恙，万寿无疆，"怀柔"二字，岂能叙说周详？还是实力使然也。

我对她说："人也如江山的，岂能只有容貌之美？要腹笥充盈，有内在魅力。"

她说："你这是在给我上课。"

"岂止对你，也是对我自己。"我说，"江山其实是一卷大书，应该学到点儿什么才是。"

她想了想，嫣然一笑，说："我听你的。"

在庙宇之游中，给我们留下最深触动的，自然是普乐寺中的欢喜佛。因为在爱情中的男女，敏感于"欢喜"二字。

欢喜佛起源于古印度原始宗教。男代表智慧，女代表禅定，二者如车之双轮，鸟之双翼，缺一不可。男女双抱合体，智慧与操守双成，即所谓"悲智相合"，方为一完人，方圆满具足，以至于业障摧毁，修正有得，乃"大欢喜"。换言之，欢喜佛之欢喜，为降服对方、亦被对方降服之欢喜。

她说："原以为欢喜佛是鼓吹纵欲的，却这么严正，倒好像是一部爱情的辩证法。"

女孩子一有悟性，便愈加可爱，虽众目睽睽，光天化日，我也忘情地把她抱进怀里。

返程之后，我用两年的时间，写了一部近五十万字的长篇小说，书名就叫《欢喜佛》，颇得女读者喜爱。她则拿下了硕士学位，分到了一个好单位。两个人颇有些顺风顺水。因为欢悦，更因为两个人都不断地发展自己，日日上进，互相敬佩，使情感有所附丽，遂不愿分离。

据说，之所以叫承德，是因为那个时期，民族团结，江山一统，国泰民安，人民发出心声：要感谢皇帝恩德，承载明君恩泽，忠心报国，合欢共好，千年不怠。

我要说，懵懂的男女走进承德，被那里历史、自然与人文滋润之后，会顿生柔厚，爱情会茁健地成长起来。至今，虽已经世风摧折，但承蒙承德的教化与开启，我们的爱情依旧有天青色的模样，在我心中，她是我永远的如花美眷。

情长怨巾短，景美恨语迟。与她斟酌一番之后，感到千万大词终敌不过一个小词：感谢承德。

她一笑，说，还应补上一个小词：愿她无恙。

这篇游记，真情与假意，实况与虚构，是混搭的，一切都是为了把文章做好。

虽然有"真是依恋的，相拥榻上，明明缠抱着，在密匝中，她却也嫌有间隙，说：'抱紧我。'"的描写，但当时的真相是这样的：

我虽然跟马小婵同宿一室，却一个睡在沙发上，一个睡在床上。

当夜深人静，风吹庙树，哗然弄声，壮美的马小婵却表现出异常胆小的样子，她对睡在沙发上的我求救似的说："你能不能上床来，抱紧我，我很害怕。"

"不能。"我摇摇头，"因为我读的黄色小说多，爱冲动，所以比你还害怕，怕管不住自己，做出出格的事。"

"可是我不怕。"马小婵伸出双手，做了一个邀请的姿势，"自从朗诵了你的破诗，让人哄笑之后，我就不害羞了。"

我说："那也不能，因为咱们俩才刚刚开始，鞋子穿在脚上合适不合适还不知道，现在就跟你弄得那么不清不白，我怕到时候甩不掉你。"

"你瞧你那点儿出息。"马小婵瞪了我一眼，"不过你放心，我不比张岚差，想甩你尽管甩，我不会讹上你。"

马小婵的话让我很不舒服，"我跟张岚怎么了？我实话告诉你，我们俩也是有行有止，至今还是清清白白的。"

见我被激怒了，马小婵咯咯地笑了起来，然后把双手缩进被窝，从里边把被子搋紧，竟说："我现在不怕了，我要睡了。"

但是有一点却是真实的，我们的的确确恋爱了，有了一丝依恋、有了一丝缠绵。因为在大自然的底色中，马小婵立体了，美好了。她结实中不失温柔，朴实中不失聪慧，老实中不失洒脱，全没有乡下女孩儿的硬直、干瘪、刻板，也是心中妩媚、善解人意的，也是胸有雅意，柔软多汁的。

她可以作为人选，转正为未来的媳妇。

我回到学校之后，把自己的感受如实地告诉了张岚。

以为张岚会祝福我们，没想到她听过之后，忍不住嘤嘤哭泣。我无措，只好试着递上手帕。她一把推开，用手捋了一把泪水，恨恨地甩在地上。"你听好了，毕业之前，咱俩私下里就别再来往了，咱们要对得起马小婵。"

17

实习结束，毕业分配。

没想到在分配环节上发生了意想不到的故事——

我出了几年黑板报，写的朗诵诗又给学校拿了大奖，在校园里知名度很高。所以，基于我的文艺特长，校务会讨论决定，让我留校，在校团委工作。

校团委书记代表学校找我谈话时，我慨然应允，毫不犹豫。我本来就不喜欢专业，正为毕业之后的去处犯踌躇，不期就来了适宜的岗位，这似天上掉馅儿饼，让我喜出望外。

一如花朵刚刚绽开，就猝遇倒春寒，我正沉浸在欢悦之中的时候，头顶上竟意外地落下来一记闷棍，我被沉沉地击中。

打闷棍的人竟是给了我入学机会的李老师。

当得知我留校的消息之后，他急迫地找到校长。他对校长说，这个学生不能留，因为他的表现很差、影响很坏，留下他会败坏学习空气，破坏学校秩序。他给出的理由是：本来我是高考落榜生，是学校开恩，把我特招入学，按常理，我应该以感恩的姿态学好专业，我却旁逸斜出，去搞什么文学。搞文学不怕，只要专业学习合格也就罢了，可怕的是，我乱搞男女关系，把他最得力的文体委员、最看好的学习尖子拉下水，心甘情愿地跟我天昏地暗。这也不可怕，男女之间就像天要下雨娘要嫁人，随它去好了，最可怕的是，班里的大部分同学，甚至学校里的许多学生，对我很是羡慕，还把我当作偶像，严于管理的老师反倒成了被嘲笑的对象，这岂不是颠倒黑白！所以，我的流毒太广，负面影响太大，留下我是个祸害。

校长说："李老师你言重了——专业之外多点儿爱好，成为广谱人才，将来能更好地适应社会，怎么能叫旁逸斜出？同学之间谈谈恋爱，即便是脚踩两只船，也是可以理解的选择，怎么会是乱搞男女关系？青春律动，有点儿偶像崇拜，正体现生机活力，怎么叫颠倒黑白？不要给自己的学生扣帽子，更不要一棍子打死。现在是开放的年代了，不要固守老观念，要看到学生的长处，因材而用。校团委的工作，一直是死气沉沉，正缺少一个他这样的活跃分子，留下他，也正是顺应潮流，因势而为。"

李老师哼了一声，说："你们校领导真是病急乱投医，他算什么人才，不过是一个思想意识有问题、生活作风有问题的小流氓而已。搁着过去，我早就不能容忍，把他拉上台去，进行批斗了。"

校长嘿嘿一笑，说："你怎么把自己的学生当批斗对象？说白了，还是'文革'思维在作怪而已。"

校长的话戳到了李老师的痛处，因为李老师"文革"期间是学校造反派的一个风云人物，后来成了重点清查对象，本来是要被学校开除的，但他有很高的专业水平，是个很好的教学人才，推向社会实在是太可惜，便留用了。留用之后，他老老实实、勤勤恳恳，成了所在专业不可或缺的栋梁，遂被提拔到系主任的岗位。所以一听到"文革思维"四个字，李老师颜色顿变，说："不让我给学生扣帽子，你却揪员工的小辫子；如果说我思想不解放，不是一个好老师，那么你这么不讲政策、不讲原则，也不是一个好校长。既然是这样，我就不客气了！"

校长一惊，"你要干吗？"

李老师不客气地说，"摆在你面前的两个人，我和他，你要留我就别留他，你要留他就别留我，你没有别的选择！"

问题严重了。校长摆摆手，对站着发难的李老师说："你别激动，坐下慢慢说。"

李老师坐下了，脸色铁青，呼吸急促，一只手搁在臀下，好像座位很硌人，一只手捂着前襟，好像衣不蔽体。

校长看到李老师的上衣洗得都发白了，两个肘部缝着两块补丁，更刺人眼的是，他前襟上的五粒扣子的颜色，三粒黑两粒白。

校长心中一动，突生悲悯。这么多年来，李老师在生活上艰苦朴素，自律甚严，在教学上守成敬业，任劳任怨，是一个让人不得不敬重的好老师。对这样的一个人，是不能伤害的。

"那么好，别让一个他伤害了咱们之间的感情，就让他从哪儿来就还回哪儿去吧。"校长说。

所谓从哪儿来还回哪儿去，这是农业院校的分配原则，就是说，毕业生一般都要分回原籍。当正式的分配方案公布之后，我愣了，煮熟的鸭子都飞了，这是怎么了？

分回原籍的毕业生，本区县也有规定，还要分回出生地附近的乡镇。之所以不回到本乡镇，是为了便于今后开展工作，作必要的回避。而出生地附近的乡镇也是大山啊，这就是说，我还要回到大山里去，走自己视为畏途的崎岖山路和悬崖峭壁。我的天啊！我忍不住大放哀声。

当我得知，是李老师从中作梗，便愤怒了，急切地朝李老师的办公室走去，我想当面批他两个耳光，以发泄心中的怨气。但走到李老师办公室的门前，我又迟疑了。因为我想到，是李老师特招了我，对自己有恩，是自己的种种表现伤了他的心。这种恩上之怨，钝化了我的激愤，让我不能采取决绝的行动。往深里说，还是文学起了作用，我读了那么多书，内心锦绣了，温柔了，也懂得了这世间没有断然的恩仇，一切都是因果的作用。既然因在自己，就不能抱怨苦果，隐忍地吞下去，才符合道义，才符合情感伦理。正迟疑间，门开了，李老师吃了一惊，"你？"

我躲过李老师的眼神，竟说道："我是来看看您，跟您道个别。"

李老师愣在那里，不知所措地捋着上衣的前襟。我看到，李老师的上衣洗得都发白了，两个肘部缝着两块补丁，更刺人眼的是，前襟上的五粒扣子的颜色，三粒黑两粒白。

这种极端的朴素，立刻就消解了我的怨气，我觉得，如果再进行报复，就像重拳打在棉花上，不仅无力，还可耻。我忍不住给李老师鞠了一躬，扭身就走。

"你，你，你等等。"李老师在身后喊着。

我下意识地停了一下，还是决绝地往前走去。

"我只想告诉你，在乡镇工作，你一定也会有出息，因为你聪明。"李老师说。

我的原籍是京西房山，县委组织部派了一辆解放牌大卡车来学校接毕业生。各个专业的应届毕业生总共有十六位，连人带铺盖上了车之后，显得空空旷旷。

那辆车很破，走起来忽忽悠悠、咯咯吱吱。车帮上拦着两条粗大的捆绑绳，让人想到，这车平时是拉牲畜和大白菜的。同学们总不能往丑陋里猜想，就当是拉大白菜的，所以都说："我们是十六棵大白菜。"

十六棵大白菜被拉进县委大院，进了一个光线暗淡的会议室。县委组织部的干部科科长正等在那里。那是一个中年女同志，面庞端正、面色白皙，有几分美。只不过她的牙齿过于整齐、也过于白，像假的一样，让我觉得有些丑。

等待我们的是未知的命运，可我却有心思研究美丑，这是因为我专业之外有文学，刻板少了，浪漫多了，已不觉得不合时宜。

分配方案其实早已定下了，所以那个女科长只简单地说了几句欢迎归来的话，就开始面无表情地念纸上的文字。

念到我，她特别多说了一句，虽然原则上是要分回出生地附近的乡镇，但也要量才而用，我学的是蔬菜专业，而山区是没有大面积菜地，只有村民私人菜园和漫山遍野的种玉米的堰田，所以要分到平原的产菜区——良乡镇。

这真是天上掉馅儿饼，没想到那个该死的李老师堵了我的通幽小径，却给我预备着一条开阔的大路。虽然我从未想到过，但这仇中之恩，在他决定录取我的一天起，就已经坐下了。

正在快乐地冥想之时，我耳边传来哭声，原来一个学畜牧的学生，依规被分到了我出生的乡镇，那悬崖峭壁的坎坷，交给他替我走了。哭声很大，让在场的人唏嘘不已，这同情的声音给了那个同学勇气，他对女科长说："您能不能也给我调到平原去，因为我腿不好，走不了山路。"女科长正色道："既然腿不好，怎么会被学校录取？"那个同学说："本来腿是好的，但在实习时被驴踢了，落下了残疾。"女科长没好气地说："既然这样，你回学校去开证明吧。"

公布完结果，女科长说："你们工作单位来人接你们了，就在大院里候着，你们自己去找吧。"说完就走了，不再管那个哭泣的学生。管事的人走了，那个学生的哭声立刻就小了，变成了忍不住的抽泣，在场的人都凑过去安慰他。我也抬腿就走，因为我觉得痛苦是别人的，喜乐才是自己的，我要赶紧去会喜乐之乡来的人。

我找到了接我的车辆，是一辆后开门的武汉牌小货车，我把铺盖往车厢里一扔，对接我的人大手一挥，"走！"有恬不知耻的豪迈。

良乡镇的办公大楼就坐落在城中心的街面上，它坐北朝南，眼前的大街很宽阔。令我喜出望外的是，对面居然赫然立着一座邮局的小楼，墙体上的绿色，像是新刷上去的。我心里忍不住嫩了一下，得寸进尺地嘟囔道："附近要是再有一个书店就更好了。"

接我的人一笑，"你朝东看。"

往东一看，离办公大楼不足百米的地方，正比肩而立着一座三层小楼，楼体上横挂着一块大牌子，上写着：新华书店。

我忍不住大喊一声："都有了！"

接我的人被吓了一跳，不解地问："什么都有了？"

"心中想的都有了。"

接我的人也不再多问，只是撇着嘴摇了摇头。

放下铺盖，我立刻又来到街上，我先是走进邮局，出来之后又走进书店，我有些不相信，要再次验证一下。

验明正身之后，我情不自禁地泪流满面。对一个热爱文学的人来说，邮局可以投稿，书店可以买书，输出输入的路径都有了。

这一刻，我爱上了命运，觉得自己强大起来。

接待我的镇领导对我说："为了让你能安心工作，先让你休整一个礼拜，回老家安顿安顿。"

走出镇机关大院，急匆匆地往北关公共汽车站走去。我正低头赶路，后背猛地被什么人拽住了。回头一看，正是那个哭泣的畜牧专业的毕业生。

他叫陈景旺，身材高挑，面目清秀，是个典型的小白脸。陈景旺凄哀地对我说："你要救我。"

他告诉我，他摸了那个女科长的底细，"她有个弟弟叫赵玉森，正在你们乡中心校当校长，听说他对你很赏识，跟你有亲密关系。他的住家，就在县城的护城河边上，眼下就在家里休假，所以你一定要跟我走一趟，托托他的关系。"

我说，我要赶着回老家，公共汽车还有半个多小时就到了，我顾不上了。陈景旺一听，就把我抓得更牢，说不行，你如果不帮忙，我绝不放你走。

面对这绝望中的乞求，我心中的喜乐立刻转化为一种义气，"好，我就跟你走一趟。"

到了县城的护城河边，我们看到了一片小小的商铺，我马上就有所悟，对陈景旺说："求人办事，怎么也不能空着手吧。"

"我没钱。"陈景旺说。

我很想说，我也没钱，但上衣兜里的两张十元面值的票子自己就动了起来。那是刚才镇领导给的，他知道穷学生钱紧，而回家省亲，怎么也要给老人买点儿点心，就主动提醒并递上二十元现金。见我不要，就说："算是借给你的，开了支之后再还。"

买了一兜苹果、一兜橘子，花去了五元。

见了赵老师的面，发现他还是那么文气，只不过脸颊多了两块肉，在雅中有了庄重。这层庄重疑似入世，他也不客气，很自然地接过水果，说："是不是为了分配的事？我感觉你该找我了，正候着呢。"

"是为了分配的事，不过不是我，而是他。"我指了指陈景旺。

陈景旺缩了缩脖子，鞠了个躬，"赵老师，我叫陈景旺，给您添麻烦了。"

听了陈景旺的陈述，赵老师半天不说话。以为他要说教，或推托，没想到他张口说道："山里的孩子好不容易考上了大学，自然要到山外发展，这是可以理解的，大山清苍，远看是景，近看就是坎坷，谁不愿走通途？这个忙我帮了，我现在就去找人。"

他叫我们二人就在家里等他，他回来就能见分晓。

看着他匆匆出门的背影，我大为感慨，这个人还是那个在小河沟里跟我谈心的那个人，还是那个激情洋溢背诵《哥德巴赫猜想》的人，入世再久，也是书生本色，不泯同情与悲悯的初心。

夕阳西下的时候，他回来了。一进门他就大喊："成了成了！"他看看我，说，"你可别嫉妒，他分的地方比你还好，就是县城所在地——城关。"

我首先想到的不是嫉妒，而是深深的感动。因为这个赵老师也是偌大年纪了，却还跟孩子一样，帮人成事，也不矜持，而是不遮不掩的喜悦，好像是自己的事情一样，让被帮的人以为不过是举手之劳，甚至都羞于报答。

所以我狠狠地推了只顾傻笑的陈景旺一把，"你应该替你的父亲感谢赵老师，还不赶紧叫爹。"

"爹。"陈景旺脱口而出。

看到陈景旺反应很快，态度也很真诚，我的不平得以平息，因为它化解了不公。凭什么我的恩师对陌生的你也这么热心，岂有此理！

一声爹叫得赵老师手足无措，他满脸通红，不停地推眼镜的白框，"过了，过了。"

正在这时，赵师母回来了，好像终于得到解脱一样，他劈头就对她说："你赶紧去买菜，要留两个孩子吃饭。"

赵师母嫣然一笑，"好，我马上去。"

赵师母买回菜就立刻下厨房，也不让人帮厨。整个过程，她始终面带微笑。从侧面看，她脸形柔美，身姿妖媚，像雷诺阿《圣经》绘画中的人物。

多好的一对夫妻啊！我不禁感叹道。

晚饭上了酒，为陈景旺庆贺。陈景旺幸福难抑，多喝了几杯，喋喋不休地说着感激的热话，其表现近似肉麻。赵师母笑吟吟地说："你也别过意不去，因为你们赵老师就是这么一个人，如果能帮人而没帮或没有帮成，他比当事人还难过。"

天色很晚了，赵老师说："我家居住条件差，我送你们去旅店。"

到了旅店，赵老师抢着付了住宿费。我和陈景旺很是难为情，言之讷讷。赵老师说："这是老师的责任，你们别不好意思，再说，你们一对穷学生，哪里住得起旅店？"

送走了赵老师，既得利益者陈景旺又哭了，"真像是做了一场梦啊。"

我任他发泄，不说话。

"我，我刚才是不是叫了爹？"陈景旺突然问。

没等我回答，他又说："既然叫了他爹，咱俩又是同学，自然都是他的儿子，咱俩自然也就是亲兄弟，不行，咱们就在这里拜把子，把关系确定下来。"

旅店的墙壁是白墙，陈景旺蘸着水在上边写下了三个名字，横着写的是赵玉森，并排竖写的是陈景旺和我。

他强拉着我面对三个名字跪下，"趁水渍还没干，咱赶紧举行结拜仪式。"

于是，老天有眼，大地作证，兄弟同心，不求同年同月同日生，但求同年同月同日死，等等。弄得既滑稽又神圣。

18

我陪陈景旺到城关镇报完到之后，说好了一起回老家，但临上公共汽车前，我突然变了卦，"你自己先回吧，我还要去个地方。"

陈景旺追问我去哪儿，我说："这不归你管。"

"不用说，一定跟女人有关。"陈景旺说。

的确跟女人有关。

由于自己分到了一个好地界，又帮助陈景旺分到了一个好地界，我内心喜乐盈满，突然生出一丝挂念，我要到京东去，看一看马小婵是不是也分到了一个好地界。

寻寻觅觅之下，终于找到了马小婵乡下的家。

马小婵的家真是寒酸。院子很大，却只有三间泥土房孤零零地立在那里，也没有正经的院墙，只是插了一圈木栅，柴门一推就开，而且顺势就歪在那里，一点儿声响都没有。院子也是一地黄土，中央是一个抽水井，架在井沿上的一挂手动压水机也有些倾斜，出水龙头还不停地滴水，因此下边接着一个锈迹斑斑的铁桶。

我不想喊，自己迟迟疑疑地往房门走，是想给马小婵一个惊喜。

但是马小婵的呼叫声却破门而出，"你，你，你真的来了！"

破门而出的马小婵扑上了我的肩头，我差一点儿被扑倒，不禁感到，这个马小婵真是壮实啊。但是同时我又下意识地产生了一个疑问，这么贫瘠的一个地界，怎么就哺育了一个壮妞？

马小婵忘情地拥抱着我。透过她毛茸茸的发梢，我看到了窗玻璃后边觑视的眼睛。

"一个大姑娘家的，也不怕你父母看见。"

"我不管。"

果然就听到屋里一阵剧烈的咳嗽声，我觉得那是一个不满的提醒。

进到屋里，黑洞洞的一片，什么也看不清。外边的阳光很强烈，眼睛被晃过之后，进到暗处，自然会感到黑。

定了一阵神，才恍惚地看到了屋里的光景。我们进入的是中堂，两个隔断背后，是两个睡屋。睡屋的两扇门都开着，左右晃一下眼神，就看到了两间睡屋之内，各自砌着一盘大土炕。因为站在中堂，我看清了里边的阵势。靠墙放着一排仓柜，柜前是一张浑黑的八仙桌，桌两边各放着一只坐柜，马小婵的父母就坐在上面，板着脸看着我。有三个半大小子也站在地上，嘻嘻笑着围着我看稀罕，好像我是从旷野里突然跳出来的怪物。见我不知所措，马小婵从角落里搬来一个方凳，让我坐下。

这样一来，就构成了一个被审视的状态，父母是两座主神，马小婵和她的三个弟弟则是护神的使者，我就成了被捉来的妖孽。

"你是从京西大房山来的？"马小婵的父亲问。

"是。"

"那里很穷啊，只产老棒子。"

"是不太富裕，但粮食够吃，还产煤，不缺钱花。"

在这一点上，我善意地撒了一点儿谎。因为是虚荣心作怪，不能泄露喝粥、吃窝头、瓜菜代的真相。至于缺不缺钱，谁出门在外，也不会跟陌生人哭穷。

"我们的家境你也看到了，别笑话。"

"京西、京东同一个政策，都一样。"

"你很会讲话。"

"说的是实话。"

"我可就这一个闺女。"

"您放心，我会好好待她。"

"我不是这个意思，我是说，你要是跟了她，你可就累了，因为她身下还有三个弟弟。"

"你是说我会有身肩儿（负担），这不算什么，是男人就得有身肩儿。"

"这我就放心了。"马小婵的父亲瞥了瞥另一边的她的母亲，"也别坐着了，去给他拾掇饭。"说完他就站起身来，径直走出屋去。

我也跟了出去，想做进一步的攀谈。

在通明的光线下，我看到这个中年人很胖，但背有些驼，满面沟壑，有些老。

见我跟着，他指了指抽水井上的压水机，"它有些漏，而我又有心肺病，动一动就喘，没力气修它，你去把它修好。"

这让我一愣，竟不由分说地支使，好像我已经是他的女婿了。

我俯身端详，查看压水机的结构。因为京西山区吃泉水或者井水，靠瓢舀，靠桶打，我没见过这玩意儿。便怎么也研究不透彻，又不敢贸然拆，探究里边的毛病，我拿它没办法，久久地愣在那里。

马小婵父亲看到这一切，摇摇头，叹了一口气，"唉，算了。"

这一声叹息，刺得我心里发皱，因为那里的含义是失望。

马小婵适时站了出来，"您也是的，人家是刚来的客人，就指手画脚，哼！"

她的父亲瞪了她一眼，"多嘴。"

饭做得了，是四张偌大的烙饼，用锅盘儿（用高粱秆连缀而成）托着，放在浑黑的八仙桌上。菜是熟咸菜炒黄豆，外加一盘小葱拌黄瓜丝。还熬了一大锅小米粥。

大家围着八仙桌吃饭，父母坐在坐柜上，我跟他们相对，坐在方凳上，马小婵和他的三个弟弟环列两边，站着。

马小婵的父亲阴着脸对我说:"本来应该招待你点儿酒,但是我不喝酒,你也就免了。"

本来熟咸菜炒黄豆是好吃食,干妈炒得又香又软,上高中的时候,我都吃馋了,总期待着刘军带来。但眼前的熟咸菜炒黄豆,除了咸以外,根本就没有香的味道,而且还有一种很浓的霉味。我猜度,一是少油,二是黄豆搁得时间太长了,很不新鲜了。

即便是这样的吃食,一家人也吃得津津有味,马小婵的三个弟弟还不停地吧唧嘴,以至于她感到难为情,羞得抬不起头来。

四张偌大的烙饼,转眼就没了身影,接下来就是吸溜吸溜地喝粥,也转眼就见了锅底,好像从来就没有我这么个人,不必顾惜。

在马小婵家的第一顿饭,就吃得这么虚空,不过是一个象征性的吃。

晚上,我跟马小婵的三个弟弟睡在一个大土炕上,闻了一宿的汗臭、脚臭,几乎一直是醒着。

在这样的家庭里,我只待了两天。第三天一早,就带着马小婵回京西老家。

虽然是短短的两天时间,我就完全了解了马小婵的家境。她的父亲沉默寡言,一句多余的话也不说。倒是她的母亲,喋喋不休地说话,把家里的一切存在,包括有几只鸡、有几头猪、有几亩口粮田、有几棵自留树,都揭示得底儿掉。

她的母亲个子不高，却有个大胸脯，身形显得很不成比例。她脸上虽然多皱，但心性透明，精力过人，十分豁达。她告诉我，人们都说她是话痨，太爱说。能说的说，不能说的也说。为什么爱说？因为在穷苦面前她没办法，就把它说破，一说破，穷苦就好像不在了。说，就有力量，就能忍受，她就什么都不怕。

她就直截了当地对我说："你看，小婵的爸身体不好，家里什么都指望不上他，她的三个弟弟学习不好，将来也考不上学，肯定还要在家务农。还要盖房、娶媳妇，盖房的事，也就全靠小婵和你了。"

我被吓了一跳。因为想到自己是一个刚要参加工作的书生，兴奋点只在读书写作，盖房那样的大事，太烦劳、太艰难，甭说去做，听着就发愁。

但我嘴上却漫应道："好说，好说。"

所以，我带着马小婵回老家，就有了一种逃跑的味道。

令人庆幸的是，马小婵也被分配到了一个好地界：是她老家的县政府蔬菜办公室。办公室就坐落在县城，这就意味着她也疏离了这个令人窒息的家庭环境，多少有一点儿自己的生活空间，可以透一透气，涵养一下自己。

我在老家，陪着马小婵把假期待满，然后硬是把依依不舍的马小婵推上了公共汽车。

关于我们在老家的经历，我把其写成了一篇散文，影影绰绰地做了反映。那篇散文的题目叫《蜂擎荆旗》：

一如树高了，就有喜鹊筑巢，村庄繁盛了，就有猪狗，因为大山连绵，便有了遍地荆棵。

荆棵贫贱，叶小，株矮，且枝杈琐碎，既无树木之材，也无摇曳之姿，便不被人惦念，兀自生长着就是了。

然而它也开花。开得米粒大小，隐忍无形，一点儿也没有花朵的样子。

要不是有蜜蜂，它差不多就被人彻底遗忘了。蜜蜂殷勤，竟日里在荆花的微粒上采花粉，生生地酿出蜜来。因为"荆花蜜"名贵，有化瘀止痰兼及养生的效用，卑微的荆棵，才有了一个免予荒火和砍伐，贫贱却安妥地生存下去的理由。

是蜜蜂给了它尊严。

然而蜜蜂却背负上了一种沉重——荆花之微，意味着它的劳作之艰，上百次的采撷才有一滴蜜生成，累死于花间，便是常有的事，颇有壮志未酬，赍志而殁的悲壮意绪。但它们从来无悔，因为，一如圣诗总是唱给受难者，它们被人类感念，获得了永生。

所以，蜜蜂虽小，却终生唱大歌，那是荆花给了它生命的底气。

日前去了一趟苏州的拙政园，得到了一个更深的体味：园中的每处景观，虽匠心独运，构置精巧，但格局都显得小，只有从整体上纵览，才看出大园的气象。盖因景与景之间，一旦交融在一起，在相互映衬、相互依托、相互弥补之下，互为因果，互为前提，各美其美，美美与共，便有了天地间的大美。陪同的建筑学家说，在大化之境中，其实每个"要素"都是不重要的，重要的是有没有整体意志，有没有灵魂的统领。一旦融入整体的格局中，轻也是重的。

由此观之，荆棵之卑，蜜蜂之微，是无碍的，一旦它们走进了对方，一同呈现价值，就都高贵了。

所以，古人说，即便是人，也要敬畏自然，不鄙万物。这或许就是人们常说的大地伦理、大地道德。即：在大地上，每束阳光都有照耀的理由，每一种生长都有自适的风流。

荆花是有香味儿的，一种略带苦味的药香。白日里它专心地接受照耀，静心吸纳，一到晚间它就尽情释放，漫山遍野都有香气缭绕。那时，地面的热气暗自蒸发，便香得浓郁，令人心浮躁。山里男女便欲望蓬勃，忘却日子的穷苦，都往对方的肉里爱。

贫地反而崽多，道理就在这里了。

一如遍地广种必有收成，十里蒿草必有嘉卉，柴门里的泥崽，也有聪颖者脱颖而出，走出山外，弄出一番不俗气象。所以，人杰未必是因为地灵，盖因不毛之地，了无禁忌，能自由生长。也是因为，纤草不做大树的期许，不高看自己，没心理负担，反而渐渐地长高了。

然而外人不这样看，总觉得那背后，一定有可圈可点的三二理由。

上大学的时候，因为自卑，总是躲避那些热闹的场合，众人意气风发的时候，我总是沉默。这反而引起别人的注意，遇事逼着你谈看法。一如狄金森所说，我不畏惧喋喋不休者，而畏惧那静静地待在一隅而始终沉默不语的人，因为他一开口，就不凡。即便别人有期待，我还是依旧胆怯，脸色通红，含笑不语。竟有一个女生主动示好，问其缘由，她说，你为人沉静，脸上有阳光，且唇红齿白。

女同学之间，总会有勃豀龃龉，所以，她每遇不平的时候，都要在我面前发泄一番，寻求支持。我总是劝慰她，你要宽容以待，不要斤斤计较。她说，凭什么？我说，当你能用"不凭什么"想问题的时候，你就会心平气顺，看到别人的好了。她试着做了，果然心结消解，多了愉快，而且还有了很好的人际关系。她问我，你是从哪儿学的这么善解人意？我说，我从小就不被人关心、不被人理解，反而就学会了关心人、理解人了。

她说，我不相信，一定跟你家乡的水土有关。

到了暑期，她便执意跟我回了老家。

那时，荆花已开得异常繁盛，蜜蜂也采撷得异常繁忙，她被深深吸引，在山野上乐而忘返。天黑下来的时候，翅翼收敛，但花香迷魂，她冲动地抱紧了我，在我耳边喃喃低语，这个时候，我只想爱，不管不顾地爱。

我们吻得很深，地老天荒，来世今生，均幻化在荆花与蜜蜂之间，都想为对方给予。

但是，当我的手触到她的胸房的时候，弹性与坚挺，有金子一般的质地，不由得想到，这样的贵重，非瘠薄山地所能孕育，属稀有之财，不到生命攸关时刻，是不能轻易花销的。谦卑的本性，承受不得暴富，我止于吻。

回到庭院，她激情难平，眼生华光，双腮桃红，声音温柔。父母私下里对我说，这个女子，有大美。

独处一室的时候，她对我说，今晚你就留下来吧，陪我。

我体恤她的似水柔情，与她和衣而卧。

炕还是那盘土炕，却多了一床用荨麻织成的凉席。荨麻多刺，直立在土地上的时候，手一触及，便刺痛难忍。但剖出的篾条却柔韧，水浸之后，褪去芒刺，再编织成席，就是很受用的床具了。躺在上面，虽沁凉如水，却感到了一丝辛酸，因为我第一次发现，粗鄙的父母，无所用心的表情背后，居然有细腻之爱深深地潜伏着，一经察觉，就重。

她说，我就说嘛，你家水土一定个别，你看，蜜蜂殷勤，荆花拂性，你自然多情，懂得爱。

我说，也许。

她说，那你就开始爱我吧，我由你。

我知道她之所谓"爱"的含义，心中的不安便乘隙而生，婉言说道，你累了，早点儿歇吧，属于我们的日子还多的是呢。

她说，不，我就要眼下。

我对她说，你看见我父母的房间没有，那盏灯还亮着，他们是在等我，我不回去，灯会一直亮下去。

我回到父母的房间，对他们说，她说了，我很久才回来一趟，让我好好陪陪你们。

父亲看了一眼母亲，说，这女子好，不仅有大美，还有大德！

后来，由于分配到不同的区域，相距遥远，而我们又没能力调动，便没有最终走在一起。但是，虽然分离，却没有伤怨，有的是绵长的牵挂与惦念。

用她的话说，因为你保全了我，也就保全了你自己，在我心中，你依旧完整。

她的话，让我很受用，给了我一种做人的庄重。以致在一些人生的关口，我都能给自己的来路保持尊严：山里人虽率性，但绝不放纵。

对她的思念，也化成了一种深厚的东西——对美好情感，始终有不疑的信念。

呃，开不败的荆花，永不停歇的蜜蜂！

虽大地如诗，涵养心灵，但生活有生活的逻辑，总有本心之外的一重重诱惑。为了不迷失自我，需一刻也不能放松做人的警觉。所以，一路走来，我也有了一丝生命的疲倦。但是，一如蜜蜂，是那种无怨无悔、不轻不贱的疲倦。便虽然薄霜浣鬓，却依旧是唇红齿白。自己看重自己。

这篇文字，单看起来是美文，但作为自传来说，却多了虚构，多想象中的真实。

带马小婵来的季节是冬天，哪来的荆花和蜜蜂？不过是觉得，既然是描写爱情，就要有那么浪漫的环境，只有这样，才感动别人，也感动自己。

其中——"但是，当我的手，触到她的胸房的时候，弹性与坚挺，有金子一般的质地，不由得想到，这样的贵重，非瘠薄山地所能孕育，属稀有之财，不到生命攸关时刻，是不能轻易花销的。谦卑的本性，承受不得暴富，我止于吻。"一段，被众多读者视为金句，虔诚地抄录下来，并到处传诵。

对这，我大感惭愧，觉得自己多少有些欺世盗名。自己哪里有这等崇高的境界，不过是卑小的现实考虑而已。有那样的家境，马小婵的处子之身，是她赖以谋求生存和发展的原始财富，保全了它，三个弟弟的房子才能有人愿意出力去建筑。而我把其视为畏途，只能怯而止步。我要逃得体面些，给良心一个安妥的位置。正如马小婵所说："因为你保全了我，也就保全了你自己，在我心中，你依旧完整。"

事实上，距离也离间了爱情——

一个在京西，一个在京东，两个人不可能做到长期的厮守。既然不能厮守，本来就稀薄的一点儿缠绵、一点儿依恋，也就难以为继，几乎是分开了，也就分离了。再加上三座房子的现实艰难，就更失去了走到一起的内在动力。所以，从把马小婵送上回京东的公共汽车那一刻起，我的心里就隐隐地生出一个声音：我们完了。

　　所以，文字中的完整，是悲壮的完整，它是对无奈的掩饰，是爱情的挽歌。

第二辑

书象

埃林·彼林在中国街头

经年的阅读与书写，使我强烈地感到：书籍与人的关系，正如人与人的关系一样，也是一种宿命关系。

保加利亚的作家埃林·彼林有很好的乡土文字，我爱得不能释手；但他不是一流的作家，作品在中国的流布很是寂寥，许多文坛名宿竟不知道他是谁，每一提及，我都要费很多的口舌。

其实我得到他的著作，也是在一个很偶然的机会。那约略是 1984 年夏天的一个午后，因烧酒喝得多了一些，总想在街头走路，便任性走下去。走到一棵街树下，发现那里有一个书摊，便停了下来。那是一棵矮矮的龙爪槐，树冠很小，洒下的阴凉就那么小小的一块；一个垢面者正坐在那块阴凉之下，微阖着双眼。书摊上大多是花花绿绿的杂志，像样的书，就那么三两本。那本《埃林·彼林选集》就躺在其中，土黄的封面，书角已有些翻卷，蒙着薄薄的一层风尘。

我拿起书来，漫不经心地翻着。那个垢面人睁开眼皮斜了我一眼，就又合上了。

看得出，他已习惯了书摊上的寂寥，已不抱有丝毫的期待了。

但躺在书页中那土地上的情仇，虽不露声色，却也藏着机锋；像个笨拙的刺客，动作虽然有些迟缓，但刺中的位置却十分准确。我眼睛一亮，觉得埃林·彼林等待的中国伙伴就是我，因为他的叙事和语言，跟我这个山地人的性情与习俗、悲喜与好恶是相通的。

"多少钱一本？"我问。

"你撂下一块钱走人吧。"垢面人懒懒地说。他的口气不像是卖书的，倒像是设卡打劫的，有注定了的味道。

掏出一元钱给他，他却不接，抬手指了指脚下，那里有个空纸盒子，意思是让我把钱放在那里。

走出了很远，我回头看了一眼，原来放埃林·彼林的地方空着，醉眼蒙眬中，我觉得那不是小小的一个空白，而是一个巨大的黑洞——埃林·彼林的灵魂被摄取走了，不会再有对等的精神来补充了。

突然就刮起了一阵风。垢面人纸盒子里那张纸币被吹了起来，朝着街头飘零。那个人却无动于衷，任纸币兀自飘零。

真是个诡异的人啊！

不过这正是埃林·彼林的气味，因为他即便是写着杀人的凶险故事，笔调却也是那么漫不经心，像田垄上的小麦，一定要被收割一样。

被一种好奇心支配着，第二天，我又去了那个书摊，发现在昨天的空白处，又出现了同一本埃林·彼林。我很扫兴，恶狠狠地瞪了他一眼。

回到书房之后，居然就没有了阅读埃林·彼林的兴趣，因为心情被街头的那一个埃林·彼林搅乱了——难道在这个弹丸小城，还有埃林·彼林的另一个同伴？

之后，我又去了几次那个书摊，那个埃林·彼林还静静地待在那里，呈现出一种无奈的样子。我预感到，他的另一个伙伴是不会再来了。

最后的一次，在我即将迈过书摊的时候，那个垢面人叫住了我："你等等。"

他指了指那本埃林·彼林，对我说："这个，你拿走。"

我摇摇头。

"你真的不拿走？"他追问道。

我依然摇摇头。

他诡异地笑笑，猛地站起身来，一把将埃林·彼林薅在手里，点着了。

在炽热的阳光下，几乎看不到火焰的样子，只见到纸页渐渐地卷了起来，且越缩越小了。

"这回，你该满意了吧。"他居然懂我的心思，让我大吃一惊。同时，我竟无端地兴奋起来，从器官到内心。

当我的"唯一性"被垢面人证明之后，我与埃林·彼林的感情关系才真正上路了，且在短期内发展得如火如荼，终身难解了。

他的文字真好，好到像刀子轻轻地刮着我的骨头，在真切的痛痒中，让我思念肉的包裹。

这是什么意思？

我的意思是说，他的小说是土地上的生命叙事，能让我找到自己的来路——虽荒山野土，蛮人陋事，却是人性生成和繁盛的地方。或者说，在阅读他的同时，我竟能感到他也在阅读我，并且在互相进入的状态下，建立了一种在"无罪之罪"中承担"共同犯罪"之责的文学伦理。

王国维认为，人生总的来说是一场悲剧，悲剧的形成有三种样相——

> 第一重之悲剧，由极恶之人，极其所有之能力以交构之者。第二种，由于盲目的运命者。第三种之悲剧，由于剧中之人物之位置及关系而不得不然者；非必有蛇蝎之性质与意外之变故也，但由普通之人物，普通之境遇，逼之不得不如是；彼等明知其害，交施之而交受之，各加以力而各不任其咎。此种悲剧，其感人贤于前二者远甚。何则？彼示人生最大之不幸，非例外之事，而人生之固有故也……

埃林·彼林的小说呈现的就是这第三种悲剧。一切的悲情与怨事，都非由"蛇蝎之人"所造成的，也非盲目的命运使然，而是由乡土中的每一个人共同制造的——他们都不是坏人，也根本没有制造悲剧的本意，他们只是本分地扮演着生活"分配"给他们的角色，每个人都有为何如此行事、如此处世的理由，每个人的理由也都符合社会确立的人情与伦理——一切都是顺乎自然的发展，无可无不可，无是也无非，既无善恶之对立，也无因果之轮回；然而，正是这种自然状况下的"无罪之罪"，这些"通常之人情"，毫无预谋地制造了一个又一个的悲剧。

以中国的叙事传统，即惩恶扬善、因果报应的陈旧模式作比，埃林·彼林提供了一个超越是非、善恶的道德评价，而进入经验的内部、人性的深度的全新文本。他的文字，有很深的情理，然而却是家常的。正因为是家常的，便有质朴而准确的价值趣味，即：人性之真。

比如他的《割草人》。拉佐由于娶了村里的美人潘卡，便总是担心她红杏出墙。在外出割草的路上，伙伴们围着篝火，也多是拿潘卡来插科打诨——既然是乡村美人，自然就会成为议论的话题。然而，伙伴们不经意的议论，就更增加了拉佐的疑心，他眼前总是出现这样一个情景：在一片茂密的矮树中，露出了潘卡雪白的漂亮脸蛋儿，一只男人的手——这是一个野汉子的手，抚摩着她的脸……于是，拉佐再也沉不住气了，悄悄地踏上了返乡的路。从此，即便是家里穷得叮当乱响，即便是潘卡的漂亮脸蛋儿因积聚了厚重的菜色而一天天变丑，拉佐再也没有勇气走向谋生之路。

一个本该兴旺的家庭却陷入困境，不能不说是一种悲剧。这种悲剧的形成，不是因为"意外的变故"，而是因为"通常之人情"。是潘卡的美，拉佐的疑心，伙伴们的议论，这些"无罪之罪"共同制造的。悲剧中的人物，都可以被指摘，但又都没有理由被指摘，他们都陷在"无物之阵"中，身不由己。

　　还比如他的《列波》。退伍兵列波老实能干又美，和他能般配的姑娘便只有"村花"伏依卡。不幸的是，他身份低微，只是富农家的一个雇工；更不幸的是，伏依卡竟在城里当了三年的保姆，对生活的看法发生了变化。于是，她不再接受他了。伏依卡"是一头游走在乡间的美丽的小兽"，既单纯又善良，身上的美，是镶嵌在列波的身心之上的——假如列波是骨头，伏依卡就是附着于上的肉。所以，在猝发的变故面前，一种致命的忧郁便在他心中凝结了起来。在一次打猎的途中，他看见伏依卡在赤杨树隐蔽着的一个清水湾里戏水，"她赤裸的身子，白得就像刚落下的雪。"更要命的是，"阳光穿过欢跃的树叶，仿佛金色的鳞片落在伏依卡身上。"美得令人心痛，美得令人绝望，在一种"混沌"的状态下，他扣动了扳机。

　　幽秘的清水湾，欢跃的赤杨树，金色的阳光，雪白的胴体，忧郁的人心，都是"无罪"之大美，却在冥冥之中成了同期到达的"凶手"。

　　这就是生活的真相，使世俗的道德标准和社会纲常无法指认、无法评判。

埃林·彼林不是圣人，但他却让人们看到了什么是真正的文学。所谓文学，就是用最柔软的方式，建立一种道德之上的道德、伦理之上的伦理。

"每束阳光都有照耀的理由啊！"我忧伤地感叹道。

从街头垢面人的手里，居然拿到了这样一本《埃林·彼林选集》，真是一种天意啊！就像昆仑山上的魔法大师，透过剑雨刀林，一眼就看准了在角落里的一个传人，而把江湖秘籍独授于斯一样，不堪究竟、无法言说。

于是，躲在逼仄而昏暗的书斋里，我心豁达起来，且窃笑不止。

因为此时的我，正面临着一个困扰，就是如何解决一个写作者的身份问题。

埃林·彼林的"秘籍"告诉我，一个写作者，不是规则的制定者，也不是生活的评判者，而是人间信息的记述者和传递者，要按照生活的"逻辑"写作，而不是把自己的理由强加给生活。生活的逻辑是什么？已发生的、正在发生的、将要发生的，都是自适自足的——是不此不彼，而不是非此即彼。因此，我没有必要采取高高在上的姿态，能够准确地呈现人间的真相便是写作的意义了。

这是一种"文学的境界"，它能够使写作者，从道德的困境、经验的困境中解放出来，走向自如、宽广而人性的世界。

我轻装而行，一路欢悦，且一路收获——以我的出生地为素材，写了几百万字的"山地笔记"。这些笔记，既有散文，又有小说，既有写生，又有工笔，体例不拘，任性而为。在我的笔下，山地人事，既原始又开放，既固守又旷达，既质朴又复杂，既高贵又卑贱，既宽容又褊狭，既正经又淫亵，既善良又恶毒……总之，都体现着对生活的照拂与尊重。

我何尝不想做高于生活的"塑造"？但山地之上，只能生长那样的植株。人工的培植，只会制造假象、制造怪胎，甚至是死亡。身后，埃林·彼林那双忧郁的眼睛在始终注视着我，我哪敢自以为是呢。于是，我极力克制住自己站出来讲话的欲望，以"无差别的善意"写人的悲哀和生之喜悦，让"天道人心"自然而然地说话。

许多读者告诉我，读你的文字，有身临其境之感，能读出"我"来；因为书中的人物并不比"我"高明，所以，阅读的过程，就是建立自信与自尊的过程，我们很受用。同时，我们也增强了对生活的承受能力，因为善恶是在相互涵养中的，罪与非罪是相伴而生的；有的时候，不公之中却蕴含着公平，绝望之处，未必就是绝境，相反，或许就是新生之地。因此，我们感谢你，对你有新的期待。

他们还说，读了你的文字，我们对世事的愤懑竟渐渐地平息了，竟渐渐生出一种温厚的情绪，就是做人要厚道，要宽容，要有悲悯心——人生于世，都是在扮演被命运"催眠"的角色，可怜见地，许多，许多，是身不由己的。

这或许就是对写作者最好的回报了——因为，大地道德最核心的支撑便是良知、爱与悲悯啊!

　　于是，我欢喜于自己的写作生活——我既制造着文字，文字又加固和温暖着我;我不再担心破碎，也不再畏惧寂寞——生命因此而强壮起来。

毛姆的一流

  日前，女作家刘春在她的微信中写道：读毛姆的短篇小说，读得昏天黑地，不忍释卷。他的小说写得很平易，甚至可以说写得很轻松，也没有刻意的结构，不过是"口述实录"式的叙述，自自然然地开始，又自自然然地结束，却很抓人，让人看到"机心幽深冷酷"。

  刘春是个刁钻的读者，对小说，轻易不会上眼，这一点，她与李静、舒晋瑜、周晓枫相仿佛。于是，她的感叹，让我心中一喜，因为我一直是毛姆小说特别是他的中短篇的爱者，私下里认为好。但一直不敢公开表达，因为从国外到国内，不少人都说毛姆的小说是二流的创作，不过是通俗小说偏上一点儿。看了刘春的议论，心中的感觉得到了一次验证，心中陡然升起一点儿自信，不再怕被人说低，索性说开去。

  人说毛姆是二流作家，其实多少有些人云亦云，是媚雅或者从众心理的作用。如果你真正进入了他的文本，对他的中短篇进行潜心阅读，你会发现，他绝对的一流！这个一流的判断，是源自我对短篇小说的文体理念：短篇小说，没必要过于负重，云山雾罩、凌空蹈虚，从极平凡处挖掘出不凡、于无声处有声，才是本义。正如余华所说，"短篇小说从来不是为了猎奇……在于无声处听惊雷，才是真正的考验，才是真正的功夫。"

毛姆就是这样。他写普通人的生活，写在凡常、平庸生活中的那点儿非凡、那点儿不俗，他也不过多地写，非常节制，就像生活那样自然而然。但是，就是那么一点点，却让人眼前一亮，让人看到人性的幽微，立刻产生会意：对的，人心就是这样，生活就是这样。契诃夫说，所谓人，无论谁，都隐藏着点儿什么东西。毛姆就是呈现了平凡的人在平凡生活中"隐藏"的这点儿什么，这点儿"什么"平时被人的外在和人间万象遮蔽了，不被察觉，甚至当事人也从不自察，却是人立身于世，并抱着希望、有尊严地生活下去的最根本的支撑，因而在关键的时候如期来到。

《为了荣誉》，写一个西班牙绅士的日常生活。按部就班的时光，让他感到乏味，便带着妻子经常出入各种社交场合，给苍白以温润。给人的印象，这是一对模范夫妻，丈夫体贴，妻子温顺，无可挑剔。但是，他总隐隐地感到，相敬如宾之下，妻子没有激情，心有点儿冷。一次舞会，他们遇到了一个外省青年，女人的眼神倏地亮了一下。这一亮，被丈夫捕捉到了，他便暗暗留心他们的往来。但他发现，妻子与那个青年，不仅没有私下的沟通，即便是一些能够相遇的场合，他们也刻意规避。这让他疑心大起，问妻子："你们是不是爱过？"妻子坦然地回答："要不是父母的阻拦，就结婚了。"知道真相之后，为了表示大度，他还带妻子赴有那个外省青年参加的宴会，但女人以身体不适委婉地推辞了。这让他心中不快，问道："你是不是还爱他？"女人依旧坦然地答道："还爱。"从这一刻起，问题就严重了，即便是妻子恪守妇德，对他忠心耿耿，他也不能忍受，他要从根本上解决。终于在一个看斗牛的场合，他故意挑起有关斗牛的争论，找到了冠冕堂皇进行决斗的理由。那个青年明明知道这是有意的设计，还是毅然赴约。毛姆写道："这个年轻人死得很有骨气，一颗子弹打中了他的胸膛。"那个女人也表现得很平静，好像生活中什么也没有发生，还是体贴入微地侍候丈夫的饮食起居，唯一不同的是，她"面色苍白，额角有了一丝白发"。

这是个俗烂的情感故事，却在通俗中有了"厚暗"的东西，它让人看到了忠贞的逆反和"荣誉"的逆转，不可言说的诱因，不过是当事人那一点点坦诚、克制和平静而已。

《便当的婚姻》，写一个殖民地总督的婚姻生活。那个总督最初不过是一个极其普通的人，而且别无长物，还长得矮丑。他自己说道："我承认，我长得很丑，但并不是那种使人害怕和恐怖的丑，仅仅是惹人发笑的丑，虽然如此，也是很糟糕的事了。"通过关系，他谋得了一个殖民地总督的差事，但任职的前提，是他必须结婚，因为那个殖民地有浪漫风习，单身汉到那里，会闹出风流韵事，甚至伤风败俗。于是他发出了征婚广告，于是，他收到了雪片一样的求爱信。在拆阅过程中，他发现，这些信件，都有功利性的目的，而且大都不加以掩饰，疑似交易。他均加以拒绝，直至任职期限的最后一天。上司催促道，你再不定下一个女人，并即刻结婚，你的位置就让别人取代了。他只好与最后一个寄来求爱信的女人见面。待一见面，他吃了一惊：这个女人并不像猜想的那样，老而丑，反而高大而美。他不禁问道，你既然条件这样好，为什么推迟到最后？女人说，我出身低微，家里又穷，而且年龄也比你大很多，被选中的可能性极小。面对这个单纯的女人，他迫不及待地选下了。都以为这桩婚姻近乎儿戏，结局是不妙的，没想到，他们相互欣赏，夫唱妇随，生活得很甜蜜。多年后，究其内里，总督夫人坦率地说："事实上，我们这是一个便当的婚姻，面对这样的婚姻，我们期望不多，所以就较少失望。由于双方都不相互苛求，因而就没理由恼怒生气。由于不指望完美无缺，因而就能本能地包容。既然是这样，我们的结合就没理由不和谐、不幸福。"

　　这个故事很温暖，因为它能引起读者对自己婚姻生活的反思。主人公都是俗人，即便是男主人公有总督的身份，也不过是稻草人头上戴了一顶吓退麻雀的草帽。其美满生活的支撑也不是什么了不起的浪漫因素，而是得益于他们都有的一点儿"自知"，承认自己的"缺陷"，取矮下来的生活姿态。这就了不起了，因为人在低处，抬腿就是登高，凡常的日子，也变成了哲学。

　　《万事通先生》，画的是一幅市井画。那个主人公，既没高贵的出身，也没有可资倚重的社会背景，还没有自我立身的技艺特长，是个一事无成的无业游民。他的日常生活就是游荡、酗酒、吹牛、赌博，在人家的屋檐下讨生活，得过且过。但就是这样的一个人，却在各种人群中混得如鱼得水，人们不看重他，也不讨厌他，而且都乐意让他有一份过得去的生活。这样的状况的得来，源自他身上的一点点"特别"的东西——

在一个社交场合，一群贵妇人攀比颈上的珍珠首饰，他趁机吹嘘道："我是这方面的专家，任何一颗人工培养的珍珠都不会逃过我的眼睛，不信的话，咱们打赌。"他知道，这个群体的虚荣，给了他制胜的把握。于是他连连得手。到了最后一个妇人，他说："只有这个夫人的是真的。"那个妇人的丈夫哈哈大笑，"这你就看走眼了，我夫人一贯勤俭持家、不爱慕虚荣，她的这条珍珠项链是我花了十八美元从地摊上买的。""不，是真的，价格不低于三万美元，不信的话，我用我的鉴定工具检验一下，我要是输了，甘愿付给你一百美元。"在鉴定过程中，情况发生了逆转，毛姆写道：

> 他从口袋里掏出一支放大镜，仔细地检查，脸上是得意的微笑。他正要说话，突然发现那个太太的脸色像张白纸，似要晕倒的样子。她睁大恐怖的眼睛盯着他，包含着绝望的央求。它是那样的明显，以至于让他纳闷儿为什么她的丈夫竟看不出来。

> 他张大了嘴，脸涨得通红，让你感到他是在努力克

制自己。"我错了。"他说,"仿制得太好了,简直可以以假乱真,若不是借助放大镜,我都被它欺骗了。"说完,自嘲地笑笑,给了那个和他打赌的先生一百美元……

这是不露声色的冷静叙述,却让人在于无声处,听到了震耳的惊雷——一个多余的人,成了可爱的人,甚至是可敬的人,其转折的支点,就那么一点点,即:未被社会这个大染缸最后涂抹到的一点亮色——悲悯。

通观毛姆的小说,篇篇都有这种"于无声处"的东西,几乎是常态,是恒定的品质,便不能不肃然起敬。

相较之下,我们的许多所谓一流小说家却是地地道道的二流。因为他们的写作,笃信"虚构的真实",让虚构覆盖实际生活的存在。而且,每一涉笔,都有意图伦理、地域文化的前提规定,都有小说家个人趣味的自我玩味。他们远离普通人的普通生活,以特定人群的独异反映为高为上,在无文处炫文,在无波浪处搅动波浪,是精心设置的文本传奇,即便是不留痕迹,疑似天成,但仍是他的主观呈现,典雅得流俗、温暖得寒冷,让读者不敢信任。

而毛姆所描绘的生活,我们每个人都能进入,都能找到自己的体验和感觉,因而它是广谱的;是人的小说,是"我们"的写照,让人情不自禁地沉浸,这样的作品,若不允称一流,不是狭隘,便是对眼高手低的本能掩饰。

2016 年 7 月 17 日于北京石板宅

遵从自己的法则

  阿尔贝托·莫拉维亚在世界文坛上有"意大利的巴尔扎克"之誉，他被卡尔维诺和翁贝托·埃科看重，认为他的写作，虽然琐碎，却有难得的从容，那扎实的细节，无论如何推敲，都找不出丝毫的破绽。他就这么"琐碎"地写，全不顾别人的指指点点，以至于苏童不禁生出感慨："在我的阅读经验中，很少遇见这么固执这么自信的作家。"

  读过他的长篇小说《乔恰里亚女人》，我也有了类似的感受，觉得与他的相遇，真是有些晚，不然的话，自己的写作，尤其是长篇小说写作，会多一些"细密"的品质，不至于暗燃浮火，概念先行，仓促失节。

  《乔恰里亚女人》被称为"抵抗小说"，展示的是战争的悲剧。他不正面写战争，只是把它作为叙事的背景，刻画人性和人的命运。在他的笔下，战争的残酷性，不在于它带来了贫穷、伤害和死亡，而在于战争的突然而至，打乱了人们的生活秩序，而且任何人都无法逃脱。战争使任何规则都不复存在，既有的伦理也失去了作用，人的唯一选择，只是抵抗死亡，想办法活下去。

然而阿尔贝托·莫拉维亚并不就此陷入"消极抵抗"，而是把人的生存，建立在人的尊严之上，即避免"苟活"。既然战争摧毁规则，那么，人就要遵循自己的法则——活下去的前提，是人心的安妥。

小说的主人公切西拉是乔恰里亚地区的农民，年轻时嫁给了一个比她年长很多，在罗马经营着一家食品店的商人。切西拉结婚并非为了爱情，而是为了体面的生活。所以即便没有爱情，但她始终是一个忠诚而善良的妻子。丈夫去世之后，她珍惜已有的一切，独自经营商店，运筹帷幄，把买卖搞得风生水起。战争来临，城里的生活变得异常危险，于是，她带着女儿随着逃难的人群逃离罗马，到她故乡所在的山里去。

城里的店铺，自然要托人看管，她首先想到的是丈夫的朋友、煤炭商乔万尼。因为她知道，乔万尼始终对自己有情色之念，在丈夫活着的时候，就对自己动手动脚。内心的高贵，让她坚定地拒绝，她说："你不害臊吗，我可是你的朋友之妻！"眼下就不同了，丈夫已死，而且活命比什么都重要。同时她本能地觉得，乔万尼是唯一真正爱她的男人——"他爱我这个人，而不是爱我的东西，在困难的时刻，他是我唯一可以依赖的人。"

她去煤栈找到了他，说出了自己的想法。他好像也一直在等她来，所以笑一笑之后，就把门关上了，而且还用横杠把门闩好，他们一下子陷在一片漆黑之中。事后她回忆道："他在黑暗中向我贴来，我浑身像散了架一样，柔弱、温顺。当他在黑暗中挨着我，拥抱我的时候，我的第一个冲动的反应，是紧紧地贴着他，用我呼吸急促的嘴唇寻找他的嘴唇。他柔情地把我放在煤袋上，我委身于他。奇怪，那些煤袋尽管坚硬，尽管他身体沉重，我却尝到了柔情和快感。我觉得我年轻了。"

完事之后，他倚着门看着她，说："我们之间的事，就这样定了。"她也满意地点点头。但是，接下来事情却发生了临海悬崖一般陡然的逆转——只是因为男人的一个动作——在她经过他身边的时候，他涎笑着在她的屁股上用力地拧了一把。就是这么一个貌似亲密的动作，轻微的肉痛之余，却唤醒了她最锐利的耻感——她暗自思忖，从今以后，我就再没有权利反抗了，因为在他眼里，我已不再是一个纯洁的女人了，他可以随时享用和支配我了。而一个正派女人，怎么能忍受别人拧在屁股上，却不再能反抗？因为战争吗？

战争的理由并不能说服她高傲的内心，她对男人严肃地说道："从此以后，你不要再想那么亲热地靠近我，你只需尽看管之责，我会按市价付工钱给你。"

这真是振聋发聩之笔，让人一下子看到，人性有其自我生成、生长、生存的土壤，是外力所不能任意左右的！即便是在战争的条件下，虽然人生逢乱世，但人性依然有着不乱的内在秩序，足可以抵抗枪炮和刀剑对生命的"轻贱"，遂对人性的伟大，产生了不可动摇的信任！

从这一刻起，切西拉确立了自己的生存原则：活命，但不卖身；逃难，但不出让尊严。

她抓紧女儿的手，一刻也不分离，因为她觉得，生活虽然破碎了，但是只要母女能相依为命，家庭就依然完整。面对种种困境，她们咬牙坚持，在无奈中始终保持豁达和乐观的态度，她对女儿说，女人是最皮实的动物，在饿中也能分泌奶汁给婴儿哺乳，在被伤害中，也能生出爱心，关心和悲悯他人。因此，战争的意志与女人的意志相比，往往是后者取胜。

从乔万尼那里，使她相信商业法则，而不相信情感法则，因为前者使人与人的关系简单，相互不问来路，便不陷入纠缠，不付出多余的代价，随时随地好抽身。她们搭乘车辆、住店、寻找食物，都花钱购买，不让旁人质疑、追问。

由于战争，她们平生第一次发现，食物几乎是生存的全部，吃的哲学，是所有哲学中的哲学。所以，任何食物，哪怕麦麸，硬得要用锤子砸开的吃食，都是世间最美好的食物。以至于在种种危险的环境和遭遇面前，只要一坐下来谈吃，就淡忘了恐惧，就看到了生机。在不能通过正常手段获取食物的时候，偷也不再是违背道德的事情，切西拉说："我不否认，那偷来的面包，比平时我们吃到的面包更有滋味，因为那是偷来的，而且是偷偷地吃。"

因为吃的哲学，让她更懂得了战争中的人。一个被饿坏了的德国士兵，偷偷地爬到她们的脚下乞食。因为他赤手而来，所以她们毫不犹豫地给。正巧身边有一架手风琴，正巧那个德国人在入伍之前是个手风琴手，他便给她们拉琴，以表谢意。她们听出，他拉的是一曲德国兵都会唱的《莉莉·玛莲》，拉得很忧伤，近乎抱怨。切西拉心生温柔，"他还是个孩子啊！"便情不自禁地摸了摸他的头发。他也拍了拍她的手，说："鼓起勇气来，战争很快就要结束了。"

战争终于结束了，但切西拉和女儿罗赛塔却承受了生命中最锐利的一击——女儿在毫无防范的情形下，被撤下来的土耳其士兵强奸了。看到倒在污血中的女儿，切西拉大脑里一片空白，也瘫倒在地。她看到天空是那么澄澈，澄澈得那么无耻；她看到地平线上的小花开得是那么灿烂，灿烂得那么无心，她感到普通人的生命，是那么的无足轻重。她绝望地大笑起来。但正是这种绝望，让她看到了生的希望——这是最后的陷落了，已陷落到尘埃之下，既然这样，爬的动作，也是站立，她命令女儿："爬起来吧，不去死！"

女儿虽然爬起来了，但开始自暴自弃，她在回程的路上，勾引所有能遇到的男人。切西拉拼命地追赶，坚定地阻拦，她声嘶力竭地劝女儿——被强奸，血自然是污的，但还没有污到胸口之上，清洁还住在我们的心里，对战争最后的声讨，是我们不自甘堕落，生为女人，只有成为自己，才有未来和远方！

女儿好像懂了，她驯顺地依偎在母亲的怀里，静静地仰望星空。切西拉感到一丝欣慰，对自己说，我们两个人，已经死去了，带着别人的怜悯和自己的怜悯死去了。然而在最后的时刻，是痛苦拯救了我们。从某种意义上说，关于拉撒路的那段福音书，对我们来说，也是适合的。

　　小说读毕，掩卷沉思，不禁觉得，这两个女人，既是可怜的，又是高贵的，甚至也是伟大的。因为她们经历了战火的淬砺，看清了生活中到处充满了黑暗、荒诞和谬误的东西，获得了蔑视战争的精神力量——那就是，虽承受痛苦、污浊之侵，也不失女性妩媚，依旧往快乐和干净里活。

　　　　　　　2017年5月1日至3日于北京京西石板宅

爱 的 气 候

　　周末居家，想写一篇认真的文字，本来心中已有清晰的立意，一旦下笔，却文思滞涩，勉强写来，也无精彩字句，只好废笔而叹。

　　便在书房里乱翻书。居然翻到了一本中国文联出版公司1987年11月版的《爱的气候》，系安德烈·莫洛亚写情爱的长篇小说。叙述的套路，大俗，不过是"我爱的，她不爱我，我不爱的，她却爱我"。但是却被强烈吸引，不能释卷，索性当作大著，做终日的耽读。

　　书曾经读过，故事的结局早已了然于胸，没有悬念的诱因；情节也简单，不费目力，便也不会波澜弄心。为什么还是被吸引？盖因已到了不屑于谈爱情的年龄，对情色没有期许，有了超然物外的心境和视角，可以冷冷地审视。这一审视可不要紧，觉得莫洛亚真是写爱情的高手，他与人物结伴而行，有迷乱的氛围，有仓皇的心跳，有人性的错失，有深切的痛感，一切都呈现得那么准确，直让人感到，别人的爱情经历也是自己的，其中的真情与假意、庄重与荒唐，都是合理的存在——只可以回味，不可以挑剔；只可以尊重，不可以轻蔑。所谓爱情的真相，是在爱中有不爱、不爱中有爱，换言之，是在忠贞中有背叛，在背叛中有忠贞——那种纯粹而热烈的爱情，其实是情境下的产物，时过境迁之后，就嬗变、就转向。所以，那种居高临下的正义指点和道德臧否，是纸上谈兵，是隔靴搔痒，是假道学，甚至是痴人谈阔，甚至是别有用心。

说莫洛亚"准确"，是因为他用鲜活多汁的笔墨，原生态地描写了在"爱的气候"中，当事人不可掌控的在场感受，形象地揭示出，爱情的到来，不可设计，不可预测，只能"遇到"。在这个场域的事情，往往是：期冀的，迟迟不至，躲避的，却不请自来；须端庄处，居然不由分说地放纵，逢场作戏的时候，却有摄人魂魄的神圣之光……一切都是那么的不可捉摸，毫无道理，莫名其妙。

这种莫名其妙，被莫洛亚描绘得淋漓尽致、目不暇接，把读者带入一个不可自持的阅读氛围，来不及做理性判断，只想被他牵引着去体验、去感受、去快乐、去痛苦。只感到，纸面上的情爱也是血脉偾张、心魂迷乱的，也是真的，如果在"当境"的情况下，还追问道理，还区分对错，真是焚琴煮鹤、清泉濯足，轻者是不合时宜、不懂风月，重者是阳痿不举、失去了爱的能力。

莫洛亚的描绘正是在这样的情境下展开的——

菲利普（小说的主人公）与几对年轻夫妇去聚餐，酒酣耳热之际，他们躺在草地上仰望星空。无意间他碰到了德妮丝夫人的脚踝，那只脚踝是那么的白皙秀美，他情不自禁地握住。奇怪地，那个女人居然没有表示异议，他便放任地握紧了，且心旷神怡，觉夜色大好。事后他在日记中写道：我心地清洁，对女人本应淡然处之，然而盯着她时却目眩神迷，而且竟为那不屑一顾的打情骂俏而心摇意荡、沾沾自喜。难道我还不够好？于是他怅然若失，心里涂上了一层阴郁。

菲利普害怕自己的不洁，再次与德妮丝相遇时，就远避，以防自己的"身不由己"。然而他的自律，让德妮丝感到被冷落，遂心中生怨，对菲利普进行冷嘲热讽，有些话，近乎诋毁。他很痛苦，很想找一个倾诉的对象，以释块垒。一回眸间，竟发现年轻的马莱小姐正对他含笑凝视，送来同情的目光。这短暂的一瞥，却像一粒微小的花粉，凝聚着孕育的力量，飞进了他受惊的花蕊，让他产生了要认真地去爱一场的热望，于是他毅然走过去。于是，在完全没有预期的情况下，他们相爱了。

从此，他便上道了，开始经历一系列复杂多变的情爱感受——

原来一个女人给自己造成的难以承受的心灵痛苦，反而会变成对另一个女人的情爱动力，所谓爱，往往是一种"情移"的产物。

新的感情对象一旦出现之后，在旧人面前，他一下子变得玩世不恭，有了夸夸其谈的意外才能。而且，喜欢频繁地出席沙龙活动。因为在沙龙中，有各种交锋，可以由此检验女友的应变能力和品格特征。更主要的是，他们此时是同一个"社交单元"，要想乱中取胜，得到认可，就必须步调一致，同气相求、同声相和：我鄙夷一切不属于她的事物，而她对一切不属于我的事物也不屑一顾。慢慢地，这种不得不出于"配合"的动作，竟变成了习惯，就真的进入了"同一"的境界，就有了向过去诀别的"欣然心情"和自觉意识，爱情关系就最终确立了。

在相爱之初，恋人吸引他的，常常是嫣然的笑容、醉人的声音和"裙子下那青春肉体散发出的温暖"。但后来更吸引他的却是恋人善解人意的性情和赏心悦目的"生活情趣"。因为这种生活情趣远离肉欲，一如"森林、鲜花和大地的芬芳"，不需要人为保鲜。

当然，经常变换美丽的时装也是必要的，因为时装能挡住男人的视线，让他们不去估计身体的成色，同时时装像"感情上的羞怯"，让智性的思想把情欲的冲动掩盖起来，让人不起邪心。

一旦进入婚配之后，神秘和浪漫被"祛魅"，便发现，真实的她（他）与所爱的她（他），往往不是一个人；想象出来的生活，与自己亲身所过的生活正好相反。于是失落登场，即便是双方都没有过错，也彼此冷淡。为了维系甜蜜，他们开始降格以求——"生活情趣"的真与假不重要，重要的是让别人看起来重要；家居时光里热情退化不可怕，可怕的是失去了从

"名著"里汲取热情的能力。于是，他们可以时不时地不爱眼前这个人，但一定要始终爱着爱情。

爱情进入平淡期之后，当事人总愿意"姑息"自己，总是愿意按照自己所希望或认为的那样评价自己、描绘自己——缺陷是他人的，完美是自己的。男人便做出孤独的样子，"我热爱我的烦恼，所以我忠贞"。女人也假意淡定，因为她觉得维系自己婚姻的安全阀是"不要让你的丈夫感到，你只爱他，一旦离开他你就无法活"。

正是这小小的心计，使婚姻真的出现了大的漏洞——男人开始公然向别的女人拨弄眼风，他心想："到嘴的肉不吃，我也未免太窝囊了。"女人便惊悚了、不安了，因为"她从别的女人那晚礼服裸露的后背上，看到了蓝色的电波"。

为了不物极必反，女人表现出应有的宽容，"如果真正爱一个男人，就要学会喜欢他喜欢的女人"。但男人却得寸进尺地想，"幸福永远不会是静止的，它是不安中的间歇，爱情也是的"。

男人远去了。女人肝肠寸断之后，竟奇迹般地自愈了，她不无豁达地想："男人就是飞蛾，新的女人就是那招摇闪烁的火，如果他不扑上去，就不是男人了。"

多少年之后，他们居然能够像老朋友一样平静地坐在一起。心平气和地谈论，你我其实是爱过的，只不过斗不过环境、气候和时光的离间，我们都身不由己。所以，只有死亡才能把爱情从难以逃脱的失败中拯救出来。

小说读毕，依旧亢奋不已。辗转反思，强烈地感到，所谓爱情，最核心的生命体征是色授魂与。即：爱情的存在，根本的是取决于男女之间性、性趣、性格、性情的吸引。

《爱的气候》多少有些爱情启蒙的味道，更适宜青年男女。但老来读之，却愈加觉得它是一首深刻而生动的挽歌，它让人，尤其是过来者，要怜惜爱情、更加珍重已有的爱情，虽已看透风月，却更应当洁身自好。因此还让我们看到，以前嗤之以鼻的感情，其实是珍贵的，以前懵懂荒唐的举止，其实是可爱的。在爱情面前，没有老幼尊卑之别，都是永不能毕业的学生。

由《爱的气候》我不禁感慨道，那个时代，即市场原则尚未泛滥的年代，其男女之间的纠缠，才是真正的情色境界啊！他们不重世故，不讲功利，甚至不顾出身、不问来路，只服从色授魂与的吸引，虽有出轨与背叛，但都是爱情本身的"化学"作用。而当下的世界，情色已不见纯粹之地，男欢女爱，多是被现实的利益所牵制，情感在权钱的推动之下，愈来愈趋于物化了——莫洛亚也就有了被重读的必要。

2017 年 5 月 13 日星期六于北京石板宅

通透的阅读始于常识

1

家居的楼下，有一儿童滑梯，有几株杏树、桃树和枫树。早晨五时，太阳温和、红润，无声地照耀，我坐在树下的长条椅上，携一卷《悲惨世界》，谛听阳光和鸟鸣。

鸟是麻雀和喜鹊，都很家常，但能在城市的灰暗中登枝鸣叫，就很不家常了。它们啾啾、喳喳，是细碎的底色，但专心听去，也幽柔绵长。因为是天籁。邻家一童子溜出来，自己玩滑梯，上上下下一刻也不停歇，自己娱乐自己。他的母亲出来寻，看到旁观的我，说，这孩子忒淘，一不留神就自窜而出，管不住。我说，为什么要管？他亲和滑梯，是本性。

是阳光就要照耀，是雀鸟就要鸣叫，是儿童就要嬉戏，这是常识。在常识层面看人与事，很好，喜处自喜，没有多余的附着，疑似纯粹和澄澈。

遂内心就明亮起来，翻开《悲惨世界》。

昨晚，看到马吕斯与柯赛特即将在荒园相会的部分，就弃书掩卷。因为要上演爱情，怕神经兴奋，进而失眠。这么明净的早晨，是爱情的氛围，正可续读。一对青年，都暗恋着对方，这一天是表白之日。然而两个人都纯洁，都怯于张口。柯赛特饱满的呼吸让饱满的胸脯不断起伏，马吕斯拘涩的面色让拘涩的手脚不断躲闪，他们都为对方着急，希望对方首先倾诉。共同的心理作用，让他们在情急之下，省略了语言，相互之间轻轻地吻了一下。雨果写道："一吻，就都在了，好像该来的应该来到一样。"

雨果善于驾驭大场面，喜欢铺排，法国大革命让他描写得波澜壮阔，冉·阿让与警察沙威的周旋也写得惊心动魄，都毫不吝惜笔墨。但写一对恋人的情事，却写得这么简约、干净，不禁令人吃惊。这就是雨果的伟大之处：全局和细部，他是有把握的，一切都依据着人性的维度。纯洁的爱情，不过是本能的生理的吸引和心灵的感应，容不得复杂的东西，便也无须费词。如果情事真到了能够描绘得波澜壮阔、惊心动魄的时候，那时的所谓爱情，就很不纯粹了，融进了许多世俗、欲望、利害和变异，就很难说"可爱"了。

这也属于常识。之所以能够成为经典，就是不人为地制造复杂、营造深刻，而是始终保持真诚的态度，在常识层面下笔，简洁、纯净地道来。

2

以前喜读卢梭，因为在我最易感的年龄，就读到了他的《忏悔录》，觉得他温柔而真诚。同是启蒙营垒的伏尔泰、狄德罗后来都离他远去，并融入"迫害"的洪流，让卢梭痛苦不已。为什么会这样，卢梭给出答案，说他们"世俗"、功利、守旧，易于向王权妥协，是知识分子的立场出了问题。对卢梭的亲和，使我本能地就相信他的说法，觉得雨果曾经有过的论断是对的，战友的背叛，比敌人的迫害还要有害，因为他知出处，抓捕时，可以精准地带路，使你无处躲藏。所以，我甚至认为，《忏悔录》里忧伤、迷茫、绝望甚至病态的情绪，都跟伏尔泰、狄德罗有关。

躲避疫情，宅读伏尔泰的《哲学书简》。他用书信体发表考察英国的政治制度、哲学和文艺之后的观察与思考，其底色是宣传英国革命后的成就，抨击法国的专制政体，认为人一生下来就应当是自由的，在法律面前也应当人人平等。整本书都散发着关于启蒙的乐观精神，颇具感染力，是照亮人类走出愚昧和奴役的心灵闪光，也是"不妥协"性的有力自证。那么，卢梭凭什么给他戴上"妥协"性的帽子？

带着这种质疑，我又读了安德烈·比利的《狄德罗传》，从中得到了答案。狄德罗终其一生从事《百科全书》的编纂，为了编一个词条，总是和贵族院的御用学者和出版家的从众行为进行争执，有时激烈的程度近似叫骂，有着坚定的启蒙立场。"迈向哲学的第一步，就是怀疑。"这是他一以贯之的治学原则，以致树敌无数，摧残了健康，刚过六十岁就故去了。即便是生命的最后，也跟身边人斗争，他想吃一枚杏子，遭到拒绝，他生气地说："您以为那会对我有什么害处吗？"遂执意吃下，不久就轻咳了一下，死了。

这让我大为感慨，不能不承认，伏尔泰、狄德罗都不是胶泥，任人揉捏，他们骨头很硬，胜于卢梭。从《狄德罗传》中，我理清了脉络，原来卢梭好名而脆弱，别人必须呵护、必须忍让。一不呵护，就说薄情；一不忍让，就说"迫害"——他极端自恋、极端自私，是才子负气，是性格弱点，与他标榜的"公德"无关。换言之，卢梭习惯于别人的同情与包容，而自己却绝不去同情和包容，也是被伏尔泰、狄德罗们过量的友情惯坏了。

事实上，伏尔泰、狄德罗后来沉默了，一任卢梭发泄、指责，也不辩驳。卢梭的痛苦，一半源自社会的不见容，一半源自主观的遐想——爱惜羽毛之下的自哀自怜。也许这就是一个脆弱的启蒙者的宿命——人在矮檐下，却做登高之呼；性在卑弱处，却做高洁之姿——那么，就是必然要付出的代价，他不应该再有什么抱怨。

这不是什么妄论，而是常识。我一边说给卢梭，也一边说给自己——既然要想卓越，就要从俗处立身，这不丢人。相反，既跟别人过不去，又不能安妥自己，还不认命，倒真的要丢人了。

3

通读完《狄德罗传》之后，还有一个意外的收获，便是狄德罗面对死亡，他超脱，毫无惊惧之色，而且表情莞尔、开玩笑。多年来，他工作稍累就咳血，经医生诊断，他得了肺炎。由于不能根治，他只能与病相伴。这反而让他把死亡看轻了，每一咳血，别人惊惧，他却笑着调侃："就要完结了，我们该分别了，但我身体强壮，所以不会一下子就到来，也许是两天后的事，或两个星期、两个月，一年吧。"

为什么会这样？他自己解释说——

人生活得越充实，就越缺少额外的眷恋。因为忙碌的生活一般是清白的生活，除做好工作之外，没有多余的欲望和牵挂，所以就不太看重生死的事。

他之所说，我是理解的，在备受辛劳之后，我们本能地就希望有一张床，希望香甜的睡乡赶紧来临。对于依本分而生活的人，生命只是漫长而疲劳的日子，而死亡恰是抚慰劳顿的长眠，其中棺材是安息之床，大地是枕头，头放上去而不再抬起是甜蜜的。我们京西有句土语，人的一生其实是一件很简单的事，活着干死了算。那意思是说，人活着就要劳动，从土里刨食，由于都是辛苦所得，所以活得"清白"，问心无愧。也因为是这样，死就死了，正可以休憩、歇神，心安理得，连鬼魂都不纠缠。

从这里，我们不难想象，特别关注生死的人，也就是活得焦虑、惊惧于死亡的人，一般是两种状况：一是有闲，二是心中有愧。有闲的人，好逸恶劳，也不去创作，便内心荒芜，无价值凭依，总有坐吃等死的感觉，所以他不耐烦；而心有愧怍的人，张皇加身，总怕半夜三更鬼叫门，即便是睡在床上，也总是惊醒，看到死神狰狞的模样，所以他不安心。

所以，即便是瘟疫来袭，如果我们一贯勤劳、一贯清白，也有泰然处之的底气。来就来，去就去，不摘走一片云朵。

4

疫情在全球暴发了，依然还要宅在家里。既然有巨量的时间，就系统地读一个作家，以观全豹。

当然要读"讲究"的作家，而福楼拜正是经典作家中的"文体家"，便读《福楼拜文集》。家里有一套上海译文出版社的四卷本，都是李健吾的译笔。但缺他的《文学书简》《庸见词典》和未完成的长篇《布瓦尔和佩库歇》。因为想读全，就上网搜寻，发现人民文学出版社正有一套五卷本，这些篇目均赫然在录。按李健吾《福楼拜评传》的索引，这几乎就是全集了，遂立刻网购。

夫人看见，讥曰，我看你是有闲钱。

她说得不错，全集的阅读，不仅是个时间体系、思想体系，也是个物质体系。肚饿，当然饥不择食，有什么就吃什么；食不为饱，自然要奢侈，上满汉全席。

昏天黑地地读了月半，把福楼拜读全了。总体的感觉他写得真好，好像他每个段落、每个字句都写得恰到好处，几近完美。

但我并没有膜拜的感觉，倒觉得他理应如此。因为他一生什么也不干，既不立业、也不事功，更不侍奉日子，他只写作。用李健吾的话说，创作是他的生活，字句是他的悲欢离合，而艺术是他整个的生命。而终其一生才写了一百几十万字，不是一般的慢，而是在煎熬中雕琢。因为慢，丑恶都有了道德的密度，凡俗都有了精致的纹理，如海水结盐，岩石风化，时间赐予的都是精华。

福楼拜几乎是终生都宅在家里，很少把触角伸向现实与社会，所以他"实生活"的拥有很稀薄。他一切的痛苦，正如他给勒洛阿娜·德·尚特比小姐的信中所说："皆源于思想的过分悠闲，因为思想的胃口很大，没有外面的食料，就反求诸（自）身，直啃到自己的骨头。以至于重铸思想，加以充实，而不允许任其闲荡。所以，我对生活的认识虽然有限，从正常的意义上说，甚至是很少，但也充实——我少吃，而多反刍。"

这种夫子自道，诚实而深刻，很说明问题。对于创作，深入生活当然重要，但回归自身，向内心挖掘，也能写得卓越。我们常听人说，要细嚼慢咽，因为牙口再好，一贪多就嚼不烂，能被吸收的营养，也就未必多。而吃得少，却多反刍，就不一样了，留下了深刻的体味、保命的营养和思想的精华，也足可以让身体强壮，精神富有，进而源源不断地写。

5

通观福楼拜的创作，他的题材和描述对象，其实都很凡俗、凡常，甚至凡庸。

《包法利夫人》写闲妇的情乱，《情感教育》写少年的情迷，《萨朗波》写怨偶的情仇，都是老掉牙的主题，但都让人痴迷，不仅能读得下去，还有"不一样"的感觉。究其原因，还在于福楼拜不人为弄悬，而是舍得在常识层面下笨功夫，在恒常人性上准确地把握和挖掘。

以《包法利夫人》为例：

包法利夫人在修道院里读了过量的诗文，便有了浪漫情怀，有了"不安分"的精神基因。后来她嫁给了一个小镇的乡村医生，收入稳定，生活稳定，衣食无忧。放在一般女人那里，这就是好日子了，但是对于一个有着浪漫追求的女人来说，这就是不幸的源头。她不甘心于这种一成不变的生活，认为是俗日子。那么，从某种意义上说，她就是为"勾引"所设，一旦有人挥手，她就会毫不犹豫甚至是有些激动地上路。偷情，自然要有粉色氛围，那么就住酒店，吃夜宵，不吝花销，由于太迫切，顾不上矜持，一切都由自己买单，就借贷。有心者就乘机送上银钱，让她陷入债务。色＋铺张＋债务，不可承受，为了不丢怪露丑，最终的选择，只能是自杀。这就告诉我们，在非分的感情中，人们，特别是男人，都是自私的，不会有什么真诚的付出，因为那是"多余的部分"，不值钱。所以，再浪漫的感情也是世俗的，也要搞成本核算。那么，包法利夫人的毁灭就有意义了，既悲惨，也悲壮，因为她给真实的人性做证，警示人们，在感情中也要保持人格与尊严，别被感官奴役。或可以说，忍者自安，矜持者自重，自救是正途。

福楼拜在他的作品中，总体告诉我们，人性是一种"坚固的品德"，你不要轻易怀疑，因为它能给你信赖和安慰，对人世间不悲观失望。

比如他的《淳朴的心》：

虽然是个短篇，却是一个卑微的人一生的故事。一个可怜的乡村女人——虔诚，但有点神秘；忠实，却显得平静——内心像面包一样温馨和柔软。她不断地爱别人，先是女主人的孩子，后来是她照顾的女主人的一位老人，最后是一只鹦鹉。鹦鹉死了，她让人制成标本，随身呵护，轮到她去世时，她竟混淆了鹦鹉和圣灵。为什么会这样？女主人雇佣她，每年才给一百法郎的工钱，但她很知足，因为她有了一个温暖的屋檐，也远离了冻饿和漂泊，所以她真心感恩。这就让人震撼了，因为她卑微和贫穷，人性里就有了忠厚的本色。或者说，温暖与爱心要从忠厚里摄取，然而忠厚，这个难得在高等人群中发现的品格，只有贫贱和它不时地相依为命。

在我们的常识里，这就是人性本来的样子。

所以，便可以说，福楼拜的凡常故事之所以依然能打动人，就是因为他固执地呈现了人性中这种"坚固的品德"，即：现在都市中已经失去或者正在失去的，因而愈来愈弥足珍贵起来的"淳朴的心"。

6

福楼拜的不朽，当然也有技术上的因素，也就是他作为文体家的独特书写。

他从来不平铺直叙，特别注重风格和结构。他不遗余力地营造氛围，让描述具有强烈的在场感觉。他贴着人物的身份写人物的心理感受，精微的程度到了纤毫毕现的地步。他让叙述有自己的腔调，让字词有自己的味道，而且有"草色遥看近却无"之妙——阅读时不觉，一旦放下，总能让人隐隐地感到。所以，看他的故事不能截章，必须连读，即便已早知结果；读他的句子不能跳读，因为象征与隐喻就埋藏在貌似平常的句子里，即便是他很谦抑，说"我写得很浅易"。

为了写包法利夫人服毒后的感受，他也亲自尝过砒霜的味道，进而在具体写时，用了很长的篇幅，把服毒者的面色、体征、动静、苦相都写尽了。好像不是包法利夫人在服毒，而是"我""我们"在服毒，把心理感受上升到生命感受的层面，让"我""我们"跟她一道感同身受，只觉得人生的绝境真是在劫难逃。于是感受就变了，与其是我们客观地悲悯这个女人，不如说是在场地悲悯我们自己。

在《情感教育》中，初出茅庐的大学生毛诺，甫一走上社会，青春的本能，自然是捕捉爱情。而受时尚影响，他走上了为满足情欲而不停地猎艳的路径。纯朴的少女、纯洁的感情，他嫌简单无味，为了刺激，就去跟熟女、贵妇周旋，便常在客厅、舞池等社交场合与她们调情，也屡屡得手，就以为懂得了爱情，好像"道德和美丽融于无痕，感性与异香杂于一身"，就是情爱的一切了。但他不知道，自己只是她们刻板生活的临时调剂，到了他动了真情的时候，人家都纷纷离他远去，他便尝尽了苦头，觉得爱情真是不可靠，让人幻灭。如果仅仅停留在此，就成了一般的情迷小说了，但福楼拜的笔触稍稍地往深里探了探，让他在幻灭的一瞬间，有"顿悟"。比如毛诺在与阿尔奴夫人分手之时，他突然感叹道："原来，在分手之际，我们所爱的人已经不和我们在一起了。"有了这样的感觉，他居然就平静了。这是很惊悚的一笔，让我们读爱情的人，也不禁顿然省悟：不果的爱情，离愁别恨其实早已提前来到，只不过当事者不察，以为这一刻才"来到"而已。所以，幻灭不可怕，它正让当事人看清了感情的真相，因而成熟起来，为拥抱真正的爱情铺平了道路。

这就是福楼拜的过人之处——别人写长篇小说，是写故事，写命运，而他则写细节，写"顿悟"。虽然他标榜，他的写作，只记述客观，而不写"我"，但他在给乔治·桑的信中却说，我们不能"只注意拐杖，而忘记了双腿"。看来他的"客观"，是主观引领下的客观，一如他给路易斯·克莱的信中所说，没有美的形式就没有美的思想，美从形式渗出，但反之亦然。追求独特的风格是对的，但不能忽略思想、忽略情感、忽略到达的目标，因为没有腿的存在，拐杖就是抽象的无用之物，我们追求独特，不能离开常识。

2020 年 4 月 17 日五十七岁生日之际
写于京西良乡昊天塔下石板宅

闲书里的"不闲"

    友人对我说，写作上的勤勉，使你成果宏富，一个业余的写作者，居然累积了近千万的文字，值得我等尊重。但是我觉得，你应该停歇下来了，因为写得多，自然就露出弊端：要么自我重复，要么自我覆盖，新在旧中，旧在新中，卓异和独特的成分，已经不多了。

    其实我早就隐约地有这样的想法，但被他点破，还是不禁一顿，一阵苍凉、一阵幻灭，扑面而来，使我久久不愿吱声。他摇摇头，"对不起，我说得过于直接，多少有些残酷。"我凄然一笑，"然而，我刚近六十，还有那么漫长的余年，如果停止了新的创作，让我如何度过？"他说："你可以读闲书，不慌不忙地写写回忆录。"我说："读闲书，自然尚可，但写回忆录，便有些不知深浅，要知道，写回忆录，非伟者、大者和高者而不能为，我等不过是一枚草芥、一只蠕虫，不值得记述。"他说，你错了，草芥也有春秋、也有枯荣，蠕虫也有道路、也有冷暖，都有自己的生存轨迹和生命体验——这就是"唯一性"、

"独特性"的存在，都有"自我"的价值，完全可以呈现出来，让人观赏、让人玩味，给人以启示，裨益他的人生。从这个角度说，无名者的回忆录，或许也是一种文学化的功德，不亚于诗、散文、小说。这就如同，大机器也需螺钉，饕餮者也不舍微米，都是运动和进化链条上的环节，有其不可替代的作用。正如鲁迅先生在《〈且介亭杂文〉序言》所说，"我只在深夜的街头摆着一个地摊，所有的无非几个小钉，几个瓦碟，但也希望，并且相信有些人会从中寻出合于他的用处的东西。"

友人说得直截而恳切，不免打动了我，便真的开始看闲书。至于写回忆录的事，因为还没有强烈的内在驱动，便暂时放在一边。

我读书一般都是循着周氏二兄弟的书目索引，即：按他们所列的书单，或文章中提到的典籍，去选取自己的读物。但既然是看"闲书"，知堂的趣味更为切近，便遵循于知堂。知堂热衷于希腊神话，不仅读，还孜孜矻矻地翻译，基于这一点，便选了他所推崇的哈理逊女士的《希腊罗马的神话》，开始了闲读之旅。

这是一本小册子，立足于普及知识，虽别无心意，但好读。读过之后，感到收获还是大的，因为以往对这方面的知识，都是随意的涉猎，零零散散，似是而非。一旦系统地阅读，就明晰了脉络，知晓了内里，觉得，无意义的神话，正是有意义的文学的发端。便顿然察觉，几十年的阅读，读了很多，虽也有腹笥充盈之感，其实在常识层面，还大为缺乏，甚至几近于无知。这样一来，闲适的心态变了，不敢再轻视"闲书"，因为它"闲"在"正经"里，也是学问的正途。

哈理逊女士虽然学问做得不大，但她的回忆录却写得很用心，有一本从细处下笔的回忆录，叫《学子生活之回忆》。她写与屠格涅夫的交往，觉得他"像一只和善而老的雪白的狮子"，正有俄罗斯文化的韵味。但他的俄语说得却很蹩脚，英语倒说得"好流利"，让她大为"错愕"。她在纽能学院遇到一个日本的皇太子，他很安详，有平静柔和的雍容，但他学英语却从伦敦卖报者那里学发音，便弄得人与语调很"错位"。一阵"错愕"与"错位"之后，她竟然有了一种温暖和喜悦的感觉，原来名人和贵族骑士与自己无异，不过是贴了纸质标签的普通人而已。

她开始用平常心看待这些人，颇为自得地在她的回忆录里记述自己的生命感受。

譬如她写到死。她说：

"在一个人回忆的末后似乎该说几句话，即表示对于死之来临是怎样的感想。关于死的问题，在我年轻的时候觉得个人的不死是万分当然的，单一想到死就使我暴躁发急。我是那样执着于生存，觉得敢去抗拒任何人或物，包括神，或魔鬼，或是运命它自己，其都不能消灭我。现在这一切都改变了——假如我想到死，这只看作生之否定，一个必然的结局，一条末了必要（断掉）的弦罢了。我不再怕死，所怕的却是病，即坏的错乱的生。可是病呢，到现在为止，我总算逃过了。因此，我对个人的不死已没有什么期望，就是对未来的生存也没有什么希求，一切都坦然了。我的意识很卑微地与我的身体同时开始，我也希望它很安静地与我的身体一同完了。会当长眠夜，无复觉醒时。很好。"

她的话，让我立刻就联想到了吉田兼好在《徒然草》中所说，死不是什么了不起的事情，可怕的是病。因为"如为疾病所犯，其苦痛殊不易忍"，会让人神魂不安，丢乖露丑，失去尊严。

我便不禁感到，虽然个体生命，有殊大的差异，但基本的人性状态和普遍的人间情理，都是相通的。由此可以看出，所谓读闲书，并非无聊无为的填充，也不仅仅是应合了晚年心境的求知求是之途，更是生活的重温与生命的验证之途。因为别人的感受和自己的经验一旦契合，就会生出一种叫"会心"的东西，就会建立起一种个体和群体的自然联系，觉得自己的一切原来始终就与人类和万物有关，就会化解孤独与虚无，进入沉静坦然之境。还有一点启示："自我体验"虽微，却也不无意义，一旦写在纸面上，也会给别人提供"验证"的案例，就参透了人情物理，常识变成真理，知识变成了智慧，人就不再纠结于显与隐，甚至老与死，变得豁达、自信和喜乐了。

接下来的阅读，哈理逊女士居然给了我出其不意的震撼，那是她关于老年的论述——

"老年是，请你相信我，一件好而愉快的事情。这是真的。当你老了，你会被轻轻地挤下戏台，但那时你却可以在前排找到一个很好的座位去做看客，而且假如你已经很好地演过了你的戏，那么你就很愿意心安理得地坐下来看看了。一切生活都变成没有以前那么紧张，却更柔软更温暖了。你可以得到种种舒服，身体上的小小的自由，你可以打着瞌睡听干（枯）燥的讲演，倦了可以早点去睡觉。少年人对你都表示一种尊重，虽然你知道这实在是不敢当。个人都愿意来帮助你，似乎全世界都伸出一只好意的保护的手来，你老了的时候，生活并没有停住，它只不过发生了一种很微妙的变化罢了。你仍旧爱着，不过你的爱不再是那烧得鲜红的火炉似的，却是一个秋天太阳的柔美的光辉。你还不妨仍旧恋爱下去，还为了那愚蠢的原因，如声音的一种调子，凝视的眼睛的一种光亮，不过你恋得那么温和就是了。在老年时代，你简直可以对男子表示你喜欢和他在一起而不致使他想要娶你，或是使他猜想你是想要嫁他。"

哈里逊的议论，来得是多么及时（或者说，庆幸在这个时候读到），因为我就要进入老境，正在为那漫长的余年怎么度过发愁。她的话，自然对我产生深刻的触动。原来进入老年，恰好是一件愉快的事，因为你可以理直气壮地坐下来当看客，以旁观者的心态观察和欣赏生活，因而缓解了与生活的紧张关系，心态变得异常的平和：对情与物，不再有强烈的占有之心；对得与失，也不再有迂执的计较；对不堪与厌烦，也能毫不纠结地远离——一切都能淡然看待，有了"无谓"的底气。获得了"小小的自由"之后，你可以心安理得地承享世间的一切，比如别人的帮助与保护，也可以心平气和地承受非理想的一切，比如他人的冷漠、不果的爱情和创造力的衰退。而且还有足够的心情认为：秋阳的无力，正是柔和之大美；未曾嫁娶的男女之间，恰有最恒久的温厚存焉；行到水穷处，正可坐看云起——写不出卓异的作品也是不可怕的，正可以专心欣赏别人的著作，并且以非功利的视角，对书的优劣，做一番快意的品鉴和点评。

掩卷静坐，我内心盈满而温暖。一小册不甚著名的回忆录，在暗光里居然给了我恩德一般的照耀，那么，这世间，哪里还有闲书？王蒙曾说，读书是互见、互证、互相照耀的关系。阅读哈里逊女士的真切感受，让我觉得王先生说得真好，好得如老庄说禅。我忍不住笑了，写作回忆录的念头竟也陡然强烈起来。

既然在读他人的回忆录时，"自我"被见、被证、被照耀，那么就要回报这份恩德，也要为他人提供获取发见、验证和照耀的心灵图谱和生命样本。这既是作为一个普通人知恩图报的道德良心，也是作为一个思想者最起码的写作伦理。

2021 年 8 月 1 日于京西昊天塔下石板宅

愈简易愈真切，愈真切愈简易

——辛丑夏月读札

1

思考环境与人，多有所得，遂撰长篇小说《美狐》。从2020年4月起，鏖战年余，终于在2021年入夏前告讫并付梓。为抚疲惫身心，诉诸读闲书，系钟叔河所编，岳麓书社1986年4月版的《知堂书话》。上下两卷，凡六十余万字，且读且摩挲，费时经月。其间，以知堂所述书目为索引，于网上购书不断，做链接阅读。知堂对子部、集部有大兴趣，所涉古书多笔记、尺牍、序跋、方志、风情、民俗和乡邦文献，是杂与微的趣味。这也正是我之所喜，便拼命邮购，得书二十余部，计有傅青主的《杂记》，史振林的《西青散记》，刘继庄的《广阳杂记》，刘青园的《常谈》，郝兰皋的《晒书堂笔录》，马平泉的《朴丽子》，顾禄的《清嘉录》，颜之推的《颜氏家训》，俞理初（俞正燮）的《癸巳类稿》《癸巳存稿》，谢肇淛的《五杂组》以及《雪鸿轩尺牍》《秋水轩尺牍》《小仓房尺牍》《吴梅村尺牍》等。

2

这些杂书读过，方知知堂之所以喜披览群书，且不遗余力地做"文抄公"，盖因为前人的著述，是出于生命的需要，而绝少世俗的目的，均有沉潜和纯粹的趣味，用知识、智识、情思浸润自己，从而养性、医愚，让昏蒙醒豁，让枯槁葱茏，让肉身脱俗，不借助外力也能飞升，在"立人"的同时，涵养些"神性"。因而书中多有奇思、妙想、警言、真趣、美喻、绝句，对灵魂有大触动，对精神有大震动，在欢悦自己、滋养自己的同时，他生出悲悯和怜惜，不忍心独享，便撷其要者，传递给他人。他虽然也有"嚼饭哺人"或可失去味道和营养的担心，但是，他已经不管不顾，人文关怀的使命，一如乳母育婴，哕其形，倾其心，是伦理之途。

在知堂看来，天地间的大道理、真情味都被前人说尽了，人间世的大辞赋、好文章都被前人写尽了，后人几乎是不再有"说"和"写"的必要。如果肯于下一些"披沙拣金"的苦功夫，安于青灯黄盏，从发黄的册页里"抄"出来，再谦恭地捧示给人，以减少他人的时间成本，不啻一种大功德。

既然是功德，他便严肃、庄重地去做，其前提，是不欺心、不欺世。对那些"孔孟之德"式的谈阔、说教和迂腐、固执，便保有警惕，只选那些贴近人情、人性、人趣的篇章和段落，注重"没有意思的意思、没有意义的意义"，一切立足于"人情物理"。因而他说：

> "那么（前人的笔记）到底好的有几家呢？这话一言难尽。但简单地说，要在文辞可观之外，再加思想宽大，见识明达，趣味渊雅，懂得人情事理，对人生和自然能巨细都谈，虫鱼之微小，谣俗之琐屑，与生死大事同样看待，却又当作家常的话说给大家听，庶乎其可矣。"

3

知堂最痴迷的一部笔记是马平泉的《朴丽子》，为其不仅连续写了三则书话，还在其他议论中多次提及，视其为笔记体文章的典范之作。为此，我迫切地从网上购得上海古籍出版社版的《正续朴丽子校注》（张艳校注），耽读不止。

马平泉者，名时芳，字诚之，号平泉。清乾嘉时河南禹州人。心学家，系夏峰北学传人。他平生服膺心学，精研陆、王论著，对孙奇峰学说尤有心得。他的思想"以本心为提纲，躬行为着落，明体达用为归宿"。因此，崇尚实用事功，反对空疏道学；虽揄扬权谋智术，却反对诡诈之道；他驯顺物理人情，将之与君子的修为联系在一起："君子处世，惟情惟理。情理穷，而君子之途塞然。"（《朴丽子》卷三）。他的情理说，即，论物，要尊重事物自身的发展规律；论人，要以人性的本来面貌为论证为依据，认为，"人情允惬处即是天理"。他齐人物，等贵贱，对在上者不迷狂，对在下者不鄙薄，他说：

> 古人亦人耳，耳目口鼻之所同嗜者，未必大达于人人。(《叙朴丽子》卷十)

他又说，

> 习俗移人，贤者不免。不免俗而贤，斯其所以贤也。圣持古意，恭也，而人耻之，竟至无室，亦太甚矣。夫学古，所以善俗，非以戾俗也。执古意以行于俗，安往而不穷哉？《周礼》大司徒以俗教安，帝王且不违俗，况士庶乎？固矣哉，士之为士也。(《朴丽子》卷七)

整部《朴丽子》，马平泉一以贯之地遵循着这样的叙述伦理，"其学不沦幽渺，不滞言诠，外切求之人情世故，而内直反之吾心自安。峻者夷之，隘者廓之，问者沟之，迂者径之。自是行千里皆坦途"。(汪槐三序)他在《卷一·书屋被盗》中说："愈简易愈真切，愈真切愈简易。"所以，他总是从细部入手，从微处运笔，说浅白的话，说平易的话，说人人都懂的话。在这一点上，他始终有定力和自律，时时提醒自己，"谈精说妙失之空，曲谨小廉失之腐，矜己傲物失之戾"，因而他是学人的底蕴，平民的论说方式。

譬如他用斧子作譬，论物尽其用："樵者持斧斫壁，无所从得薪，而吾之斧钝矣。故用斧在乎得薪，不得薪，则且善而藏之，无为与壁角也。"不仅论理准确，还形象幽默，让人笑而纳之。

譬如论顺势而为，云："君子藏器于身，待时而动。嘉谋远猷，不以时，无功而获罪比比也。"说得多么简明透辟——遇明主而谏言，助益社稷而成就自己；逢昏君而率言，不特遭讽，还要罪愆加身，甚至还有杀头之虞，何苦呢。所以，不察时势而贸然掏心掏肺，那不是情怀，而是迂腐。

譬如他说勇毅与怯弱，高岩与平地，没有断然的优劣，在情势的作用下，会有相反的转变。"人虽至陋，喜尊奉己者。（岂不知）遇攘夺者，懦夫亦奋，庸讵知尊奉之深于攘夺乎？夫足不蹶，遇险而蹶于夷，人不死于火而死于水。攘夺者易防，尊奉者难觉。戒之哉！"在利益面前，柔者也刚；在不防之下，平地也能跌倒；甜言蜜语的人，往往是最危险的人。那么在常识层面直白地道来，往往都是深刻的道理。

4

刘继庄的《广阳杂记》也是以"愈简易愈真切，愈真切愈简易"为圭臬的风物笔记，因之，也被知堂所喜。他认为，其气魄颇与顾亭林的《日知录》相似，但其思想之明通，气象之宏富，运笔之细腻，却非顾氏所能企及。为什么？顾氏论说，矜傲空疏，多说教，有巾袍气。而刘继庄为文，"眼光放在极大处，身子安在极小处"，记民俗，书乡曲，叙生民趣味，一切都是取小人物的视角，让市井和乡野上的人与事自然而然地呈现出固有的意义。

他在卷二中云：

> 余观世之小人，未有不好唱歌看戏者，此性天中之《诗》与《乐》也。未有不喜看小说听说书者，此性天中之《书》与《春秋》也。未有不信占卜祀鬼神者，此性天中之《易》与《礼》也。圣人六经之教原本人情，而后之儒者乃不能因其势而利导之，百计禁止遏抑，务以成周之刍狗茅塞人心，是何异壅川使之不流，无怪其决裂溃败也。夫今之儒者之心为刍狗之所塞也久矣，而以天下大气使之为之，爰以图治，不亦难乎。

他的意思是说，论理，先要入世经俗，开拓其心胸，懂人情世故，于古今兴废礼乐兵农之故一一淹贯，然后贴着人心、人性说话，而不是从古书典籍中寻章摘句，借助古人云的话语霸权，居高临下地指指点点。

综观整部《广阳杂记》，都是理从趣出，雅从俚出，大从小出，一枝一叶总关情，一章一句总关怀，让人喜闻乐见、会心会意，觉得他说得有理，能裨益人生。换言之，读《广阳杂记》，可以辨乡味，知勤苦，悯劬劳，纪风土，存节令，知敬畏，修善真，自食乎其力，自律乎其心。虽非说教之文，天地教化皆已浸润其中了。

5

循着知堂的诱引，我又读到了明谢肇淛的《五杂俎》。其卷十四云：

> 近时文人墨客，有以浅近之情事而敷以深远之华，以寒暄之套习而饰以绮绘之语，甚者辞藻胜而谆切之谊反微，刻画多而往复之意弥远。此在笔端游戏，偶一为之可也，而动成卷帙，其丽不亿，始读之若可喜，而十篇以上稍不耐观，百篇以上无不呕哕矣。而啖名俗子褒然（以）千金享之，吾百思不知（得）其解也。

谢肇淛的语气里透出的，是不可掩抑悲叹，把"寒暄""绮绘"之文视为"痼疾"。他的一声暗叹，在我这里引起强烈共鸣，我不禁拍案而起。盖因为，他的话虽然说在旧时，却恰好戳中了当下文坛的弊端。

当下文人，鄙视"简易"而"真切"的散文传统，一点儿小情感，为状强烈，便无限藻饰，下笔必要万言；一点儿小体验，为况独特，必层层放大，罗列出数万饾饤；一点儿小感悟，为示深奥，必毫无节制地"旁征博引"，敷衍成浩浩长文。

他们这样做，以为就是才华和思想在场，自然就会博人青眼，其实正好相反，漫漫文阵中，就那么一点儿小情感、小体验、小感悟，真正的所得，不过是"稀释"之后的寡淡和浅薄，让人徒然生厌。就我的阅读体验来说，每遇到这样的文字，就会心头一皱，下意识地生出逆反，干脆弃之不读。你不管不顾地"寒暄""绮绘""藻饰""繁衍"，含量不高，却还要费我眼力，乱我心神，我为什么要读？

还是知堂老人说得好：

不管朝代如何更替，岁月如何变幻，"太阳底下无新事"：自然、宇宙、人间，普遍的规律、一般的常识、基本的人性是不变的。我们要甘于平凡，沉静地观察和感受，努力参透人情物理，把知识变成智慧，把伦理变成常识，就会成就出一种明净的关照，这样一来，就能在简易中说出真切，在质朴中道出深刻。

夏月燥热，但读过《知堂书话》和由它诱发的延续阅读，内心一片清凉，真也就进入了"明净"和"沉静"之地，豁然地感到：好的作家，或者说，好的文章，都是质胜于文，深入浅出。

2021 年 6 月 18 日至 7 月 18 日
于北京昊天塔下石板宅

柏辽兹：承享音乐与文学共同的激荡

　　虽然已近六十的年纪，在短短的三年时间里，居然写作出版了四部长篇，便以为自己的文学创作，还是有着上升的空间，便意气风发，雄心勃勃，有大任天降的感觉。便特别想阅读有"激荡"品质的文字，以便激活内在的潜力，更弘毅地前行。恰巧书架上正有一本《柏辽兹回忆录》，草草地浏览了一番，正是"激荡"的品相，就被强烈地吸引，尊神请下。躺倒在床榻上，读得昏天黑地。奇怪的，这本书是东方出版社 2000 年 10 月出版的，当年就买下了，不知怎的，却藏而未读。看来，书和人也有着宿命关系，必要时才相遇。

　　柏辽兹的文字实在是好，畅达、激越、宏富，像大海中的潜流，像旷野下的地火，让人心潮涌动，让人激情燃烧，觉得人要有沉潜的格局：不能像小树，稍一挺身就招摇；也不能像小河，甫一流淌就喧哗。

　　为什么会这样？系因为——

　　这虽然是一部音乐家的自传，却拥有着文学经典的种种特质，乃正经的大作品。其音乐生涯的传奇只是经络，而生命的解析和精神的反思才是内核——它是人的心灵史和思想史。它告诉人们，柏辽兹之所以是柏辽兹，源于他是被文学和音乐共同造就的人物，他的人生意义，不仅裨益于音乐家，也裨益于文学家。

柏辽兹的幼年是幸运的。他出生在有宗教信仰的家庭，在那种轻物质、重灵魂的氛围内长大。他说："自从这种充满魅力的宗教不再焚烧别人之后，它却带给我整整七年的幸福时光，至今还保留着一份温馨的回忆。正当我领取圣餐之时，一支少女合唱团唱起了圣体赞歌，那清澈的声音忽然在我体内产生了一种神秘的震撼，令我感动，感到一片充满了至爱至善的天空在我面前展开，是那么空灵、纯净、美妙，'神圣'油然而生，我合着那优美的旋律，双手合十，放在胸前。虽然十年之后，我才知道，这合唱正是《尼娜浪漫曲》的主题曲'当至爱归来'，但当时我就产生了对音乐的心驰神往！"

而他的父亲，正是一个心中充满大爱的人。他是一个医生，知识渊博，技艺精湛，与患者交往，不仅治病，也医心——耐心地与病人交谈，解答他们心中的困惑。"他是以一种非常无私的态度去完成他的工作的人，并不认为自己是由于生活所迫才勉强为之；相反，他认为他从事这项职业，可以造福穷人和农民。"因此他为普通人撰写医学科普读物，让他们感到，关爱始终就在身边。他便敬重这样的父亲，愿意在他的督导下修习自己的课业。然而父亲对他的功课并不作苛求，却鼓励他在古典文学的瀚海中自由涉猎。"啊，父亲，他同时是我的语言、文学、历史、地理甚至是音乐的老师，有着永不言倦的耐心！"于是他读了大量的文学经典，其中包括维吉尔、贺拉斯的英雄史诗。"维吉尔虽然有着远古的深邃，却可以在他感性的史诗中和我谈论激荡的壮志豪情，点燃了我那星光闪烁的想象之火，让我迷醉在豪迈与崇高之中。"

正是这种音乐和文学的双重启蒙和涵养，使柏辽兹具有了复合的文艺品格，有了"远观"和"超越"的能力：因而使他能够以文学评判音乐，以音乐提升文学（趣味），确立了自己卓尔不群的艺术坐标和价值取向，贡奉了激荡尘俗的艺术成果和精神见地，让两界要人均目瞪口呆、瞠目结舌。

事实上，柏辽兹首先是文学家。他离开家乡，依父亲的意愿去巴黎的一所医学院就读。有意思的是，医学院的学生好像都有文学情结，所以他最先交往的，恰巧是几个酷爱文学的年轻人。于是，对维吉尔、歌德、莎士比亚和歌德、海涅的崇拜，要比对格鲁克、韦伯和贝多芬的崇拜来得强烈。而那时正是个浪漫的时代，文学更能满足青年人在个性上的张扬和对时势的主观干预，便毫不犹豫地接受了朋友的推荐，在多家报刊上撰写专栏文章，发表富有战斗性的、辛辣讽刺的时势评论。他的文章风格引起了一些思想解放的音乐评论家的注意，他们力邀他写批评性的乐评，说他们"想说而又不敢说的话"。一个乡下来的青年，又读过那么多的英雄史诗，世俗的因素丝毫不会影响他放开笔锋。他便意气风发，激情放笔，纵横捭阖，一路杀伐。既冲涤了乐坛上的僵化与腐朽，令"革新者"称快，又开罪了一大批音乐界的权势人物。无论如何，他把自己弄成了一个"知名人士"。他的"知名"，颇具有黑色幽默味道：大仲马、巴尔扎克对他点头示敬、把酒言欢，但是巴黎音乐学院的院长凯鲁比尼和巴黎歌剧院的总经理克罗采尔却对他嗤之以鼻、不屑一顾。

这就注定了，当文学的激情让位于旋律的冲动，专心地进行音乐创作的时候，他的前行之路毫不明媚，而是遍布荆棘、四面楚歌。当他试图通过演唱萨奇尼的《俄耳浦斯》中的一段《她慷慨给予我》，让歌剧院院长认可他对节奏的把握能力，从而聘他为专业作曲的时候，院长的一个暗示，致使指挥不舞动乐棒，伴奏不拉准调门，让他败下阵来。最后，出于怜悯，只给了他一个合唱队员的差事，也只是不至于饿饭。他伤心地哀叹道："当我期待成为一名哪怕是受人诅咒、唾骂的作曲家之时，却成了一个二流剧院的合唱队员——从骨子里被人轻蔑。我真是敬佩我的父母，他们付出的巨大努力竟然获得了这样的成功！"

但现实的打击，并没有让柏辽兹消沉，因为他的文学家朋友不允许他心灰意懒，常邀他一起聚会，共同鼓励和善待他，让他的浪漫情怀始终盈满。重要的是，对文学经典的阅读，给了他一个巨大的启示：他的歌剧作品，正可以从文学的史诗中取材，而文学世界的悠远与阔大，恰恰能推动自己冲出小夜曲、小咏叹等传统的小格局，创作出大乐章、大合唱、大歌剧。他便忍辱负重，潜心苦干，用音乐演绎文学名著，甚至作品中的唱词许多都是出自原著。例如《浮士德的惩罚》、《特洛伊人》、《贝阿特丽斯和贝内迪克特》等作品。

柏辽兹的作品就特别叙事、特别宏大，并且有强烈的主观色彩，这就让传统学院派的人不能接受，便拼命阻挠在剧院上演。在演出《浮士德的惩罚》时，为了营造天堂和地狱应有的赫然气势，他设计了上百个合唱队员同台咏叹的大场面。但剧院不但不给他提供保障，还鼓动演员们借故纷纷溜走。执拗的他决定自己花钱雇合唱演员，就去政府的主管部门申请演出支持资金。幸运的是，那个主管也是个爱好文学的人，对作品中表现出的文学韵味、哲学论题很是欣赏，但他权力有限，费尽心思，也只能给他一小笔。他愤愤地去找大仲马一诉苦衷，大仲马一笑，把自己的钱袋往他面前的桌上一扔，"我这儿正好还有一笔。"

因为艰难，所以珍惜，所以自立——柏辽兹自己挑选演员、自己设计配器，并亲自上台指挥，把自己的作品表演得无拘无束，虽冲破边界，却合情合理，生动有力，疑似浑然天成。柏辽兹在管弦乐中加入钢琴伴奏，使用各种低音提琴，在低音区空缺处使用高低音混合，立体分布铜管乐队，增加打击乐的数量和种类等等，从而用一种不规则甚至是互相重叠的旋律以前所未有的疯狂奔涌而出，原有的和谐音调变化也被突然的音调终端所代替。就这样，柏辽兹不仅顽强地展现着自己的音乐存在，还通过自己的变革，挣脱了交响乐被传统习惯束缚的桎梏，为后来的革新者穆索尔斯基、德彪西、斯特拉文斯基、巴托克和布列兹开辟了道路。

这种坚持个性，逆流而上，反而使柏辽兹获得成功。帕格尼尼看过他的交响乐《罗密欧与朱丽叶》之后，带头鼓掌，公开表示敬慕；李斯特听过他的《幻想交响曲》之后，为其深深折服，许诺一生都要为他效劳；门德尔松在莱比锡热情地为他工作，并亲自为他的作品担任指挥。柏辽兹可真让人眼热，文学家喜欢他，音乐家也喜欢他，文学和音乐都眷顾他，他有厚福！

读到柏辽兹的卓然屹立，我热血沸腾，不禁感叹道：在文学和音乐的共同激荡下，柏辽兹必然会巨大地成就自己——文学给了他支撑，音乐给了他超越，双重的涵养与反哺，使他杰出在二者的相互作用中。

于是我不免想到，我的文学创作，虽然还没有文思枯竭之忧，但已有了自我复制之象，究其原因，是自己太陷于文学思维，有了写作上的定势。要想开天眼，拓心廓，有神游八极的能力，是不是也要主动与其他艺术门类，特别是音乐，建立一种内在的精神联系，让音乐把沉睡的浪漫主义情怀激活，从而有向天地诉说、挥斥方遒的豪迈？一周后，我得出了肯定性的答案，因为在这期间，我又读了一部回忆录——《同时代人回忆陀思妥耶夫斯基》。又知道了，陀思妥耶夫斯基因为与柴可夫斯基、穆索尔斯基的音乐发生灵魂上的碰撞，才促使他形成了自己内省、悲悯的创作主题；因为听了柏辽兹的戏剧交响乐《罗密欧与朱丽叶》，竟影响了他《白夜》的谋篇布局；因为特别喜欢贝多芬的《悲怆》，便把《罪与罚》中的痛苦挖掘到令人胆战心惊的深度。陀思妥耶夫斯基的文学经历，有力地证明了：伟大的音乐家和伟大的音乐作品，同样可以涵养、反哺、催生伟大的文学家和伟大的文学作品！

于是，我内心一片欢悦，对自己说，岁齿虽稀，但思维不能固化、标高不能降低、心火不能黯淡——就从现在起，虔诚地向音乐致敬，缠绵地与音乐结缘，向音乐要生命的激情、心灵的开阔和文学的超越！

2021 年 11 月 21 日于京西昊天塔下石板宅

爱默生与灵魂生活

——《爱默生日记精华》读后

爱默生说，人与万物，虽然都以个体的形态存在于宇宙之间，但都有一个共同的灵魂，这就构成了"共同体"的依存关系，那么尊重他人，尊重自然，就等于尊重自己。这种"超灵"的观念，或许有些抽象，或许过于神秘，但用意是好的，主张人与自然之间要以"共同的灵魂"为基础，互尊互爱，和谐相处，做到由己及人、感同身受、休戚与共。

我想，他真正的用意，是让我们要超越，甚至要忽略万物的外在形态和人类不同的肉体差异、生活方式、行为习惯，从灵魂层面进行沟通，从"共同的灵魂"出发，而相互沟通、相互交融，以避免对抗、撕裂和争斗。他曾在《论自然》中说，大自然的每一处风景，都是人类思想的一个象征物；他也曾在《论自立》中说，古人与今人是穿越时空的"共生体"，古人是今人的"先验"，今人是古人的"赓续"，在"超验"中永生。归结到一点，爱默生是要人们从生命的物质属性中超脱出来，寄情于"精神"和"思想"，以"灵魂"的方式生活。

他在 1827 年 4 月 17 日的日记中写道："让尘世的荣光去它愿意去的地方，心灵自然有它的荣光。它产生的荣光是持久的、不灭的。所以，在尘世的拥有和灵魂的伟大之间你要去选择，切不可二者都想兼具，因为它们二者之间，本质上是不相容的。夜色是美的，但星星把严肃的光投在你身上（让你耻于在美的夜色下，进行淫亵的游戏）。而且清澈的星光让人在孤寂中感受到一种纯净的快乐，是庸俗社会的欢笑所绝对不能传递给你的。"

　　因为爱默生取灵魂的立场，看待事物，便处处施以精神的视角。譬如他在无聊时驱舟航海。"在海洋上颠簸，好像是在岸上的山峰上摇荡。在晕船的昏蒙中，感到人贸然闯入大海，根本就无事可为，是违反自然律的。对这种无聊的闯入，风有权吹折船帆，鲨鱼有权吃人的身体。海的音乐是凄凉的，是带警告性的；对视觉和听觉，海浪与风云与其说使人想到美，不如说想到力、想到尊严。抽身返回之后，不得航行的遗憾便很快平息下去，升起一种对崇高的敬畏。"（1826 年 12 月 3 日）

　　所以，他特别欣赏梭罗在瓦尔登湖畔"筑屋而居"，以极简的物质条件，只满足于最起码的生存需求，然后专心地观察自然，从中获取天地之间的哲学，远离欲望，饲养灵魂。他在 1830 年 6 月 24 日的日记中说："一个人的优秀品质，是后天修炼的结果，在大自然面前，我们都是一样的孩子，只有自觉地启蒙，努力发现真理并渐渐积累，心灵才有了厚度，从凡俗的遮蔽中脱颖而出。"他举例说道，"厚厚的雪覆盖大地，一片洁白，人心不免被触动，感到大面积的洁白，让人肃然起敬，心情平静，不生多余的贪念。相反地，如果你跟着人群走进商店、会场和社交界，就会被迷乱、蛊惑，心情就会浮躁起来，虚荣抬头，下意识地就想攫取。所以，社交的行为是有害的，要想抵抗这种不良影响，大自然是解毒剂。你从吵吵嚷嚷的商店和熙熙攘攘的公共场所出来，看到天空与树林，不仅立刻感到风清气爽，而且还会想到，物质的多寡，真的不是那么重要，因为清风明月的欣赏，不需钱，而且，谁也不会为黎明和黄昏交税。

爱默生的议论，一点儿也不虚妄，因为如果善于透过红尘，做灵魂的拷问，在精神层面，基本上都会有相同的生命体验和生活观念。譬如在吉田兼好的《徒然草》里，就有类似的意思："为无益之事而费时日者谓之为愚人，若谓之为谬人也未尝不可。人所不得不营求者，一食，二衣，三住居。人生大事不过此三者。不饥，不寒，不为风雨所侵，闲静度日，即为安乐。但人皆不免有病，如为疾病所犯，其苦痛殊不易忍，故医药亦不可忽。三者之上，加药成四，凡不能得此四事者为贫，四事无缺者为富，四事之外更有所营求者即为贪。如四事节俭，无论何人当更无不足之虑也。"

因为有"共同灵魂"的理念，爱默生坚定地相信，即便是个体的生命消亡了，但灵魂是不灭的，它依旧存在于他人的欢笑和万物的葱茏之中。所以，他达观处世，无所畏惧。他在1831年12月19日写道："我不怕死亡。我相信那些害怕它的人是因为他们用世俗的眼光看它，而不是从灵魂的视界打量，觉得死亡就是结束。什么是使你对死亡毫不感到遗憾的原因呢？如果是吃喝、穿、聊、现实的实现和发财的欲望，它们必然会随着肉体的消亡而消亡。这就悲观了。如果是思想，精神的著述，善良的爱意，仰慕值得仰慕的东西，克己无我，道德完善，那么它们就比死亡存在得更久，延续进他人和万物的永生之中，将使你死后跟生前没什么两样，一样的有价值，一样的快乐。"

既然认为灵魂不灭，爱默生便特别愿意亲近孩子，在学生那里进行思想的启蒙，引导孩子们跟他一起"同频共振"，一起探讨和体会"真理的问题"。他很吃惊，发现孩子们不仅"一点就通"，而且还反过来给他很多启发，于是他感慨道："对真理的认识是没有年龄和岁月的限制的，只要肯动脑，年龄、性别，都没有关系。而且在伟大自然面前，我们都是一样的孩子。"其实他的这个感受，早就被他的前辈诗人华兹华斯写进了自己的诗里："每当我看见天上的彩虹，／我的心就跳动飞升；／在我刚出生时它是这样，／现在我长大成人它还是这样，／就是我变老死去时，它将还是这样！／——儿童是成年人的父亲。／我多么希望，在将来的每天每时，／自己都能保持对大自然的虔敬与童贞。"这是灵魂不死的多么有力的例证，华兹华斯昨日的灵魂一直就附着在飘逸的彩云之上，就等着爱默生在仰望天空时在他心里复生。

这就不难看出，孩子和大自然有着天然的联系，他们是

"共同灵魂""永恒真理"的承载，时时邀约着人类的思考，让思想和精神即时到达。

这也就不难理解，为什么爱默生那么喜欢和尊重梭罗，不仅支持后者在自己的庄园里筑屋而居，搞他的极简主义的"超验"实践，而且对他的生存态度和灵魂体验（思想）极力推崇，因为梭罗既"单纯""幼稚"，又"倔强""固执"，是"孩子和大自然的混合体"。

从梭罗身上，爱默生不断衍生着自己的思想，他在后来的日记中金句叠呈：

> 我要变成一个隐士，满足于自己的命运，我从跟智者的会晤中摘取黄金果。要像树木一样隐忍地活，忍受一段一段的孤独，那么，我自己树木的果实必然会有更好的香味。
>
> 既不要羡慕俗世的浮华，也不要迷醉于过量的阅读，要多到大自然中去。因为书籍不过是拐杖，是体弱和跛足人的帮手，倘若由强健的人使用，会削弱肌肉的力量，成为赘物。纠正偏执或偏见的办法，就是要求助于"经验"。我要为了种子而播种太阳和月亮。
>
> 物质的追逐会成为灵魂的负担，它会使人心烦意乱。所以，我焦虑不安地保护我心境的平静，如同吝啬鬼防卫他的财产。人的价值跟他灵魂的结晶——作品必须是相等的，我的时光浪费不起。

造物主是在人们的心中建立庙堂，而不是建立物质的庙宇；写作也是为了传递心灵的消息，而不是为了短暂的现实利益。所以，不管时代和公众舆论，只为心灵的需要而写作的人是快乐的；只喜欢把思想传达给读者而不为推销而写作——永远写给不认识的朋友的人是幸福的！

　　　　　　　　　2021 年 4 月 17 日 58 岁生日之际
　　　　　　　　　于北京昊天塔下石板宅

与爱默生的共鸣

　　"五一"假期，因为疫情的原因，只能宅坐在家里。坐，便想写，却思路凝滞，无从下笔。在抓耳挠腮之际，突然想到蒙田所说的"坐行"二字，不禁眼前一亮：因为他所说的坐行，其实就是阅读。通过阅读，即便是坐在原处，却可以穿越远古，却可以神游远方，是"行远"的动作。

　　便拿来一卷厚书，系美国作家、哲学家詹姆斯·埃利奥特·卡伯特著的《爱默生传——升为自由》（黑龙江教育出版社，2017 年 4 月第 1 版，佘卓恒译、孔谧校）在桌上摊开阅读。

　　这部传记，是爱默生生前授权撰写的，是目前公认的权威版本。卡伯特是爱默生的学生，人生的大部分都跟老师在一起，他在爱默生晚年和去世后，致力于乃师的日记、书信和全集的编辑整理，用力甚巨、贡献最大。因而也使他选取了通过日记、书信的形式，记述传主风貌、情感和思想。资料占有和在场呈现的优势，自然使这部传记成为经典，

　　但是，这部传记，太沉湎于文献，且一板一眼地堆积事

实，绝不合理发挥想象以还原现场的氛围、情势和语态，因而叙述沉闷，可读性便大打折扣。而且，学者写传，太注重学理，依逻辑阐发，无一句俗语，且取精弄宏，处处深奥，好像天赐玄思，不可亵渎。读起来很是困难，久久不能进入。很想废书另选，记得孙犁先生说过，人选择书，书也选择人，读不懂的书就不要硬读，因为它与你的性情不合，不属于你。但是，大多数的杰出者都谆谆告诫，只有难度阅读，才能使人有眼界的广度、情感的厚度、思想的深度、精神的高度，否则，你永远是凡人，始终匍匐在表象之上和浅思维之中，多拥有一些小感受、小感动、小感悟，你看似庞大，不过是婴儿肥。在两种阅读观的纠缠下，我最终还是决定继续读下去。因为近些年来只是忙于写，很久没有正襟危坐地认真读了，而"认真"的标志，就是读有高度、有深度、有难度的文本，就是要探险、攀登。而且居家避疫、足不出户，正好有整段的时间，为什么不难度阅读？还而且，有个不知从什么时候形成的"暗心理"，好像只有有难度的阅读才是正经事，才是正经做学问的态度，于是便硬着头皮读下去了。

这一阅读可不要紧，我沉浸其中不能自拔。却原来，冷面孔之下有温热的心肠、沉寂之下有灵动之声、隔膜之下有相通的感情——我不时与爱默生有生命的、情感的、思想的共鸣，便开始享受在难度阅读之中。为什么？远看是寒峻光秃之山，只一片苍茫与荒凉，但当你攀登到中腰，却发现青翠与秀色就藏在大山的皱褶里；远听是无声与枯寂之地，似无生灵奔跑与生命呼吸，但当你临近峰顶，却听到百鸟啁啾，以至于不绝于耳。

便叹而曰：阅读的行为，千万不要受制于他人的观念，因而做先入为主的舍取，要亲临阅读现场，用切实的感受做引领做驱动，或许就天光乍现、或许就柳暗花明，让你流连忘返，进入阅读的圣境。

爱默生小的时候，就与众不同。

他不喜欢参加儿童的游戏。据常到他家做客的牧师威廉·亨利·弗内斯回忆，"爱默生不仅仅是不喜欢儿童游戏，而且是根本不参加其他男孩乐于玩耍的游戏。虽然他身体孱弱或许是个原因，但主要是因为他很小的时候，思想就沉浸在一个更高的层次。关于这一点，我最深的印象就是，他总是沉浸在对书籍的阅读之中，对来访的儿童不理不睬，以至于他们感到很没意思，渐次离开。"

爱默生拉丁学校的同学鲁夫斯·达维斯也说："他是一个穿着蓝色花布衣服，一脸高深的男孩，人们都疏远他，可我却觉得，他身上散发出一种天使般的气息，强烈地与众不同。"

因此，爱默生与儿童们的交往方式，就是站在自家门口，冷冷地观察，看他们如何打闹，如何在粗鲁的举动中，欢笑、跳跃。从不露声色，看不出他是欣赏，还是鄙夷。

传记的作者卡伯特论述道，爱默生的天性，源自他的牧师家庭，"血管里流淌着许多祖辈牧师那种'精神指引者'的血液，有一种潜在进化的优秀品质，一种对人生最具价值的事情的清晰认知。"

依照他的说法，生理特征可以遗传，精神气质也是可以遗传的。这正暗合了波德莱尔"血液制衡论"观点，好像也很是说得通。看来，唯心主义、神秘主义和形而上学的东西在我们这里被视为荒诞不经，但在西方却是通行不谬的，不仅被当作正经学问，也被尊为生活哲学。不过，卡伯特举的具体例证甚好，说明人的气质的确有先天而来的因素——

一个星期六，爱默生的祖父与他的父亲威廉一起步行前往教堂，威廉的父亲突然问他："威廉，你走路时的感觉，怎么好像整个世界都对不起你？"威廉一愣，很快就回答道："父亲，我并没有这样的感觉，相反，我却觉得你走路时的感觉正好像整个世界都对不起你似的。"

爱默生知道这段祖上的对话，所以，当别人看他走路的样子，也露出惊异的样子时，他会自我解嘲，"怎么样，我走路的感觉是不是好像整个世界都对不起我似的？"

这说明，爱默生家族的确遗传了一种精神气质，即：高傲。

在现实生活中，人一高傲了，就本能地不从众，就与周围环境隔阂，就好像"沉浸在一个更高的层次"上，看不到或者不屑于看到芸芸众生的生活样相。这种行止，在我们京西，被称作"各色"，被视为"不合群"，会被邻里歧视并揉搓（蹂躏、排挤），揉搓到最后，让你"合群"，并学会低头走路。这样一来，不同就变得相同，不俗就变得通俗，大家都一样了。这就是个性泯灭、天才消失的真相。

但在美国，却任其个性存在、发育、壮大、凸显，并采取欣赏玩味、鼓励敬佩的态度。于是，高傲便成就了爱默生家族，也让爱默生一直高高在上下去——他的《论自然》被认为是新英格兰超验主义的圣经、《美国学者》被誉为"美国思想文化领域的独立宣言"，一直身居思想的引领者地位，最终成为"美国文明之父"（林肯语）。

其实，爱默生的"高傲"，虽然有遗传的基因，更主要来自他后天的自我培养，即，从童年就开始的对阅读的"沉浸"，是其最大的成因。她的姑姑玛丽回忆道，"在寒冷的冬天，他用长袍盖住了下巴，在散发着木头气味的工具间里阅读文章，人都快冻僵了，他却还莫名其妙地笑着。"这种着魔似的阅读，使他早熟，很喜欢与比他年长的人相处并交流，而不是与同龄人。为什么？他后来在他36岁生日的日记上给出了答案——因为年长的人对我怀着猜疑的态度，觉得我不懂什么，很不愿意跟我说话，那么，就刺激我必须跟他们交流，让他们知道，在博识与思想面前，年龄并不成问题。相反，同龄人虽然喜欢跟我交流，但我不喜欢，因为他们跟我不在一个层次，心无长物，便多说无益。

在这一点上，我与爱默生产生了强烈的共鸣。

因为我出生在京西的大山深处（上世纪六十年代初），儿时的记忆，便总是跟饥饿有关。那时，每顿饭都是稀粥咸菜，每个晚上都饥肠辘辘、让人失眠。小小年纪就失眠，却无人怜，便委屈得只想哭。但看劳累了一天的父母正睡得熟，小心眼里也生体恤，便不敢哭，于是翻身下地踱行不止。便看到靠西墙的柜子上有一个红漆剥落的小箱，上边还上着一把锈迹斑斑的小锁。怀着愤怒去拽那锁，竟开了。掀开箱子，居然是一摞书本。成色尚新，暗光下也能看到书页上彩色的插图。好奇之下看了一眼土炕，就见母亲抬起头来，低声说道："那里边没吃的，是妈的小学课本。"这图文书竟对我产生了吸引，接下来就缠着母亲教我认字。母亲说你还没到上学的年龄，先不急。我说，急，我一见到这些字画，我好像就不饿了。母亲先是教字，教着教着就不耐烦了，便径直教我拼音，然后对我说："我还要对付田地，没工夫伺候你，你就自己'蒙'着看去吧。"借着拼音，很快我就把那摞课本读完了，再见到邻里的小伙伴，就不愿再跟他们在一起玩耍了。因为跟我相比，他们什么都不懂，在我看来，他们简直就是一帮傻子。因此不到上学的年龄，我就到村里的小学去报名。校长不同意，我就把自己的"本事"显示给他看，校长笑了，说，你也别上一年级了，就直接坐到二年级的教室里去吧。到了后来，课本上的知识不够学了，我就常到村部去，看上边赠阅的《人民日报》《解放军报》《红旗》杂志和《北京日报》《华北民兵》。

这事实上就造成了我比同龄人处在"一个更高的层次"，便跟他们无话可说。反倒特别喜欢在大人们议论什么的时候，不由分说地插话，而且还对他们的生活方式、生产方式指指点点。他们在惊愕之余，居然也采纳一些我的观点，这样一来，我便觉得，比成年人还处在"一个更高的层次"，走路的时候，就觉得整个村子都对不起我，就有了一种强烈的"出逃"意识：这里不属于我，横竖要走出去。于是，一路苦读，终于有了今天，每一忆及，都唏嘘不已。

与爱默生的共鸣，让我不禁感到，阅读绝对不简单的是一种求知方式或生活方式，它也是反抗不公、逃离苦难、抵制庸俗、不陷堕落，实现"更高层次"的人生价值的自我救赎、自我成就之途。因为阅读（读书）是一种自主行为，它最彻底地体现了"平等"的原则：无论贵贱、无论贫富，无论东西、无论今古，无论长幼、无论男女，只要肯于阅读、坚持阅读，就会超越人的现实处境，进而带来人生境遇和人生境界的改变和提升。正可谓，我心不奴，我为我王，我命吉祥。

1817 年 8 月，爱默生进入哈佛大学就读。当时大学的教育方式还停留在"教育高中生的阶段"，学校的目标只是教给学生一些书本上的知识，而不注重学生思想层面的提升，更不引导学生挖掘自身的潜能，其情状用"背诵"一词就可以完全概括。这种照本宣科，着眼于应试的教育，让血液里流淌着"高傲"品性、从小就喜欢自由阅读的爱默生颇感不适，他认为，大学所进行的教育对他来说没有什么用处，无法从中获取对心灵有益的知识。于是他选择了"反抗"，绝不死读书、读死书，而是在符合他天赋和秉性的书籍上下功夫，至于数学、几何、物理等学科，能应付到考试及格便罢了。

白天他度日如年，因为要装出认真听讲的样子；到了晚上，他便心花怒放了，因为他可以自由地阅读乔叟、蒙田、普鲁塔克和苏格拉底、柏拉图等人的作品，不仅可以获得广博的知识，还可以得到极大的心灵抚慰。他曾对卡伯特说过，"作为学生，我为自己未能完成老师布置的作业而感到抱歉，虽然我已经很努力地强迫自己学习了，但内心强大的本能，让我更想阅读奥维特、马辛杰、华兹华斯、柯勒律治的作品，或是更希望用上课的时间前往奥本山那里散步，以思考和消化我所读到的东西。"

卡伯特理解他，便在传记中议论道，"让一个孩子为了原本纯粹的乐趣而不得不做出愧疚式的忏悔，这是不公的。"

但是，就是这种服从"天赋和秉性"的阅读，让他开阔了视野，发现了自我，找到了最能发挥自己潜质的主攻方向。他发现，自己不仅有着巨大的阅读能力和吸收能力，而且所有阅读所得，在他那里都能有序地储备并不断地产生深刻的联想，从而演化出自己的思想。这种层出不穷的"新思想"，让他内心激荡，总想着迅速地传递出去，让更多的人知晓，并对他们发生作用。更让他激动不已的是，他在大量阅读了英国浪漫主义作家的作品之后，从柯勒律治那里接受了"先验主义"的概念（这很重要，这是爱默生超验主义产生的基础），认为思想并不是玄奥的存在，它是源自人们感性、感知的自然生发，所以普通人也是有思想的。问题是，普通人没有知识和文化的支撑，没有表达的能力，更没有传递的技能，像土地上的萌芽，刚一露头就枯萎，也像土地上的浮尘，刚一飞起就落下，自生自灭了。这让爱默生强烈地感受到，表达能力要比单纯地接受知识或者单纯地主观思考更重要，于是，大学还没毕业，他就有了自己的打算，他要去当牧师，要到处去"布道"、演讲，让思想作用于社会，极大范围地惠及于民众。为了获得"流畅的演讲能力"，他在校园里就开始了"如何把深奥的思想，用简洁、准确、朴实的语言表达出来"的自我训练；为了让演讲活泼、生动、有力，他在"完整阅读"的同时，进行了海量的浏览，以"摘取和积累优美的句子"。

这就解开了我原来的一个疑问，为什么爱默生先锋的"超验主义"思想，竟不是由一部部长篇巨著来呈现，而是蕴含在一篇篇简短而精彩的演讲录里？对他传记的阅读让我豁然顿悟，我开心极了，尽管传记的文字还是那么的刻板，但我却觉得它越来越有趣了，甚至是欢悦的、享受的读物。不仅如此，爱默生的这一经历又一次验证了我既往"选择"的可喜，有了与精神相通类同的又一次共鸣。

通过用功读书，我终于得以从那个饥饿的山地"出逃"。由于出逃是一个慌不择路的动作，我稀里糊涂地考上了一个农业院校。学校的课业是土肥、遗传、育种、栽培、植保之类，均是关于作物生长的知识。而且教学的方式是书本与试验得兼，便一天课堂、一天田间。给我的感觉好像还没有真正从土地的束缚中挣脱出来，学习便没有热情，对那些课本上的内容也就没有兴趣。奇怪，农业院校居然有一个馆藏十分丰富的图书馆，而且大部分都是文学方面的书。那个岁月，正是易感的年龄，文学书对我便有极大的吸引力，即便是上着专业课，我也低头在桌洞里看《幻灭》《羊脂球》和《伏尔泰小说选》等等。便常常被任课老师捉住，告到班主任那里去。班主任让我在全班做检查，并威胁说，如果我的成绩不及格就给予处分或干脆作退学处理。于是，既不敢懈怠专业，也经不住课外书的吸引，两者兼顾，就显得我特别勤奋。虽然我专业考试门门良好，但班主任依然批评，我不服气，说，我的成绩已经良好了，为什么还不饶？班主任反问道，你为什么不考个门门优秀？于是我索性逆反起来，公然阅读文学。班主任也执拗，责令我写书面检查，交到校长那里备案。我用了一个晚自习的时间写了一篇近万字的检查，还加了一个题目，《既当农学家，也当文学家——我的检查》。校长看了之后，对班主任说，这个学生是个怪才，你也就别用常规观念和手段对待了。从这之后，班主任就不跟我较真了，只是一见到我就一脸阴沉。我知道他在校长那里失了面子，也在学生面前失了威信，便觉得有些对不起他，一边不停地在暗地里满足着"纯粹的乐趣"，一边在他面前低头走路。

这种服从于"本能与热情"的阅读，让我几乎读遍了学校的文学馆藏，包括哲学馆藏，装了一肚子的世界名著和"汉译世界学术经典"。这些东西在我的肚子里反刍、发酵、消化，陡地生出一种壮大蓬勃的东西，便对自己说，你且看吧，即便是从山里"出逃"的，一旦落在平原，也不会湮没在生存的凡常与变数之中，横竖会脱颖而出，甚至出人头地！

这种豪迈，果然被日后的生活所承接，成为在困境中突围的动力和能量。事实是，我毕业后被分配到京西的一个平原乡镇，做了镇里的一个科技员，负责全镇两万七千亩蔬菜种植的技术指导。因为蔬菜与民生有关，而又是那么大的面积，我便生出光荣与责任交织的东西，对文学的热情也就知趣地退隐在一旁。那些年，茬口安排、技术指导、病虫害防治，甚至是蔬菜销路，我都不辞辛苦，承揽一身。为了增产增值，我把小黑板架到田间地头，给菜农讲授并推广新技术，干得有声有色。在专业上，论文获奖，提前晋升农艺师的职称；在工作上，群众满意，领导欣赏，仕途前景大为看好。但却陡然有变。农村城市化猝然加速，大道通衢覆盖了田间小路，商号霓虹吓退了猥琐小贩，土地渐渐变少。与我有直接关系的是，那两万七千亩菜地不能再种菜了，而改"种"楼房——房地产开发的隆重登场，让我已无用武之地。我从专业"退场"之后，自然要陷入忧伤与失落；在枯坐的时候，随手翻阅着报纸副刊上的散文、小说。这一翻不要紧，文学的情感倏然露头、文学的储备倏然放光，让我眼前一亮，豪迈地一拍大腿，也罢，咱正好搞文学。

读爱默生，回望来路，我又不禁觉得，虽然爱默生的做牧师，是他的主动选择，而我的当作家，是情势的逼迫使然；

但背后的成因和支撑，都是源自出于"天赋和秉性"的自主阅读。由于这种阅读有着乐此不疲的激情，便有了广阔、深刻和牢固的吸收，其知识和学养就嵌入骨髓，就内化成自身的细胞和基因，生命的承受力和创造力就大了，既可以乘势而上，又可以逆势而为，便不再有成败之虞。陆机在《豪士赋序》中说："夫立德之基有常，而建功之路不一。何则？循心以为量者存乎我，因物以成务者系乎彼。"通俗地说，人要想成功，一靠自我（存乎我），二靠外力（系乎彼）。靠自我，靠什么？循心也。既要顺应内心的呼唤，也要涵养强大的心力。而心力的养成，走万里路，读万卷书，是也。这就一如爱默生那样，上了"一个更高的层次"——读书，不仅可以求知，增加内涵，还可以提升心力，就跟生命的质地有关了。所以可以说，人的生命高度，是靠一卷书一卷书码起来的；人的生命宽度，是由一本书一本书摆开来的。

爱默生传读罢，我还想说的是，读传记作品，不论是"考据派"的写法、还是"抒情派"的写法，阅读的时候，只要把"我"摆进去，就变成了"自我派"，"我"与传主对话，传主与"我"验证，就有意思了——文本有了文字之外的张力和活力，阅读有了传主之外的衍生和启发。这时的所谓难度阅读，正可以化解"生命不能承受之轻"，心灵自由地飞翔的时候，依然保持着自身的重量。

由此推开去，无论做什么，只要把"我"放进去，就增势，就能动了。譬如写作，"有我"的写作与"无我"的写作，究竟是不同的——"有我"的写作，因为可亲、可爱，还可信，就比"无我"的写作，更深入人心，便立身于"一个更高的层次"了。

2022 年 5 月 8 日—10 日于京西石板宅

华兹华斯，大自然的"谛听诗人"

华兹华斯讲述自己心灵成长的长诗，直到他死后才得以出版，竟被命名为《序曲》，不由得让读者好奇。这部诗稿，在不同时段，诗人都涂涂改改，留下了不同形式的手稿，在抽屉的幽暗里存了五十年之久，至死才得以见天光。这真是一个哲学：死亡没有什么不好，死亡是一个谜底，给生命以解。换言之，死亡是一个序曲，在公共层面的生活，从这一刻开始。于是，《序曲》被争相阅读，遂成经典；诗人也被重新发现，冷的诗句都变成了热的思绪，缭乱了人们的心扉。

同许多伟大作家一样，华兹华斯从他薄有诗名的那天起，就特别注意转移人们对他生平的兴趣，他很早就声明："实际上，我的人生平淡无奇。"这近乎谎言，但能呼唤助力，编织起一团厚厚的神秘，可免遭"祛魅"，使人们保持在对他不竭的猜想中——靠想象，"完型"他的形象；靠读诗，"铸造"他的灵魂。于是，他生前美轮美奂，他身后富丽堂皇，都是高光时刻，所以贵为"桂冠诗人"。

我原来以为，既然他有和其他大作家一样的"心机"，那么他便也是个被"名声"催眠的人，就不可爱了。但读过他的传记之后（《威廉·华兹华斯传》，斯蒂芬·吉尔著，朱玉译，广西师范大学出版社 2020 年 11 月第 1 版），我转变了这样的看法，觉得我是被人云亦云所"误导"了，对华兹华斯的认识有了想当然的成分，甚至还有刻意的"解构"在其中，并非"进入"和"在场"的切实感受。

斯蒂芬·吉尔的《威廉·华兹华斯传》写得真好，他用文字造就了一泓大湖，其湖面阔大，水接天地，场域纵横，且杂花生树、莺蝶乱飞、兽鸟逡巡、山雨空蒙、人畜共依，有看不透的光景，有猜不透的神秘。因此，读的时候，心态大变，便既不想看透也不想猜透，只想在好奇心的驱动下，在里边探探寻寻，自然承享迎面而来的一切。于是便放任自己的目光，轻轻松松地在字里行间游走。

因为是自由的游弋，不带功利的探寻，就有意外的发现——原来华兹华斯是天赐的人物，他的诗是天赐的韵语，是无法营造的"这一个"。

华兹华斯幸运地出生在英格兰湖区北部的小镇科克茅斯，小镇处在霍克斯海德湖与温德米尔湖之间，堪称湖区的"心脏"。华兹华斯幸运地出生在一个地区治安兼税务官的家庭，使他能不被管制地在广大的湖域里到处行走。华兹华斯幸运地拥有一个美丽、聪慧而多情的妹妹多萝茜，既能体会他的情感变化又能及时地给他抄写诗稿，甘当"诗童"，且一辈子不嫁。华兹华斯幸运地拥有一个同情、赏识并敬佩他的老同学，在他丧父之后，以遗产的形式给了他一笔年金，使他没有生存之虞。华兹华斯幸运地遇到了柯勒律治和骚塞，能够在自足的"诗的氛围"里恒常地进行交流与切磋，既享受友谊又收获诗歌。幸运叠加于华兹华斯一身，几乎已无"幸运之外"的幸运，那么说他是"天赐"，便有了不可辩驳的味道。

华兹华斯的出生地，是典型的英国传统村庄，蓝天、山脉、玫瑰、古色古香的小屋、鹅卵石铺就的街道，还有教会和文法学校。鹅卵石铺就的街道，自然会把华兹华斯的脚步牵引到湖区山水的深处，让他多见、多闻、多识，进而多情、多思、多梦，再进而多感受、多浪漫、多诗文；而文法学校的正规教育和教堂的钟声，则可以奠定他的心灵底色——正直、尊奉、自律、节制、朴实、勤勉，当然还有善良、同情与爱。那么，走向未来的华兹华斯就有了"周正"的"模型"：放歌而不放纵，浪漫而不浪荡——恭俭温良、友善率真，悲悯慈和、妩媚和谐、山水赋我、灵魂安详……一切都属于诗，便自然要具形成诗，且真纯到每一段章节，精粹到每一个诗行。

最重要的是，华兹华斯几乎一辈子都没有离开过自己的出生地，这就使他的种种幸运，汇集为他的"终极"幸运。虽然他从剑桥大学圣约翰学院毕业后，去了法国，对法国大革命怀有热情，回到伦敦，也想在政坛成就一番革命的伟业。但英国的官场腐败，容不下他的书生意气，加之家人反对，断绝了对他的生活救济，使他不得不返回家乡。于是，湖畔——成了他一生的栖地，这就意味着，他终生要接受的，是大自然对他的教化和造就。

华兹华斯回忆说，霍克斯海德和它身边的埃斯威特山谷包含了对他来说最重要的一切：大自然的美，人，简单的快乐，都时时刻刻激发他的想象，催促他用诗歌的形式表现出来。事实上，霍克斯海德是他的"欢乐谷"——大海的怀抱，简易的茅舍，淡淡的炊烟，纯朴的女性，使他进入古老的童话般的胜境，这里的人们都"以慈爱之心为他设计玩具"，用爱万物、爱人的一举一动，软化善化他的心灵，自然而然地涵养了他的诗心，让他只想用"美妙的音符"报答以歌。

简单的快乐与美让华兹华斯迷醉其中，他说："你在小天地中操劳，清白而忙碌，岁月中的乐事，却在平静中日渐充盈。"他在岛上与小伙伴娱乐，谛听"礁石上吹起孤笛"，有摄魂的感觉。他在《序曲》中歌咏道："夜幕降临前，当我们乘上小船，／在朦胧的湖面上返回，当我们／把集体中唯一的乐师送上小岛／然后轻轻划去，听他／在水面的礁石上吹起孤笛／啊，就在这一时刻，平静而凝滞的湖水变得沉重，／而我快意地承受它无声的重量；／天空也从没像现在这样美妙，／他沉入我心中，／像梦幻一样迷住我的魂魄！"

这种迷醉几乎是常态，便让华兹华斯觉得，诗是不邀自来的篇章，不需他辗转反侧地"苦吟"，当个"倾听的诗人"就得了。奇怪地，静静地观察，静静地倾听，使他有了一种"异秉"——视觉、触觉、味觉、听觉、心觉都特别敏捷，幽暗里也看见缤纷，轻淡里也能闻到异香，无声里也能听到哗响，无趣之处也有诗。他对妹妹多萝茜说，最微末的诱因也能让我在心中构筑最宏大的殿宇，好像我有不断"膨大"的能力。

说到多萝茜，她是大自然给华兹华斯的"特赐"，是他认识人、认识人性的"传感神经"。他对外部世界的感知，几乎都是通过多萝茜的"人类之爱"才赋予了确定的意义。所以，华兹华斯终生依赖于她，承享除了妻性之外的种种母性之爱、女性之美，并化为写诗的源泉甚至是内核。他在给多萝茜的一首诗中写道：我未来年月的恩惠／儿时已陪伴着我：／她教我看，教我听，教会／谦卑的忧思，敏感的敬畏，／心灵涌出甜蜜的泪水，／还有爱、思索和欢乐。可以看出，经由多萝茜，让华兹华斯有了感情的升华：对大自然的爱，把他引向了对人类之爱。

乔治·艾略特说："没有哪一个人的私人生活不受制于更加宏阔的公众生活。"但是，大自然的蛮荒形态之下，神秘的灵性之力，却可以让人"摆脱"公众生活的俗鄙和卑下，这一点，华兹华斯有深刻的体会。他说："仁慈的大自然与高尚的人之间有一种精神上的同构与和谐，因而我有了满肚子的诗。"

华兹华斯还多亏了有一个也是终生陪伴的知己柯勒律治。因为后者基于对他深刻相知，给他予以准确的定位和诗意的塑形——"华兹华斯是个大自然的哲学诗人，他的灵魂栖居在宇宙的宫殿，他凭借直觉而非推理去发现真理。"

读过华兹华斯的传记，我对柯勒律治的论断是深度地认同的。其实华兹华斯的伟大，没那么神秘，也没那么深奥——他的经历很简单，就是"湖畔"的生活；他的诗歌也很单纯，就是"感性"的自然抒发。换言之，他是"安享"的意象——他安享于"湖畔"福地，终生进行对大自然的阅读；他安享于"感性"禀赋，始终捕捉在大自然中的感受。他天天在大自然中阅读——诗是他观察、体验、思索之中，随时写下眉批，日积月累之下，就卷帙浩繁了。

华兹华斯还给了我一个启发：面对我们的写作对象，不要总是想着挖掘高义、阐发深邃、呈现不凡，而是要寄情于写作对象本身，热情地拥抱它，感受它，感性地享受即时即景下的生命体验，然后为了备忘，也是为了感恩，记录下那平常平凡中的真情实感。也就是说，视域一放低，就看真切了；企图一放小，好诗就来了。还有，人们总是说，人一老，要懂得做"减法"，会换来快乐；其实不如一开始就对生活进行"减化"（简化），只着眼于"该得到的"，反而得到的就多了。譬如华兹华斯的只钟情于诗。

2022 年 5 月 18 日至 20 日于京西百花山下石板宅

感性的大地道德

在我的阅读生活中，有三部质朴而隽永的书是我长读不舍的：一是梭罗的《瓦尔登湖》，一是苇岸的《大地上的事情》，另一部就是《彭斯诗选》。说它们质朴而隽永，是由于三部书都写的是土地上的事情，均以土地的深厚、平静和质朴来挖掘生命的本源与精神的原点；无论散文还是诗，其语言的质地都是那么的简洁、清澈而准确，不事铺陈，绝少杂蔓，自自然然地点化着，率然地告诉你心灵的消息。它们的精神命脉是一致的，便是梭罗所说的"大地道德"。

"大地道德"在他们那里，已非生态学的意义，对土地的热爱与尊重，已作了伦理学的延伸——尊重生命，崇尚和平，完善道德，节制自奉，忠于精神，勤劳向善，等等，已成为一种生活原则。写作对于他们来说，不是生命的派生物，而是生命本身。人格与艺术的一致性要求，使他们回到了生命的原点——人性与爱。

然而，梭罗、苇岸和彭斯之间，是有区别的——

梭罗与苇岸对"大地道德"有着自觉的思考与追求，他们的精神活动是置身于理性光辉的照耀与引领的。因为，从世俗含义说，梭罗与苇岸已不是"土地人"，而是现代城市文明中的一个代表性"符号"：士。他们对土地的亲和是以精神为指归的。即便梭罗在瓦尔登湖畔筑屋而居，亦不过是这种亲和关系的试验方式，或者如林贤治所说，系"一种人格的实践活动"。是以获得感性体验为出发点的。

在士阶层中，梭罗与苇岸是心灵极端敏感的人，敏感得甚至有几分神经质；因此，他们最深刻地感到了物质对精神的积压。正如苇岸叹息的那样："这是一个被剥夺了精神的时代，一个不需要品德、良心和理想的时代，一个人变得更聪明而不是更美好的时代。"士人格的内在驱动，使他们不甘心于精神的"被剥夺"——因为精神是士的生存基础；那么，他们本能地选择了抵抗。

是未尝不想在城市文明里筑起抵抗的营垒，城市毕竟是文明传播最快捷的地方。然而，城市是以物质繁荣为象征的，鼓励消费，使欲望膨胀，对精神的几声呐喊才刚刚出口，就被甚嚣尘上的市声遮蔽了。那么，就只能把目光转向乡野。乡野上的播种、繁殖和劳动多少还保留着自然的状态；乡野上的人性还多少保留着善良、淳朴、谦卑、友爱、宽容、和平与宁静等尚未被"物化"的人文特征。也就是说，农业文明的土壤正可以承接他们的人文主张与人文理想。他们找到了精神的最后凭依，便提炼出"大地道德"的理念，走乡村"包围"城市的道路。以农业文明反抗城市文明，是一种矫枉过正的做法。但，正因为矫枉过正，才能惊动和震动人心，才能产生有效的反拨效果。所以，梭罗与苇岸的"大地道德"是捍守精神价值的一种斗争策略；因此，他们从来不是迂腐的落伍者，而是睿智的精神战士。如果不看到这一点，就会发生误读，就会钙化他们的心灵韧性，就会弱化他们的精神刚性。

概括地说，梭罗与苇岸是借解读大地而阐述他们的"大地道德"，继而对人类施以真切的人文关怀。他们不是纯粹的"大地之子"，也不是大地文化的创造者；而是以农业文明为素材，以城市文明为坐标的旨在反物化反异化的思想者。

而彭斯却不同。他是纯粹的大地之子，是农业文明率性的歌者，他的整部《彭斯诗选》，是"土地文化"的原汁原味的经典的感性文本。

彭斯是十八世纪苏格兰土地上的一介农夫，没有受过什么教育，一直干着"超过体力所容许的苦活"，在贫困中只活了三十七岁。然而他却写出了极为优美的诗歌，被人称为"天授的耕田汉"。一句"天授"，道出了彭斯的写作本质，便是服从心灵的愿望，率性而歌——当歌则歌，当止则止，全凭着心性的起落，别无他顾也。总观彭斯的诗，记农事，诉交往，论事态，均流淌出一股清亮的调子——愉悦。有论者说，这种不计世事沉浮与生命悲苦的一味愉悦，透出彭斯之浅。这是文人的隔世之论，与彭斯的心地无关。作为耕夫的彭斯，肉体已疲苦不堪，心灵自然要诉之以愉悦的抚慰，这是生命律的自然调节。所以，彭斯的诗正应和着文艺的本源，即生命的自然表达。他无意成为诗人，生命的自然律却把他造就成诗人；他无意发表诗作，但心灵的声音却会不胫而走。

以心灵表达为起点的彭斯，他的诗，便具有了彻底的自然的本色，即：土地的本色。

他抒情，而不矫情。田埂为什么美？因为心爱的姑娘坐在田埂上：

> 我紧紧把她抱住，
> 　她的心直在扑腾，
> 我祝福那块乐土，
> 　月下的好田埂！
> 天上月光加星光，
> 　照耀那个良辰，
> 她将永祝欢乐的夜晚，
> 　在那月下的田埂。

（《麦田有好埂》）

在彭斯的诗里，是美好的感情，使人和大地达成了最自然最和谐的关系。对自然的热爱，离不开满怀爱意而有敏感的心；因此，人与自然交恶的罪魁，便只能是人。这是土地上的真理。

他真纯，而不功利。田园之上，也有世事；即有世事，便有是非。事故者，只见利害，不论是非，常作欺世之谈。而彭斯的诗，听凭良知的呼唤，对世事亦做本心的臧否：

> 有没有人，为了正大光明的贫穷
> 而垂头丧气，挺不起腰——
> 这种怯懦的奴才，我们不齿他！
> 我们敢于贫穷，不管他们那一套。
> 什么低贱的劳动？
> 官衔只是金币上的花纹，
> 人才是真金，不管他们那一套！
>
> （《不管他们那一套》）

那么，便知道现在的作家为什么活得那么累，概与他们的写作态度有关——他们陷入功利化的写作之中，成了世俗的奴隶。他们把自己迷失在对金钱、权势、美色和时尚的追逐和依附之中，为了保住那尺寸间的利益，他们心无所据，不敢发出真实的声音。

他质朴，而不迷乱。大地诗章，鲜花和美女自然是表达的母语。而他写爱情写美女，像田野的土，像山头的树，像林中的风，是美丽风景的一部分——有醉人的欣赏，而没有非分的占有。其语言的净洁与感情的纯粹一如土地的品格，提升了生命的尊严与美好。他写美人的裸足，却不写着了丝袜的腿；因为裸足是行走在泥土上自然之美，而丝袜的颜色，却是对肉欲的撩拨。读过彭斯的情诗，便会感到，他是多么地重情，却又是多么的纯情——他是爱的处子，又是大地的赤子。

所以，要想参悟梭罗与苇岸的"大地道德"，便不能不读彭斯的诗。他的诗是"大地道德"的原生态，是标本，是具象；其人性的感性濡染，远远胜于形而上的理性说教。

梭罗和苇岸执着于"大地道德"的理性建构，本意是为了接近文艺的本源和精神的原点，其努力是高尚的。但他们的人格实践活动，却多了几分矫情（如入梭罗的隐居，苇岸的素食），从某种意义上他们又远离了那个本源与原点；因而增加了心灵的负担，使他们的心路历程上少了心性的愉悦，而多了疲惫之色，以致自损，让人扼腕不止。

2000 年 7 月 22 日为凭吊苇岸而作，

2022 年 5 月 12 日修订

在苇岸日记中追寻

因疫情复杂，我的居停之地成了管控区。生活物资需在指定的平台上网购，颇有不便。已管控月半，瓮中的腌酸菜所剩无几，三两根胡萝卜漂浮在盐水里，让我心中一顿。

嗜酸是我与记忆俱来的口味。幼时多饥饿，为了充饥，山里人大缸置地，把能腌渍的材料，譬如树叶、野菜、蔓菁和胡萝卜（当然也有萝卜，不过山里的萝卜个小，口感又柴又苦，俗称地萝卜）等，随季节之变，适时地扔进缸里。每有断炊的时候，从缸里捞出些许，切碎，用热辣椒油凉拌，就是口粮了。如同劣根性一样，对酸菜之嗜，跟我到了平原，进而追上了楼宇，阳台上总是放着一只矮瓮，疑似是出身的标识，让旁人见怪不怪了。

记得在二十世纪九十年代初，与"大地之子"苇岸相识，闲聊的时候，谈到了我的酸菜之癖，我当时觉得自己显得老土，便面色赧然。苇岸严肃地说道，亏你还是个书写者，这么好的大地圣事让你低看，这里不仅仅是个口味问题，而是个土地伦理、乡村哲学的问题，是质朴人性、自适生活的自然体现。他接着议论道，脱离大地与农村的人享受不到季节，他们的生活再也没有四季带来的劳逸张弛、起伏舒缓的节奏，他们是有生命的机器人，而你因为酸菜还保留着自然人的习性，也因质材的更换而感受到季节，所以你有福了。他的态度让我感到亲切，便跟他讲了，为了抵御饥饿，山里人常燎荒破土种地萝卜；秋雨一浓，就开生地种荞麦的种种特色农事，他听得津津有味，甚至有些兴奋，但还是很严肃地说，你很了不起，因为你有大生活。大生活必然蕴含着大的意义，你要对得起书写者的身份，把他们挖掘并呈现出来。为此，我向你推荐两本书，一是梭罗的《瓦尔登湖》，一是利奥波德的《沙乡年鉴》，另外，你最好也要读读梭罗的日记，那里的记述可能对你更有用。

因为苇岸的缘故，我在腌酸菜时，不仅理直气壮，还把其视作一种庄严的生活仪式，觉得因为凸显"本分"，便须臾不可或缺。而眼下既然腌菜已少，自然会"心中一顿"。而网购菜蔬困难，用于厨间都得撙节，况"扔"在缸里。紧急思索一番后，我突然眼前一亮——倏忽间我想到小区绿化所栽种的树木，那树木里不知有多少棵杏树，杏树上又不知有多少颗杏子，腌渍材料的问题岂不就迎刃而解了。所需说明的是，小区栽植，着眼的是"绿"而不是"果"，果实不仅任居民采摘，而且还被视作公益劳动、趣味生活。那么，我的着眼于杏果，便与"大地道德"相符合，大可以让苇岸老兄心安。

切近五月中旬了，杏子虽然还青，却也长得硕大浑圆，果核已经坚实，果肉已经丰满，且相互之间已经不那么粘缀，外力作用之下，可以自然分离，是上好的质材。而且在阳光下采摘，气温在冷热之间，气味在浓淡之间，颇符合"极简主义"的生活准则，一如梭罗的自筑而居、自种而食，内心盈满，便觉得不管身外如何，只要能甘于安静的宅居，有腌杏可啖，还读得下书，写得下文章，总是好的。

家瓮充盈，更思苇岸，便搬过他的三大卷日记，置于案头，用读经典的劲头，深深埋首。他的日记，是由冯秋子女士呕心沥血而编，且命以总题，曰：《泥土就在我身边》。这个书名真好，不愧是思想者为思想者编文集，明暗之中总是相通的。其实我这是第三遍读苇岸的日记了，因为它宏富而深刻地揭示了苇岸"人与文"的关系，让我们看到，苇岸的做人与做文是一致的，他极简主义的文字品质和书写方式，取决于他极简主义的生活态度和生活方式，因而他的文学，便不是文人之文，而是赤子之文，甚至是圣子之文。所以，他的日记，虽然不是端方的结构，却也是大著，甚至比他的"正本"（散文集《大地上的事情》）还要有多元、多义的内蕴与价值，不仅是"互文"的存在，更是独立的精神大典，理应耽读不止，以铸吾魂。

在苇岸的日记里，有关我的记述至少有五处，验证了我和他一样，也是"新散文"运动的参与者和写作者，而且跟他多有交集，可避"谬托知己"之嫌。

他在 1994 年 6 月 15 日的日记中写道：

今天是会议发言的高潮期，散文理论家刘锡庆、楼肇明，诗评家吴思敬、张同吾、张颐武及张守仁、林莽等均在今天发了言。北京的一个散文作者凸凹也参加了会，他对我的散文推崇备至，他说凡是我的作品他都是要找来读上几遍的，他说，不要多写，每年有几篇足矣。且我的散文适合在《美文》发表。

这篇日记，既确定了我第一次与他见面的日期，也交代了我们最初的交流内容。可以证明，是新散文运动让我们走在了一起，并且我还是最早对他的作品给予高度评价的"同路人"之一。

那一次会议是个散文创作研讨会，话题的中心是新散文的写作气象。系由中华文学基金会和北京作家协会联合主办的，地点是在文采阁。会议报到的时候，就遇到了苇岸。他长脸长身，有异相，我忍不住多看了他几眼并露出惊异之色。这一表情被苇岸敏锐地捕捉到了，他趋身前来，说道："我是苇岸。"我赶紧遮掩自己的失态，说道："我是凸凹。"苇岸说，凸凹我是知道的，从文字风格来看，以为是个老者，不期是个壮汉，且身材魁梧、面色白皙，还多少有点儿女相，堪比屠格涅夫。我赶紧回答道，苇岸我是知道的，大地上的事情，写得简洁、准确、朴质，每个字都好像是一颗思想的头颅。他的表情立刻就惊愕了，不知如何对答，竟说："让我们留下通信地址和电话吧。"留下之后，他什么也没说，毅然而然地走了。我觉得他有些怪癖，望着他尤其颀长的背影，忍不住摇头。

他在1994年8月2日的日记中写道：

> 我同良乡的凸凹通了电话，其中我谈了对他送我的《两个人的风景》散文的看法。细节叙述的优胜，但个别中未见一般。对于故乡不宜用一两篇散文表述它，而应写一部小说。

在文采阁那次散文座谈会上，我送了他一本我的乡土散文集《两个人的风景》，并索要他的赠书，他说，他正编了一本小册子，放在楼肇明先生那里，作为"游心者笔丛"的一种，但还未出，因为书太薄了，还要赶写一组《作家生涯》，一旦出来就送，这是一定的。

他对我的赠书是重视的，很认真地读过之后，便打过电话来，很真诚地说看法。他电话里的声音并不像林贤治先生所说"一个风琴般浑厚的略显克制的男中音"，而是极为迟缓的低语，好像他很照拂对方的感受，怕失语，便很努力地选择适当的词汇。给我的感觉是，即便是私下里的通话他也向善、准确、和谐，一如他的写作。那次通话，他夸奖我的叙事能力和语言功夫，建议我写沈从文《长河》式的长篇小说。他说，你有生活，又有激情，节制不来，属于长卷。他的话对我起了作用，催生了我的长篇小说《慢慢呻吟》。他对这部小说是满意的，说我写出了乡村伦理的本真，而且真实得有些不堪，有人道主义的立场，是"节制的残忍"。他说，看来把你比作屠格涅夫是肤浅的，因为你多少有些陀思妥耶夫斯基的深刻。我哈哈一笑，说，不过是譬喻而已。他脸阴了一下，悻悻地说，凸凹，你不应该这样。

在1995年6月7日的日记中，苇岸记述道：

> 《北京文学》的会，在公主坟的城乡贸易中心五楼会议室开。关于散文的讨论会，它的目的是组稿。中年作家有肖复兴、韩小蕙、高红十、刘孝存、方旭等，青年作家有冯秋子、尹慧、杜丽、姜丰、凸凹等。

这篇日记虽近乎"流水账"，但相当重要，因为它记述的是关于"新散文"写作里程碑式的事件。这次会议，准确地说，是"新散文"写作的推进会，那些中年作家的出场只是助阵，更重要的是"逼"到场的青年作家，也就是当时"新散文"写作的骨干作家，勠力而为，写出新作，以壮声色。会后，果然作品迭出、气象纷繁，不久（好像是当年9月），《北京文学》就隆重推出了"'新散文'作品专辑"，加固了"新散文"在散文创作上的符号地位和文学影响。也就是在这次会上，我拿到了苇岸《大地上的事情》的赠书。在书的扉页上，他一笔一画地、略显笨拙地题道：凸凹先生雅正。

他的赠书，使我能够系统地品鉴他的文字世界并作出整体的判断。我觉得，他的书，绝不是古希腊诗人卡利马科斯所说的给人带来"灾难"的书，而是在物化世界里，能够喂养灵魂的"拯救"之书。情动之下，我急切地给他打去电话。于是，就有了苇岸9月11日在日记中的记述：

> 凸凹打来电话，谈了对《大地上的事情》的看法：
> （这）是我中秋节最好的礼物。这两天我什么都没干，专看这本书。这是一本值得放在书架上的书。这本书立得住，它使散文扬眉吐气，散文家（因此）也可以挺起胸（膛）了。

延续这个意绪，我用了近两个月的时间，集中阅读了"新散文"写作群体中大部分同龄人的作品，觉得"新散文"已经具有了鲜明的文体特征，有"超越"的品质，概括为一句话：新散文是一种复合型文体，知性、感性和智性自然交融、叙事、抒情和议论浑然互动，在开放、兼容和"打通"中，有了强劲的表达功能，殊可喜。兴奋之下，把自己的感受专门写成了一篇文章，即《书读同龄》。文章发表的那一天，我给苇岸打了电话，恳望他能关注。遂有了他1995年12月14、15日的两篇日记：

> 下午五点，凸凹打来电话，问我是否看到了今天的

《光明日报》，我说还未看。他说在《读书与出版》版上，他的一篇随笔发表了，叫《书读同龄》，涉及我的《大地上的事情》。在电话中，他给我念了一下。

在学校我看到了昨天《光明日报》上凸凹的文章《书读同龄》。同时该版刊头为《大地上的事情》封面影印。文章中谈到了伍立杨、彭程、邱华栋、韩春旭和苇岸各自的散文集。凸凹的文章行文灵动，用词丰富。但有口吻武断、语意不明的个人化色彩。

记得15日晚，苇岸给我打来了电话。他整体同意我的观点，但也指出，对个别人的论说还是有些不准确的，而且，我论述的时候，应该用平和的语气、商量的口吻。我说，周氏二兄弟的文字我都是喜欢的，但我更倾向于鲁迅的立场鲜明，至于知堂的平淡、冲和，我本能地推拒。因为我出身于京西山地，遍地石头。石头碰石头，只能发出直截了当的声音。他在电话里久久无言，最后嗫嚅道，那么好吧，就放下了电话。

后来，他强烈地推荐我读雅姆的作品。他说，雅姆的《祈祷》《和驴子一起去乐园为他人祈祷》他不知读了多少遍了，它们与雅姆的其他诗歌一样，散发着一种令人欣悦的高于人性之上或者说展现了人性另一种可能的清澈、宽阔、仁爱、朴拙的气息。雅姆是抛弃了一切虚夸的华丽、精致、姣美，而以他自己淳朴的心灵来写诗的。从他的没有辞藻的诗里，能听到曝日的乡村老人的声音、初恋的少年的声音和为禽兽的谦和的朋友的圣弗朗西斯一样的圣者的声音，而感到一种异常的美感。他的善意和爱意，不仅是人性的，而且还是"人性之上"的，对于今天的人类而言，雅姆的诗歌所具有的正是"土地"和"谷物"的意义。因此，雅姆的诗性之美，正是我们这些大地道德阐释者的写作原则。

从此，雅姆深刻地走进了我的心灵，与苇岸一道，成为我知识谱系、精神谱系的重要组成部分，也自然而然地成为我的写作伦理，装得下万物、装得下万民、装得下阳光下所有的生命，向善与爱，自奉与节制，干净与有灵，成为我文章的底色。

后来，我们的文字气象和精神气象都有什么样的坚守与升华，在苇岸的日记里都有质朴而细心的记录。便可以说，苇岸日记，是我心灵的圣典。他之所记，也含有我的形迹；他之所说，也是我心中所思；他之精神所循，也正是我的信仰所求。在"大地道德"的精神建构上，我们结伴而行。起初我们都用散文，后来经由他的一指，我又多了小说。所以，如果他是一棵永恒之树，那么，我们就是在他的金枝上不断歌唱的生灵。

2022 年 5 月 16 日于京西百花山下石板宅

获救之舌

——读卡内蒂自传之一

埃利亚斯·卡内蒂的"自传三部曲"是一部大书。

人说，大书的读法有二：要么不读，要么就往死里读，把它读透。读透之后，书中的内容烂熟于心，就会剔去庞杂，只剩核心的部分，书就薄了、小了。

到了卡内蒂这里，却失效了。因为他文本的衍生性太强：一个从他个人日常生活中撷取出来的细节，却能让人联想到在相同情境下，人类行为的种种姿态；他与家人的对话，可以从客厅的门廊脱身而出，游动成空旷的田野上的声音，好像是人类共同的语言。所以，读卡内蒂，越是读得通透，好像是很薄了，而且"薄"得见了筋脉，大可以立刻就拎出意义来。但就在这一刻，它的"意义"却突然变得不确定了，好像怎么解读都有道理，就让人变得优柔寡断，在"众声喧哗"中不知所措。

我好像是在故弄玄虚，其实我是想说，伟大的传记，或许就应该是这种样相：它有具体事件之外的"事件"、它有具体声音之外的"声音"。或者说，他让人从个体的情感、思想与体验之上，联想到他人甚至整个人类的情感、思想与体验。即：典型化。卡内蒂的自传，是典型化特别高的文字，几乎是处处、时时都触发你的联想，让你不停地驻足、回味与思索，他的书就越读越"厚"了，好像是总也读不完的样子。

"书读百遍其义自见"，这是朱熹说的。他还说，只要你有了"三到"（眼到、口到、心到）之功，即：看、诵、悟三者交相使用，不必百遍，有三遍的复读，真义就已经见了。卡内蒂的自传我读了三过之后，果然就有所"顿悟"，不禁嫣然一笑，有胆量不避武断地道来：卡内蒂的"厚"，其实是很简单的，就在于他采取了完全自主的叙事策略，即便是写过往，也是写经过他主观思考过的过往。因而他警惕感性的泛滥，也警惕"原生态"的复述，把握着谨严的逻辑，写"我"认可的真实。苏格拉底说，不经思索的人生是不值得过的；在卡内蒂这里，不经思索的历史就不是我的历史。譬如他自传的第一部《获救之舌》，十几年的童年生活，到了晚年他才下笔写，用了几乎是终生的反刍。因此，他写的时候，始终采用的是成人视角，很理性地、很准确地传达"心灵生长和精神成长"的消息和意义。为什么说是"传达"而不是"呈现"？因为呈现是在原汁原味描述的基础上，让"意义"自然而然地展现出来，而传达则是一种自主性的选择，是经过了主观取舍的东西。

这样一来，品相就大变了。传记的对象虽然是"我"、其内容虽然是"我的童年"，但是，"我"已经普适化成了"我们"，"我的童年"已经经典化成了"我们的童年"或干脆就是"人类的童年"。

卡内蒂出生在保加利亚的犹太人家庭，用当地人的话说，是犹太人后裔中，因为有经商传统而殷实富有的"上流家庭"。由于不用"劳动"，便"有闲"，从记事起，他就看到，母亲每天的日子就是阅读，而且总是"热情洋溢地谈论城堡剧院"，对莎士比亚戏剧里的人物耳熟能详。卡内蒂写道："说她出身高贵的家庭，没有比她更高贵的了。她掌握了多种文明民族的语言，这些民族的文学成就了她生活的本来内容。在这热情追求的广博知识与她不断滋长的高傲的家庭自豪感之间，她并没有感到有什么矛盾的地方。于是，她对人的鉴别力是经过世界文学的伟大作品的教育提高的，但也是经过她本人的生活经验培养出来的。她清楚地看到人们荒唐地同室操戈，也有轻蔑，也有鄙视，但可以安享通过这种争斗迎来的富裕成果，并对于作为整体家族的成员而感到骄傲。"这样一来，母亲就是一位知性与智性兼具的"通透"的女性，她对生活中一切矛盾的东西都见怪不怪，她认为，"一切偏见都是由其他偏见决定的，而最常见的偏见都是来自事物本身不可调和的矛盾"。

这就不难看出，卡内蒂对母亲的描写，便绝非通常自传的"过去进行时"的书写状态，而是在用成人视角反观之下的，能更好地体现"我"的成长逻辑的"现在进行时"的历史时态。之所以能有"我"现在的卡内蒂，就是因为"当时"有

"那样"的母亲。虽然是儿时经历，但"我"要按照现在的理解重新过起，从而为"人类的童年"总结、归纳、提炼并准确地传达出"成长的体验"和"成功的经验"。这就是大作家的使命所在，是贡奉"卓越品质"的大善所在。

至于对父亲的叙述，卡内蒂采用的也是如此策略——

父亲虽然商务活动很忙，却每天都读《新自由报》。"当他慢慢打开报纸的时候，那是一个伟大的时刻。一旦他开始读报，就看也不看我一眼，无论如何也不再搭理我。这时候母亲也不向他询问事情，更不敢随意交谈。报纸上什么东西使他如此沉迷呢？我决定设法把它弄个水落石出……"

他无非是告诉我们，他的父亲虽然是个商人，却也是个学问家，也是以阅读为上的人。

"我上学几个月之后，发生了一件感人的、激动人心的事情，它支配着我此后的全部生活。"什么事情？是父亲拿了一部书回来，领"我"一个人走进卧室，开始朗诵书上的一个故事。故事引人入胜，深深地吸引了"我"。听完这个故事，"我"还想听下一个故事，父亲便把书递给我说："你自己去读吧。"这部书就是少儿版的《一千零一夜》。书很快就读完了，就祈求父亲再给带下一部来。就这样，《格林童话》《鲁滨孙漂流记》《格列佛游记》《莎士比亚的故事》《但丁》《堂吉诃德》

乃至《威廉·退尔》渐次而至，读物的深度也渐次而升。为了鼓励"我"读下去，父亲跟"我"一起玩拼图、玩集邮（"我"的地理知识，就是得益于这两种游戏），并答应带"我"去动物园。为了去动物园，"我"早早地推开了父亲的卧室，"发现他床下放着一个便壶，内有许多黄色的尿，我很惊讶。"让"我"更没想到的是，父亲竟很自然地往里撒尿，射出一道强大的水柱。"我"虽然愕然，却也不由得钦佩，说："现在你是一匹马。"父亲也不生气，抖了抖他的器官，说："我承认，现在我是一匹马。"于是，父亲"在我心中的形象是纯净的、未曾损害的，我希望它永远保持原状"。

一个有"庄重"的阅读态度，又循循善诱、亲切平等的父亲，将会给"我"一个什么样的精神起点、人性基点和成长支点，便不言而喻了。卡内蒂有深刻的用心——"父亲"纯净人性的光辉，不仅仅照亮了身边的"我"，也会穿越时空的阻隔，照亮天下所有"儿童"的心扉。他是"我们"之父！

一天早晨，父亲到客厅里吃早餐的时候，习惯性地拿起报纸很专注地看了起来。突然，人们就听到了家庭女教师的尖叫声，人们闻讯而来，竟看见父亲直挺挺地躺在地上，口吐白沫，已不省人事。他的死对别人来说始终是个突发事件，但在卡内蒂的传记里却给出了明确的"诱因"，而且，不仅是一个，还是两个：一个是"嫉妒"，一个是"反战"。第一个，是从他母亲身上推演出的——母亲到外地疗养，她的护理医生喜欢文学，而且也恰恰爱读斯特林堡，于是医患之间交流热烈，爱意渐浓，以致几次推迟了回归的日期。父亲心绪不宁，拍电报催促。在他发病前一天的下午，母亲回来了，二人关在房间里整整争论了一个晚上，好像父亲很忧伤、母亲很惭愧。第二天早晨父亲读报的时候，仰头看了一眼他们的卧室，遂发病。第二个，是源自到场参与抢救的邻居佛洛伦蒂教授的一句话，"我注意到，你父亲翻看的版面上，正有一则'黑山与土耳其开战'的消息，他是不是被这突发的战争刺激了？"对此，当时的卡内蒂并没有一下子就放在心上，觉得只有强烈的"私人情感"才能对人的心灵发生强烈的作用，所以他本能地质疑。但卡内蒂落笔"还原现场"的时候，他已是个世故老人，并已经历了战争对心灵的种种伤害和对人性的种种改变，心里有了强烈的反战情结，有了"战争与每个人都有关，也是私人事情"的认识，于是他确信，那么庄重、正直的父亲，当然是一个坚定的反战人士，那么，受突发战事的刺激而导致中风，那是必然的。

在自主的成人视角俯瞰下，父亲的形象就立体了，生命的附加值就大了——为相爱的女人"嫉妒"，很好，说明他"重情"；为战争的爆发而激愤，这也很好，说明他"重义"。

父亲去世之初，怕母亲寻短见，他日夜看护，须臾不离。时间推移，母亲平静，怕她落寞，陪着她读斯特林堡，并试着发表对其戏剧的意见。母亲惊异于儿子超越年龄的体贴，居然有了敬佩，开始像对待成年人一样对待他。这样一来，"我"的成人意识就越发强烈起来：我必须守护她，体贴她每一次"心灵悸动"。因为高傲的母亲，必须有一个与她精神相"匹配"的人，而这个人恰恰就是我，所以我必须优秀起来，免得"不配"。他甚至明确了一个概念："我"是父亲的继任者，而且是"唯一"合法的继任者，而不允许有别的男人僭越其中。

当母亲又去疗养的时候，疗养院的院长布索尼痴迷于母亲的气质和学识，跟她大聊特聊斯特林堡，其见解之深让母亲折服。为了拴住母亲，他推荐她换个口味读施泰纳。这被敏感的"我"及时发现了，觉得问题很严重，一旦母亲换了口味，就会受制于布索尼，成为他盘中的"美味"。

在"我"激烈的劝阻无效之后，便买来能买到的施泰纳的书送给她，"既然斯特林堡已不属于你，那么你就读施泰纳吧"。但与此同时，"我"也扔掉了母亲作为人生读物让我必读的狄更斯的《大卫·科波菲尔》，而在她面前昏天黑地地读瓦尔特·司各特的书。这让母亲不可承受，因为她觉得司各特的书属于消遣的无用之物，而自己的儿子小小年纪就消遣、就无用，怎么对得起他父亲早逝的英灵！她赶紧把施泰纳的书从窗口扔出去，说："好了，好了，今天我是孩子，你是母亲。"

就这样，母亲又回归"正途"，永远保持了一个伟大女性"朴素的感情和清新的感觉"。因而"我们"相互陪伴、相互救赎、共同成长。母亲让"我"有了丰富的知识和健全的心智，"我"让母亲有了灵魂的"香味儿"和精神的纯洁——不仅守身如玉，而且越来越有"伟大母亲"的样子。"我"是她的儿子、父亲，甚至是丈夫，她是"我"的母亲、女儿，甚至是伴侣，母子进入了理想的乐园和感情的圣境。

十七岁的一天，"我"正面对温顺的母亲得意扬扬地对别人的生活进行"审视和嘲讽"的时候，母亲却突然对"我"说："我们该结束了，你应该离开苏黎世，去远处的德国求学。"问她为什么，她说，"你读的一直是别人给你写的书，你过的一直是别人给你过的生活，你是一只满脑子装着无用的伪知识的寄生虫，你尚一事无成，还没有直视生活本身的勇气，所以你得离开。"

书写到最后，卡内蒂竟忘了成人视角的整体把握，无意间把儿童的"身份"泄露了。母亲究竟是母亲，还轮不到儿子自以为是地指引道路！

这虽然是出乎意料，但前后照应地思忖，总觉得他还是有意为之。因为他下一部传记，要写一个青年在家庭之外更广阔的社会领域的"大"生活。那是属于成人的生活，成人视角下的叙述，是与人生同步、平行的过程，那是自然而然的书写行为，他没必要再作主观上的设计，所以要赶紧转身，做本色的出演。这堪可说明：卡内蒂从始至终都有清醒的文体意识，对艺术的精湛和文本的张力有着极其自觉的追求。

于是，就给我们留下了一个启示：无论写儿童，还是写成人，无论是写过去，还是写现在，对真知、真情、真相、真理的呈现，绝不能过于率性和随便。要有视角的选择和艺术的构筑；要苦心经营，不要"生活流"——也就是说，要有深刻的艺术用心，解决好"怎么写"的问题。艺术的真实往往比生活的真实更"真实"，这由不得我们来左右，所以必须学会自主地掌控好手中的这支笔。所谓"获救之舌"，或许就是这层意思。

2022 年 5 月 26 日于京西百花山下石板宅

天下风情

——读卡内蒂自传之二

读卡内蒂的"自传三部曲",让我不忍释卷,以至于通宵达旦。实际上,年过半百之后,已没有让我"兴奋"的读物了,因为经年不断的阅读,不免有了餍足的麻木,一如周作人的感觉,尽管太阳每天都是新的,但天底下实在没有什么新鲜的事情,书自然也是如此。

之所以还能"兴奋"地读卡内蒂,是因为他的叙述,能勾起我对儿时的回忆,让旧时的京西生活随之频频浮现,并不断地与之"互文",陶醉在"共鸣"之中。卡内蒂虽然出生在保加利亚,并在维也纳、苏黎世和巴黎的近郊、德国的小镇不停地游走,但他的生活样式、生命感受,与我这个京西土著却没什么太大的差异,其中大量的习俗和风情,多多相似,令人会心之处也比比皆是,疑似"我"的自为的生活。

保加利亚乡下的店铺里,除了生活日用品之外,还有小刀、剪刀、短把镰刀、长柄镰刀和磨刀石。从农村前来购买东西的农夫们久久地在商品面前,用手指来检验刀刃的锋利程度。这不禁令人莞尔，因为京西故乡的人们，也是靠手指在刀刃上的滑动来检验其锋利与否的。我的四祖父是个木匠，斧子、锛子、刨子等带刃的工具，一旦钝了，他都是在磨刀石上边磨边用指头试快慢。"快慢"就是"利钝"，是京西状锋芒的一种口语。由于好奇，我便常簇在他的身边，也就跟他学会了用左手的大拇指试"快慢"，所以，读到卡内蒂的有关文字，我不禁眼前一亮，左手的大拇指也充血发热。

卡内蒂家里有一个用人，是个"忧伤的"亚美尼亚人。进入冬季，他每天都在劈柴。柴棚已满，他还是劈柴不止，并哼唱着伤悼爱情的歌曲，让卡内蒂感到勤劳是忧伤的新娘。我也跟着忧伤起来——因为儿时总是饿饭，弄不来粮食的父亲就怀着愧疚与幽怨不停地劈柴，也是柴棚已满还不停歇，且一边发力一边唱酸曲《钉大缸》。最终的结局都是被呵斥之后（呵斥的人，当然都是女眷），愤愤地把斧子扔在一边，悻悻地躲到一边去，暗自垂泪。

这被随意弃之的斧子，让我感到，在某个时刻，一定会上演相同的戏剧，便心跳加剧了。果然如期到来：姑姑索菲的小女儿劳里卡是卡内蒂的同学和玩伴儿，劳里卡善写字，还特别预备了一个好看的本子，在本子里用好看的蓝墨水写好看的字母。"这些字母对我的吸引胜过我曾经见到的一切好看的东西，于是我恳求她让我看看。"但无论怎么恳求，都不允，还嘲笑他是个坏小孩，没有看的资格。恼怒之下，他一眼看到了被丢在一边的斧子，便俯身抄起，一边追赶一边喊："现在我要宰掉劳里卡！现在我要宰掉劳里卡！"这虽然是写在纸面上的喊声，我的耳畔却真的响起了一个锐利的声音："现在我要砍死你，省得你没完没了地唠叨！"这是父亲挥着斧子追赶母亲的喊声。

斧子当然都没有真的砍下来，但都败坏了相互之间的关系。母亲对父亲说："横竖是贫穷的日子，我已过够了，咱干脆就离了吧，省得你一不小心再做了杀人犯。""我不答应。"父亲赶紧跪下，"我又没有真的想砍你，是斧子它自己不知不觉地就跑到了我的手上了。"于是，他们糊里糊涂地就和解了。但卡内蒂却没有那么幸运，他终于等来了劳里卡对他的报复：

"劳里卡与我又能相处了，起码我们有时候还能在一起做捉人游戏。有一次，盛着滚烫开水的几口铁锅放在平台上，我们在铁锅之间跑来跑去，太挨近铁锅了，劳里卡就在一口锅旁抓住我，推了我一把，于是我便跌进沸水中。除头之外，我的全身都烫伤了。我在床上躺了好几个星期，在昏迷中，我大喊父亲。但当时父亲在英国，这对我来说是多么倒霉的事情啊。我便对他产生了绝望的思念，觉得他如果能及时地赶来，我就得救了。我只有一个念头，其实那是一个伤口，一切都汇进这伤口，那就是父亲的远离。后来我听到了他的声音，睁开眼之后，看到他把手轻轻地放到我的头上。于是，我没有疼痛了。"

多少年之后，卡内蒂已经成了名人，他回归故里探亲，就住在姑姑索菲的家里。他们谈起已出嫁的劳里卡，索菲姑姑告诉他，儿时的事情劳里卡几乎什么都不记得了，但那高高举起的斧子却还清楚地留在她的记忆里，她经常梦见它，最近一次是在她的女友订婚失败之后。卡内蒂并没有太大的愧疚，因为有他的烫伤做抵。索菲姑妈生气地说："然而她并没有把你推进热水锅里，是你不小心自己掉进去的，你也没有在床上躺了好几个星期，因为你只是有些小烫伤。你的父亲也没有从曼彻斯特赶回来，路途那么远，路费又是那么贵，他不可能到你床前送来安慰。"

卡内蒂终于"醒悟"了，劳里卡的报复是他"预设"的，为的是扯平他的斧子之举。父亲的安慰也是他想象的，为的是逃避父亲的责怪，因为他爱戴父亲，深刻到有些敬畏。

卡内蒂的自传读到这里，我心潮起伏，因为它诱发了我"共鸣之上"的"共鸣"：

我与堂姐二美是小学同学，放学之后，在我家房后的大墙上玩儿攀爬游戏。反复三次，优胜者得到五分钱的奖励。前两次二美赢了，第三次她又要赢，恼怒便充盈了我的头脑。因为我是男生，个子又比她高，输掉五分钱是小事，但输掉面子却很难承受。情急之下，我故意在她脚上碰了一下，大叫一声"跌"了下去，然后躺在地上，放声大哭。哭声惊动了父亲，他来到我身旁，"你是怎么回事儿，还不赶紧站起来。"我说："我站不起来了，左脚摔坏了。"我告诉他，我和二美玩儿爬墙游戏，她怕我赢，就从墙上把我踢了下来。二美有口难辩，困惑地看着我们父子。父亲笑一笑，"小伙伴玩儿游戏，免不了磕着碰着，所以二美，你也别放在心上。"这种不名之恕，让二美很难受，她狠狠地瞪了我一眼。父亲把我抱到了土炕上，给我揉脚。"疼不疼。"父亲一边揉一边问。"疼，疼。"脚还真的摔坏了，有真实之痛。父亲又揉了一个时辰，再问我："还疼不疼？"虽然依然有些疼痛，却回答道："好多了。"因为儿童不惧怕疼，惧怕的是家长的斥责，既然父亲不怪罪，又那么悉心疼爱，就能忍受了。一如卡内蒂所说，我不疼痛了。

但奇怪地，时间久了，二美竟真的认为是她把我踢下去了，因为她的脚毕竟真的碰到了我，便怀着歉疚一心一意地对我好；这种好，也"催眠"了我，也不知羞耻地认为，就是她踢翻了我。

读完卡内蒂，我感慨多多：

第一，感到世界之大，不管是东南西北、古今中外，基本人性、生活习俗、物理风情大有相同、相通之处，阅读的所得或者享受，是在其中寻找到生命的"验证"（帕斯捷尔纳克语）和生活的"共鸣"，以加固对真善美的信仰和"活着真好"的信念。所谓习俗，是天下的习俗；所谓风情，是天下的风情。要有全球观念和人类意识。

第二，让我更好地理解了孙犁。孙犁先生说过，我们的读书，应该是性情的读法——读那些跟自己习性相近的、情感相通的书，只有这样，才能融入我们的血液、进入我们的心灵，才能对我们发生作用。那些高评大论、玄奥大著，即便是名篇经典，如果与我们"水土不服"，诱发不了我们的阅读兴趣，也没有必要硬着头皮读下去。因为心悦才能诚服，读书和创作，即便是高尚的精神劳动，也是要计算生命成本的。

第三，不要迷信权威。弗洛伊德以终生的心理医生的职业积累，成就了他的心理分析专著，博得权威的大名。但是，魏宁格仅活了二十三岁，只写了一部《性与性格》，却成了"经典之上的经典"。卡内蒂说，他喜欢魏宁格而不喜欢弗洛伊德，因为后者有太多的推理因素，而前者是向内心深处挖掘，所以更能触动人，也更可信，因为生命原初的本能的存在，是人人都具备的，是不用实习的，也是不用经历的。

2022 年 6 月 8 日于京西百花山下石板宅

与淡忘和解

居然就六十岁了。

突出的感觉有二：

一是记忆力衰退，几乎到了转眼就忘的地步。比如与人交往，如果前一天给了人家什么承诺，第二天就忘到脑后去了，便无从兑现，人一提及，自己就迷惘，反问道，我真的说过这样的话吗？对方很困惑，觉得你老而不尊，越来越言而无信了。比如阅读，几乎是看了后面就忘前面，一本书明明读过，反过头去再看，好像还是一本陌生的书。这就麻烦了，读与未读几无差别，接近了读书无用。另外，友人赠书来，嘱写书评，却怎么也记不清内容、抓不住要点，便无从下笔，遂迟迟不能交卷。友人便觉得你怠慢，不系念旧好，友谊便打折了。

二是心如枯井，几乎到了无忧无喜、无欲无求的地步。比如自己的新书出版，出版前也有期待，觉得颇有创意、颇有品相，是堪可屹立于书林、喧哗于坊间的，但一拿到样书，兴冲冲地翻上一会儿，心就凉了，觉得面对前边的经典和身边的新锐，不过尔尔。出版社要搞推介宣传，也无热情配合，还说，一本书有它自己的命运，冷热、荣枯，听之任之。比如各类文学评奖，也懒得申报，作协和出版社觉得可惜，代为呈送，初评过终评落，还幸灾乐祸，惹好心人对我失望，觉得我越来越不可理喻。比如友人新作发表或出版，得到众人好评，遂发"朋友圈"炫示一番，我也不点赞，惹友人气闷，说，你这个人越来越没意思，不关心人。

如此一来，就要调整自己了。

怎么调整？思来想去，觉得调整的前提，是要有自知之明，正确认识自己。作为生物的人，绝非金刚不坏之身，它有自然而然的衰退。那么就要坦然接受，不做"逆行"的悲叹。人生就是一个过程，如四季的春夏秋冬，每个季节，均有属于自己的风景。自己曾有过博闻强记，也曾有过冰雪聪明，我等基本上没有浪费这天赐之资，大量地阅读过、吸收过，也大量地思考过、书写过，并留下了大量的文字与著述，这就可以了。没有虚度，岂不知足？所以，还要乐观，在淡忘中记忆，在麻木中寻找激情；既不能无所作为，又要量力而行。秋园荒芜，并非凄然，那是收获过后的休憩；冬雪飘落，并非寒路，那是新生欲来的滋润。心胸往豁达里安置也就是了。

记忆力衰退，我不想用"抵抗遗忘"这样的强硬动作，而是选择与"淡忘和解"的软着陆。既然读前忘后，那么就勤于笔记，一路阅读一路摘要、一路眉批，读到最后，那纸上的留痕，正如文献的索引，可以还原阅读的现场。孔子、毛润之都说过，不做笔记不读书；即便是农人樵夫也叮嘱后人，好记性不如赖笔头。高人与凡人都有醒豁的认知，那么，我等中材之人，何必特辟蹊径，难为自己？记忆力衰退，还可以给我们一种明智的选择，就是不再逼迫自己做高难度的阅读，去读那些玄奥孤深的文章，而是选择跟自己性情相近的、有"亲切风格"的读物。英国随笔家赫兹里特一直提倡读与写都要有"亲切风格"，孙犁也喜欢"野味读书"，什么读得下去就读什么，汪曾祺也主张绝不读"难为自己"的书，读书不过是愉悦自己而已，然而他们也都把自己读成了大家。那么就可以证明，读文字浅易的书，并非导致思想的浅薄，因为大道理往往是大白话，终极真理往往都是娓娓道来。相反，那些"亲切风格"的叙述，往往在朴实中准确，在简洁中深刻，一如叶圣陶所说，好文章都是"质胜于文"的，实话实说，不费虚词。萨迪的《果园》与《花园》（即：《蔷薇园》）是亲切到了极点的著作，三十年前就被吸引，觉得它是青春的读物。后来追逐"深奥"，就搁置了。三十年之后的今天再一重拾，觉得它也是老年的读物，因为阅尽沧桑之后，觉得人生的真相和世间的道理，其实就那么回事，其实也就那么多，而萨迪在中世纪就给你呈现了，简洁明了，却有"恒常"属性，有极大的"静观价值"，便抵抗岁月风蚀，常读常新。

记忆力衰退，还有一个"和解"的动作，就是在读与写之间，偏于写。博尔赫斯说："书就是作者脑中某些东西的影子，而作者并不能很清楚地认识到这一点，这个影子形成之后，脑子里的东西就消失了。"这是对的，因为有写作经历的人，都有这样的体验：我们在写作之前，脑子里往往只是有一个含混不清的念头，一旦用笔在纸上勾画，慢慢就清晰了，就顺势写下去，写到最后，撒豆成兵，黑压压一片，依文字的阵容，可以是诗，可以是散文，也可以是小说。依传统文学观，是有了灵感再写，那么，这"含混不清的念头"是否也就是灵感？现在看来，灵感不是等来的，也是硬拽出来的，脑子里一旦有个"影子"在那里晃动，你就动笔，因为文字本身有驱动作用，它会邀来记忆，戳戳点点地记录下来，就完型为实体。这个实体，已不是脑子里原来的那个"影子"了，而是新的东西，所以，就有"脑子里的东西消失了"一说。布尔加科夫在写作《大师与玛格丽特》的时候，原来的构思往往管不住他的旁逸斜出，因为他一下笔，以往的记忆会奔窜而来，毫无秩序地都爬上他的笔尖，所以他已顾不得人物的逻辑、叙事的逻辑，写下来再说。所以他的一部书写了十二年，最大的工夫，是放在增删上了。我写了若干部长篇小说，写作之初，是有大体的构思的，但写着写着，文字就有了自己的意志，朝着意料之外的方向发展了。出版之后，回头再看，很是吃惊，不禁问自己，这是我写的吗？所以，记忆力的衰退，并不意味着创造力的衰退，只要逼着自己写，总是能够写下去的。写作，乃是留在纸上的记忆啊。我曾跟人说过，只要不悲观、不放弃，勤于笔耕，连造物主都被你感动，并悲悯眷顾，把它的意志、意图、意绪假你之手，成形于纸面上，变成人间作品。这也就颠覆了一个过往的说法，诗和小说属于青年，而散文随笔则属于老年。其实小说正是老年的文体，虽然记忆力不在了，但丰富的阅历还在，足可以在衰老中救赎。相反，散文随笔的写作，特别是读书随笔的写作，倒属于年轻人。因为读的时候过目不忘，写的时候，一旦借鉴、一旦引用，不仅信手拈来，还恰切准确，后边的衍发与议论也就有的放矢，便写得好。那么，说记忆力就是才华，这是对的。我以前的读书随笔，有活色生香的样貌，现在的文字则枯涩无味、佶屈聱牙，稍一打量，真有今不如昔之感。

至于心如枯井，无喜无忧、无欲无求，未必不是好事，因为它与文学的本质相暗合。最初的读与写，不过是一种内在的需求和想要表达的冲动，跟名与利是没有关系的。到了中途，受外界的影响，有了一点儿名利之心，这反倒掣肘了美与真，不纯粹之下，就有了浮躁与不安，连带着左奔右突、丢怪露丑。现在到了晚境，有了穿透文坛浮云的能力，看清了文学之外的种种真是没什么意思，就回归初心了：把读与写作为一种情感方式、思想方式，甚至就是一种生活方式，涵养精神，喂养灵魂，不苟活就是了。既然把文学当成了日子（生活方式），心态就放得平和了，步态就放得从容了，得与失、显与隐，自然看淡，就与生活本身的节奏、节律相契合了。再殷实的日子，也不是每天都是节日，它就是平平淡淡的样子。这正是走上了顺生之途，人或许就长寿了，文学或许在一不留神中有了意外的辉煌。文学毕竟是一种马拉松式的活动，不跑到最后，哪能见到秋色与天光？

2022 年 12 月 16 日于京西昊天塔下石板宅

品读哈代

人性不灭的证明

　　哈代是朴质的，朴质得有些沉闷。因为他对土地上的物事描绘得过于细腻，每一寸肌理和筋络都勾勒，不厌其烦。因而文字细密，不可跳读，一跳读，气息和血脉就断了，意思和意义就变了，所以，必须耐着心性一寸一寸、一字一字地阅读。那么，就不能卧读，要端坐在案头，施以潜心和庄重的态度。这一如锄耪庄稼，要盯紧了禾苗和草，以免误判。

　　进入五月，天气在热与非热之间，人心正可沉潜，便读哈代。

　　多年前，我读过他的《德伯家的苔丝》《无名的裘德》和《还乡》，知道他的写作，是有自主意识的经营，概要建筑自己的"维塞克斯"世系，依托土地和乡村呈现人性的真实，他的立意是揭示"人与环境的关系"，写有关"性格与环境"的系列小说。这一点，很是打动我，因为我也是乡下人出身，始终不能摆脱土地对生活方式和生命状态的作用，便不由自主地接受他，把它放在"经典阅读"的位置。

受他的影响，当然还有帕特里特·怀素、弗兰克·诺里斯和埃林·彼林，我也开始我的"京西"世系的系列长篇小说写作。写到现在，文思凝滞了，便想到了"源泉"，便作返回"原点"的阅读，读哈代早期的小说《卡斯特桥市长》。

由于已经有了一定的写作体验，这时的阅读，就已经没有了"匍匐的姿态"，而是"反观"与"验证"。于是我发现，他的这部作品，更能生动、深刻地反映"性格与环境的关系"：人物悲剧的命运总体上都是被环境所左右着，人主观上的挣扎，其作用几近式微；而且越是做激烈的挣扎，越是走向个人意图的反面，反而加重了悲剧的烈度。到了最后，要想"活命"、要想安妥，就得妥协，就得放下身段，与环境和解、与生活和解。

同时我还发现，哈代笔下的悲剧，其意义要比我所呈现的悲剧深刻和广大得多。除了我自身笔力不逮的因素以外，还缘于他环境的"优越"。我的环境是京西山地，是个狭小而闭塞的存在，人烟稀少，除了山林草木、野兽禽鸟，很少外界的侵扰；而哈代的环境，却是开放的：在广大的乡场之外，还临海，还有步行街、旅店酒馆、粮食交易所、桥梁、教堂。乡场，可以存储质朴美好的人性；教堂，可以固守原始的信仰和伦理；但是，临海，就增加了对外交流的可能，异质化的东西就会乘隙而入；交易所，就引进了市场的元素，金钱的腐蚀就会不请自来——如此这般，变数就大了。

　　在我故乡的土地上，"低等动物的温驯平和和土著人群的温和平实是一致的"，人与动物都能友好相处，何况人与人之间。他们互相信任，绝少猜疑与算计，便不争竞、不敌视，即便是"拌嘴"，也是逞一时的口舌之快，跟情仇无关。在哈代的《卡斯特桥市长》中，主人公最初的生存状况也是一样的，迈克·亨察德是个捆草工（麦客），哪里有收割，他就带着老婆和孩子到哪里去，靠出卖体力挣几个小钱，虽只能维持最基本的生活，却贫穷而快乐，便不自卑自怜。但是他们不幸走到了山地外的一个集镇，落座在一个粥棚里喝粥，悲剧就不声不响地上场了。在原始的村庄里，如果你旅途饿饭，好心人会请你吃，那是无偿的体恤，基于良心层面的悲悯。粥棚就不一样了，那是买卖，盈利是前提。那么老板娘就动了机心，不满足于鬻粥的那点儿薄利，而是在粥里偷偷地掺上了烈性的朗姆酒，让你在果腹之外又有了饮的欲望，不得不额外为酒买单。而且，一饮就不可收束，自家女人的阻拦反而刺激起了男人的蛮性，一边放纵地饮着，一边恨，觉得自己的悲苦，都是因为妇人的拖累，便在乱性之下荒唐地喊道，谁肯给我五个畿尼，我就把自己的老婆送给谁。正好这个集镇临海，自然就有钱袋饱满而无聊寂寞的水手上岸，一个叫林森的水手便应声答道，我肯出五个畿尼。听到这个声音，迈克·亨察德忍不住吃了一惊，本来是酒后的戏言，却不幸要弄假成真，他犹豫了。周围人见状，纷纷起哄，这激发了一个乡下人颛顼的自尊和说话算话的本性，他狠狠地一挥手，她是你的了。

哈代不禁写道："集市上的人就像树上的叶子，换了一茬又一茬，以前的叶子跟现在的叶子有什么关系？"他潜在的意思是说，集市上的人，不从感情的联系上看问题，虽摩肩接踵，一片喧哗，却事不关己、高高挂起。别人的痛痒，对自己来说，只是好玩的风景，不仅任由其发生，而且还要推波助澜地使其发展。

古道热肠的乡下与唯利是图的集镇究竟不同，纯良与质朴，一旦发生了位移，就身不由己地开始变异了。于是，悲剧的发生，便是被环境支配之下的不自主的动作，当事人既是"罪人"，又是无辜的受害者，他既可恨又可怜，我们不忍指责，只能唏嘘而叹。

酒醒之后，自然是痛悔，本能的动作就是寻妻。但是水手出身的林森是狡黠的，他知道庄稼人的心地，便迅速偕女人逃离本地。寻妻未果，遂产生了强烈的"原罪"意识，在其作用下，他在悔恨中发奋，终于把自己造就成了农场主，还成了本地议员和卡斯特桥市的市长。问题就在于，他虽然位居市长，但底色不过是一个捆草工出身的农民，把握不了日益扩大的产业，他迫切地要找到一个主管。恰好来了一个有海外经历的年轻人法夫瑞，他不仅给他留宿，还倾听他的近乎卖弄的陈述，以至于被这个人催眠，觉得他不仅有知识、有眼界，还精明强干，是个难得的人才，便不由分说地把他留下，毫不设防地把商业事务交给他打理。要命的是，他还把他当作知己，推杯换盏之间还把他酒后卖妻的事说给这个人听。农民式的厚道和轻信，就给他留下了祸根，最终导致了他后来的沦陷和败落。

亨察德与法夫瑞堪可作为农业文明和市井（商业）文明的象征人物，土地上的静好，往往敌不过市场上的喧嚣，所以，亨察德的产业渐渐被法夫瑞慢慢侵吞，以致最终巧取而去，甚至于连带着自己的女人。明明是被最信任的人坑害了，他也不恨（只是困惑），更不反抗，而是选择了认命——"性格即命运"的人性命题，在他这里便得到了最生动、最痛彻的验证。这不免让我想到了大地道德的捍卫者苇岸，他对农业文明无限眷念，对商业文明彻底对抗，态度是激烈的。有人说他褊狭，然而从哈代这里，我看到了苇岸的深刻，土地人性的温柔，哪里敌得过市场人格的冰冷与绝情？不是不敌，而是不忍，土地道德的伟大，就在于有着种种的"不忍"；这种不忍，就是我们写作者常说的同情与悲悯。

背运的亨察德在败落之前也迎来了他的"高光时刻"：

当被他卖掉的妻子来到了卡斯特桥地区，给了法夫瑞一个绝好的机会，他要用她给对手最后的一击，以取代他市长的位置。当举报到了法庭，庭长问讯亨察德是不是有卖妻之事，他起初还有些犹豫，但当他看到人群中妻子那张张皇而又苍白的脸，不忍之下，他对自己说，不能再伤害她了，便公然承认了。

读到这里，我不禁想到了雨果《悲惨世界》里的冉·阿让。冉·阿让因为背负了太多的苦难，因而有了坚强的意志和道德的力量，所以他在法庭上勇敢地承认自己死刑犯的身份。而亨察德不过是偶然的因素和环境的作用给了他那样的地位和这样的现实处境，因而是不得不做出的选择。虽然一个是自主，一个是被动，但是，却有异曲同工的分量。而且我有理由说，后者比前者还要伟大，因为它是大地道德的胜利，是人性不灭的证明！

　　有人说，时代进化到现在，市场文明已经具有了绝对的支配地位，因而乡土文学已"死"，那么"性格与环境"的小说，更是老套过时。对哈代现在进行时的阅读，使我感到，这样的结论未免有些武断。姑且不说，法国著名文学批评家斯达尔夫人的"文学地理学"已有深刻的论断：自然地理环境和历史人文风尚，与文学存在着巨大的内在关联性，对文学的发生发展，起着关键性乃至决定性作用；就我们的现实来说，大地广博、山河依旧，乡土之光兀自闪耀，且须臾不灭，仍作用着我们的人心与人性。况且，经典文本和大地本身都有力地证明着：乡土是生命的起点、人性的基点、情感的原点、伦理的支点；大地乡风淳朴、人文深厚，具有"驻留"和"过滤"的功能；土地上的人，具有自我审视、自我否定、自我净化、自我矫正、自我完善的品格特征。那么，写的虽然是乡土，却是写给当代人的人性启示录也是写给城市的现代寓言，对矫正人格、善化人心、淳化世风有着不可替代的作用。

2023 年 5 月 28 日于京西石板宅

远 离 尘 嚣

托马斯·哈代的《远离尘嚣》发表于 1874 年，是哈代第一部成功的长篇，也是他此后一系列以威塞克斯乡村为背景的优秀长篇小说的第一部。这些小说包括《还乡》(1878 年)、《卡斯特桥市长》(1886 年)、《德伯家的苔丝》(1891 年)以及《无名的裘德》(1896 年)等。这一系列作品反映了资本主义发展在英国农村城镇的社会、经济、道德、人伦、风俗等方面所引起的深刻而剧烈的变化，表现了已有道德观念和法律制度与这一变化之中的冲突，以及处于这一变化冲突间的"威塞克斯乡民"的惶惑和抗争。变幻莫测、无从把握的命运和作为人的本能和感情之表现的爱情，是哈代作品中两个最主要的内容。

《远离尘嚣》从基本情节看，讲述的是一个女子和三个男人之间的爱情纠葛。年轻美貌、气性高傲的芭思希芭·埃弗汀来到威瑟伯里，继承她叔叔的农场。忠诚能干的伽百列·奥克对她一见钟情，但他直言不讳的求爱遭到了同样直言不讳的拒绝。奥克在羊群遭遇不测、经营彻底破产后，到芭思希芭的农场上当牧羊工。正当他以为又有机会接近心中的恋人时，一个家境殷实的农场主波德伍德闯了进来。波德伍德以不可遏抑的激情,一次又一次地祈求芭思希芭接受他的"爱",并要她答应嫁给他。芭思希芭在这样的穷追猛打面前显得有些手足无措,一方面觉得自己并不爱这个男人,结婚一事根本无从谈起,可另一方面又觉得自己对这件事负有责任(是她在情人节时漫不经心的一个玩笑,才使波德伍德误认为她对他情有独钟),不接受他的爱情从道德良心上说不过去。于是她尽量拖延,允诺过一段时间后再认真考虑这个问题。就在波德伍德暂时离开威瑟伯里的一段时间里,年轻英俊的中士弗兰克·特洛伊与芭思希芭相遇,两人似乎"一见钟情"。芭思希芭为特洛伊的外表所吸引,为摆脱被波德伍德苦苦追求的困境,又为满足自己的虚荣心,便立刻嫁给了特洛伊。然而,浪漫的爱情到结婚后便告终结。婚后的特洛伊对农场上的事几乎不感兴趣,对芭思希芭的关注也大为减退,最使他激动向往的是声色犬马,为此他不惜大把大把地花掉芭思希芭的积蓄。而那位特洛伊始乱终弃的姑娘范妮的死,则给芭思希芭和特洛伊的婚姻带来了沉重的一击,结果,特洛伊离家出走,芭思希芭生活在悲伤和痛苦之中。这时,传来了特洛伊在海湾游泳时溺水身亡的消息,农场主波德伍德得知后,立刻重新开始了对芭思希芭的"爱情攻势",迫使后者答应,在当年的圣诞晚会上允诺他,六年内如果没有特洛伊还活着的消息,就嫁给他。然而,就在波德伍德几乎已确信芭思希芭一定会嫁给他的时候,特洛伊不可思议地出现在圣诞晚会上,彻底粉碎了他的美梦,也粉碎了他最后一点儿希望。狂怒之中,波德伍德开枪打死了特洛伊,自己则向警方自首。失去了丈夫的芭思希芭同时又面临着失去农场的可能，而失去农场就意味着走进贫民阶层。这时，一向忠诚的奥克来到她的身边，故事便以终成眷属这一传统的皆大欢喜的方式结束了。

这部小说，从故事层面来讲，无非是"你爱我我不爱你、我爱他他却不爱我"的情爱之俗，从起点到终点，都是不出所料的规定，不须额外的猜想。但从细节上揣摩，再参照着哈代写作的立意，即：他要写"人与环境""性格与环境"的小说，就有闪回的空间和深刻的寓意了。

有论者说，人物性格的缺陷是导致小说中悲剧事件产生的主要原因。三个人物的性格都有这样那样的缺陷，而各自的优点又不能构成与缺陷互补的关系，缺陷就放大了，以致到了不能化解和容忍的程度，就对抗、推拒和撕裂，悲剧就不可避免地上演了。然而，从文本出发，细究人物的生活细节，我们就不难发现，这只是其表，其深层的原因，是环境的作用，是环境改变了人物原有的性格，进而产生了与新环境相匹配的新的性格。为什么用"匹配"而不用"适应"？因为"匹配"是被动的跟进，"适应"是主动的作为，所以他们与新环境的关系，总是处在适应与不适应之间，都有"不得不"的味道。如此一来，生活就有了复杂的状况。

探其来路，奥克是个四处为人打工的牧羊人，芭思希芭也不过是一个乡下女子，都打上了土地的烙印：性格率真，底色质朴。如果是在乡下相遇，男子忠实能干，女子静淑本分，一旦生出爱意，肯定会自然而然地走在一起。这有细节为证：

> 男人（奥克）注视的眼光，撩拨得女孩子（芭思希芭）的脸上直痒痒。她抬手擦擦脸，好像奥克真的碰了一下她嫣红的脸，弄得她十分难为情似的，而她刚才那种自由自在的举止也就变得拘谨起来。但是，实际上脸红的却是男的一方，那姑娘的脸色却丝毫未变。因此，她对自己的形象就开始注重起来，并且要把握得适当，过一分就显得虚荣，欠一分就显得轻浮。

不幸的是，女子继承了叔叔的农场，一变而成为"资产者"。这就不同了，她渐渐有了"货殖"（经商增值、交换盈利）的意识，开始在利益层面考量人与人的关系了。奥克再忠诚、再能干，可到底能给自己带来多少利益？与农场主波德伍德结交以后，奥克居住的那座在她看来是很别致、很亲切的小木屋，眼下的感觉却莫名其妙地变了："那小木屋的轮廓，若是不熟悉它的人看了，一定会觉得摸不着头脑，它能有什么意义，有什么用处呢？"她从此感到，用处（利益）所得，不靠忠诚的品质，更不靠坚韧耐苦的体力，而靠的是随机应变的"经营"和"交换"，所以芭思希芭找到了拒绝奥克而走近波德伍德的理由。问题是，波德伍德虽然是"货殖"语境下的适合人选，但他丑陋、猥琐，全没有奥克那样的高大俊美，而且芭思希芭感觉到，波德伍德的所作所为完全是出自为自己的考虑，即便是在昏热的情场上，他也保持着冷静的头脑，得到与付出都计算着成本，任何东西在他眼里都是冷冰冰的、完全现实的交易。他对芭思希芭所爆发出的激情，与其说是出于两性感情上的相互吸引，不如说是出于他疯狂的物质占有欲和出于疯狂的自我陶醉、自我满足和自我欺骗的商业本性更为恰当。这就让芭思希芭迟疑了脚步，因为乡下人的出身，还保留着传统性格的血液，她既享受"货殖"带来的好处（物质的富有毕竟能够满足女子本性上的虚荣心），但又不甘于沦落为"货殖"本身。女性内心的温柔和对美好爱情的向往，这些非物质化的东西，是一道梦幻般的面纱，使她不忍接受过于赤裸裸的利益交换。这一如在土地之上，树高自直、水深自静、山高自有百花开放，这些自然而美的景色，化成了她的心灵细胞，使她骨子里有自珍、自爱、自重的基因，即便是环境有诱惑，但在本性的作用下，也有着逃离的暗力。

更为不幸的是，正在芭思希芭对波德伍德拿捏不准，踟蹰不前左右摇摆的时候，一个叫特洛伊的军官出现了。他不仅英俊潇洒、孔武有力，还有丰富的情场经历，他不屑于波德伍德那样的资产者工于成本核算的左顾右盼，见到了猎物就出击，他"强吻"，实施属于"强权者"的暴力掠夺，是不由分说的霸占。大地道德，货殖伦理，在他那里毫无存在的意义。这样一来，芭思希芭就无能为力了，她只能听天由命，任其裹挟。"芭思希芭爱特洛伊，是一个一向坚持自主而现在放弃了自主的女子的爱。一个意志坚强的女子一旦抛弃了自己的意志力量，比一个从来没有力量可以抛弃的软弱女子更为糟糕。原因就在于，她所面对的是全新的情况，她从没有如何应付这类情况的经验。可怕的是，新产生的软弱往往会使人加倍地软弱，她虽惊恐不安，却也不无欢欣地顺从了他。"

从旁观者的视角看，芭思希芭矛盾性格的产生，与其自身的品质无关，而是所处环境强加给她的，即便是有了不端的样相，也殊可悯。

不可悯的是，特洛伊对芭思希芭的所谓爱情，是属于猎艳性质，一旦得到就厌弃，心安理得地花费着她的积蓄，赌博、寻欢，陷在花天酒地之中，徒留芭思希芭在孤独和悲苦之中掩面而泣。

这自然要引起波德伍德和奥克的愤怒，他们要以"爱"的名义报复。

波德伍德所用的，是他的"货殖"武器，他私下里跟特洛伊进行交易，想用足够的金钱进行收买，让对方把芭思希芭"还"给他。然而对方很无赖，不遵守商业法则，公平的竞争无效之后，他铤而走险，使用了疯狂竞争的最高方式——暴力，在大庭广众之下，开枪击杀。

而奥克所秉持的，是他的大地道德，他认为人都是自主的，不能强迫，便在暗中监护，耐心等待。一如麦子熟了，自然要招引割，树上的柿子红透了，自然要选择落，他是那把招引割的镰刀、他是那只接住落柿的箩筐。一天，芭思希芭家的谷仓着火了，她要自己的丈夫特洛伊去组织人救火，但他却不以为然，依旧饮酒行乐，她不得不自己去召集人，但所有的家丁都被特洛伊灌得烂醉如泥。绝望之下，只好只身去救。到了那里，她见到一个人影跑上跑下拼命救火，近了一看，是牧羊工奥克。"怎么是你？""也只能是我。"奥克看到女主人上下阶梯的动作已不像原来那样麻利了，便说："你还是回屋去吧，你不能受累，剩下的我一个人干就成了。"女主人大为感动，不迭地说着感谢的话，暗光中也鲜明地看到她脸上的惭愧之色。他笑着摇头，心里说，你不必谢我，因为我奋不顾身地救火，可不是为了讨好你，而是为了谷仓里的粮食，在耕种人眼里，粮食是命根子，本能地就怜惜，不能不救啊。

书读到这里，我怦然心动，已猜到了小说的结局，芭思希芭这只红透了的柿子肯定会落进奥克这只大地上的箩筐。因为怜惜粮食的人，就能怜惜一切了，包括女人。书读完之后，我链接阅读网上的评论文章，看到有论者认为哈代落入了皆大欢喜的俗套，因而降低了他的文学品质。我不禁嗤之以鼻，觉得那些人肯定没有循章逐句地细读文本，而是从概念出发了。因为哈代依"性格与环境"的用心，他做的是自足、自洽的描述，他呈现出了逻辑之上的逻辑、道德之上的道德、伦理之上的伦理，是必然的发生，是本质上的深刻。

最后我要说的是，虽大地昏沉，货殖有光；但也只能是幽暗的亮度，或许能够迷眼，却不足以迷心——人一走到天空之下，大自然的太阳是那么的勾魂摄魄，土地上的青翠是那么的令人心旷神怡，向上的力量便油然而生，便对这个世界充满了信任！

呃，远离尘嚣！

2023 年 5 月 30 日于京西石板宅

所谓浪漫，并非凌空而起的飞翔

海涅的《论浪漫派》，我耽读的是人民文学出版社 1979 年 7 月的初版本。（译者：张玉书）

那一年，我是良乡中学高二年级的学生，课业繁重，登科心切，为什么还能买下，系"浪漫"一词的诱因。窃以为，浪漫是凌空飞翔的翅膀，可从压抑的现实中逃离，万一高考落榜，就去搞文艺，在不切实际中，轻松地活。

那时候，还不能完整地理解海涅的论述，只是被他形象、生动、活泼的文笔所打动，当作别样的散文。特别是他在阐释浪漫派在德国的起源时，说道："一个人要是在德国进行论争时遭到攻击，他是完全可以指望大多数人的同情和眼泪的。德国人就像那些每次行刑绝不错过观看机会的老太婆。她们是最好奇的观众，挤在头里，看见了可怜的罪人和他的苦难便大放悲声，甚至为他说些好话。这些好哭的娘儿们每当文坛上'行刑'的时候，也总是哭得那样悲切，眼巴巴地等那个罪人挨一顿鞭打；可是如果那可怜的罪人突然遭到赦免，以致她们什么也没有看成，只好漫步回家的话，她们一定十分扫兴，甚至愤怒，她们那高涨的无名之火便全部落在了那些让她们白等一场、大失所望的人身上。"这不禁让我联想到鲁迅的小说《药》和《坟》，觉得"看客心理"，无论中外，都是相通的，所谓的浪漫，如果不与疗治痼疾、改革旧俗相关，不过是以别人作为"牺牲"，满足自己的好奇心和"悲悯"趣味，以"假哭"的方式所作的一种抒情表演而已。

那么，这种"抒情"就是浪漫主义？我不禁设疑，兴致就黯淡下来，深入的研读就搁置了。到了本世纪初，我突然迷上了歌德，几乎读遍了他所有的著作，感到，他是德国（魏玛）古典主义最杰出的代表（唯一的代表），其人文主义和人道主义的巨大含量，使他伟大在伟大之上。或许是因为常年的阅读，使我有了"我思故我在"的批判理性，便有意地向海涅寻求"验证"，又复读了他的《论浪漫派》。也是因为当年的阅读给我留下印象，海涅在那本书里对歌德有大量"任性"的议论，并且把歌德的存在，视为浪漫主义在德国为什么不像在法国那样发达的重要原因之一。

这次重读，让我知道，歌德在德国的浪漫主义运动中，扮演了一个十分"暧昧"的角色。

其一，歌德虽然反对一切宗教、一切制度对艺术的干预和束缚，而以书写"人性"和人间情感为宗，但是，他又怕自己的古典主义巨擘的地位被"浪漫主义"的时代力量所动摇，便固守，甚至冷眼以对。用海涅的话说，"歌德对每一位有独创性的作家都感到害怕，于是，对一切微不足道的小作家都赞赏不已，以至于弄到了这步田地，那些受到歌德无节制赞美的作家，被深度催眠，不思变革、不思进取，慢慢变得平庸起来"。就这样，歌德的地位得以确保，他依然可以"按照自己的肖像来创造自己的人物""沉浸在个人的感情之中、艺术之中"，因而加固了传统的力量。"但是，这是不良影响"，海涅忧愤地说，"我在此绝不抹杀歌德的杰作所具有的独特价值。这些杰作点缀了我亲爱的祖国，犹如美丽的塑像点缀一座花园，但是，它们毕竟只是塑像。人们可以对它们钟情热恋，可是它们却是不会生儿育女的。换句话说，歌德的作品不会激起人们的行动，这一点，不比席勒的作品。行动是语言的产儿，而歌德的语言，虽然优美，却不孕育儿女。追求'纯粹'，反而迎来厄运，他有了被人们从艺术的王国里驱逐出去的担忧。"于是，歌德对"浪漫主义"不由自主的缺乏热情，虽然没有公然站到对立面上，却也不摇旗呐喊、站脚助威。他当"看客"，看有没有从中获益的机会。

其二，面对一些势力对"浪漫主义"的阻挠、斥责，甚至杀伐，歌德也并不以为意，他主张把艺术交给艺术，"把情感交给诗歌"，要理性看待，让其有自由发展的空间。当一些"古典派"的信徒以维护歌德的传统地位为名义，对"浪漫派"作家和作品，在聚会上谩骂，在报刊上发难的时候，他蔑视、他制止，他不喜欢他们这样做。为什么？歌德有强烈的贵族意识，觉得除了他自己之外，其他人都没有资格这样做。用海涅的话说，只要看见某一个地位卑下的小人物（某一些才华平庸的小文人）也来责备浪漫主义的维新之举的时候，歌德的贵族气质就立即登场，就一如"贵族们即使对他们的君王满腔愤懑，可是如果贱民也起来反对君王，他们就会大为不悦，甚至会断然翻脸"。海涅的分析，让我不禁大笑起来，因为同样有"斗争意识"的鲁迅先生与他"互文"在一起：阿Q摸了尼姑的头，尼姑满脸通红地说，你怎么动手动脚？阿Q说，和尚动得，我动不得？但赵太爷一甩大辫子，脸色阴沉，那意思是说，你还真动不得。赵太爷虽然是阿Q的本家，但毕竟比他高出三辈，你一旦摸，就是触犯了他的权威地位，你这三孙子就是孽畜，就是大逆不道。

海涅在《论浪漫派》的后记中说："尊重伟大人物的最好的方法，莫过于把他的缺点就像他的美德一样也仔细认真地揭示出来。如果要颂扬赫库勒斯，那么也得顺便提一下，他有一次曾经脱去了身上的狮皮，坐在纺车的旁边像个织女。尽管如此，他依然是伟大的赫库勒斯，因为他狮子的风骨始终存在，就像他从来就没有脱去狮皮。"可以看出，海涅的论述，绝不是直通宏旨的空泛议论，更不是标榜创新的意气用事，而是遵从着时代人物（文学人物）的现实文本和历史作用，既在"自我意识的深处抓住思维"也让论述对象自己站出来说话，系不论之论。事实上，海涅的《论浪漫派》大量地"结合"了歌德而展开去，歌德既是德国浪漫派的起点，也是绕不开的必然路径。与其说是论著，不如说是另一种面貌的"歌德论"。

对待歌德，海涅从始至终，采取了尊重的态度。歌德虽然是一把"旧扫帚"，上面沾满了杂物和灰尘，但是，它毕竟留下了大量的"清扫之迹"。所以他说："虽然我们推崇席勒，但是，再没有比贬低歌德以抬高席勒更愚蠢的事了。难道贬低者真的不知道，席勒所塑造的那些备受赞扬、高度理想化的人物，那些德行和道德舞台（祭台）上的神像，创作起来，远比歌德作品里的那些浑身污垢、罪孽深重的下层人物要容易得多？"他又说，"一个伟大的天才往往是通过另一个伟大的天才的教育和启发而产生而存在的，这与其说是通过'同化'而不如说是通过'摩擦'——是一颗钻石磨光了另一颗钻石。"也就是说，他们互为因果，不可替代，共同发光。

这样一来，海涅的《论浪漫派》就不朽了。它不简单是对某个流派的颂词，也不简单是对某种风格的批判，而是历史地、理性地阐述了古典与浪漫、传统与现代的辩证关系，而且一切都是从文学本身出发，抉剔骨骼与血肉、枝干与叶脉，以微观见宏观，以个体见整体。所以，它的确是多义的散文，且具有常读常新的静观价值。

同时，我们也在文字中感受到了海涅的可爱，他真诚地告诉我们所谓浪漫主义，其实就是一种文学态度和生活态度：重主观而轻客观，贵想象而贱理智，强调神秘而不注重常识，欢悦于"破坏"而忽略于"建设"，既反对古典主义的清规戒律，也反对现实主义的直白晓畅；不言而喻，它有着排斥多元而唯我独尊的强烈倾向。那么，歌德的制衡，也就有了积极的意义。

2023 年 9 月 9 日于京西昊天塔下石板宅

跋：生命，被字词提升

常常是这样，只要键下了一个字词，其他字词，就会依次涌来，一如田间灌溉，沟渠一开，水自己就会钻隙而至，无须农人另外的照拂。只要电脑前一坐，人就被字词推动，不停地键入，不知夜色已深。与其说是人写字词，不如说是字词书写人，写作，有本身的惯性律动。

不知不觉间，字词已有了撒豆成兵的阵势，漫漫汤汤，乌黑一片。本没有预定的意义，但字词的方阵，已自己呈现出意义，这出乎写作者的意料，令其惊愕不已。

不断涌来的字词，把人锁定在座位上，倏忽间，已过半日。时光速进，大有生命被缩减的意味，便叹人生苦短。但也被延长、延续，因为字词承载的意义，像插上飞翔的翅膀，飞出个人生命的狭小空间，进入公众视野。被众人品味，被众人传递，"他们"替你活。众，不仅意味着空间的扩大，也意味着时间的延续，所以，"活"在众中，比自己活，要深广、长远。

而且，字词在传播过程中，会融入每个阅读者的个人经验，到了后来，意义附着在意义之上，就有了额外的意义。所以，写作者，既是意义的创造者，也是意义的旁观者，增值其中，远远地超越了自我。

而且，字词键入的初始，是基于写作者的感性体验。当字词集合到自己能呈现意义的时候，就形而上了。形而上是抽象状态，它突破肉体局限，进入精神境界。写作者被字词提升，有了脱俗的生命样相与自足，因而沉着自信，意气风发，唇红齿白。

这一点，我的个人感觉，也可以予以验证。

离开书写状态时，我的身体状态感觉很糟：精神恍惚，哈欠连天，五脏六腑都好像安错了位置，此起彼伏地发出异响，处处发出病变信号。特别是，确有病理存在的部位，痛感放大，似乎已病入膏肓，来日无多。但一进入键写状态，忙于字词的安排，迷于意义的光亮，肉体就被遗忘了。被遗忘之下，所有脏器反而安分守己，静静地恪守职能，无碰撞的杂音，无错位的疼痛。奇怪的是，待书写完毕，舒适感依然延续，不禁感叹：生活本无事，肉身本无病，人闲不定，自扰之。

一如袁枚所说美色可医病，书写亦可医病。如果说，人是一部机器，五脏六腑就是身体的齿轮，书写过程，让人凝神静气，无心他顾，进入入定状态，而这一状态，就是秩序的恢复，让齿轮依固有轨迹转动，就相安无事了。而且，闲下来的齿轮会生锈，动起来的齿轮才光滑，不会有梗阻，便不会有疼。

所以，依靠字词的滋润，我相信，我不会有什么大病，一定会活得很长。让喜我者，额手相庆；让厌我者，痛不欲生。

我还要说的是——

以道家话语作譬，入定乃写作者的护身符。道家的符咒可以驱魔，写作者的符咒可以驱病。所谓驱病，其实最根本的，是驱杂念。

浮躁世界、功利社会的种种元素，不可能不作用于写作者。但一进入字词世界，被字词推动，被意义召唤，被字兵军团簇拥，颇有内圣外王的自适胸怀。在这样豪迈的气度之下，金钱多寡、官位高低、功名显隐，与我何干，又奈我何。一如无欲则刚，无私则行大道，驱除杂念之后，心无挂碍，便天地宽阔，不以己悲，不以物喜，气华身伟，出世入世两坦然也！

卡夫卡说，毫不讳言，因为写作，我感觉我有一个"深广的心灵世界"。

我也有相同的感受，在字词里沉浸久了，好像有了"通"的能力，只要你给我一个命题，我都会给你有声有色、入情入理地写出。

所以，我不仅会长寿，还会……至少，也会赢得足够的生命色彩与光荣。

2013 年 3 月 28 日记入日记，2023 年 5 月 1 日修订